又得浮生半日闲

丰子恺 著

贵州出版集团
贵州人民出版社

有几朵"云霓"始终挂在我们的眼前,时时用美好的形状来安慰我们、勉励我们。

——《云霓》

草草杯盘供语笑，昏昏灯火话平生

子恺画

在江之岛吃壶烧酒，三杯入口，万虑皆消。海鸟长鸣，天风振袖。但觉心旷神怡，仿佛身在仙境。

——《吃酒》

上茶馆，出五个大钱泡一碗茶，吃了一会，叫茶博士"摆一摆"，等一会再来吃。

——《五爹爹》

從三文錢一碗吃到四百元一碗

子愷寫

癩六伯孑然一身，自耕自食，自得其乐。大约九点多钟，他就坐在对河的汤裕和酒店门前的板桌上吃酒了。

——《癩六伯》

人生也有冬夏,

童年如夏,成年如冬;或少壮如夏,老大如冬。

——《初冬浴日漫感》

原来一切众生，本是同根，凡属血气，皆有共感。

所以这禽鸟比这房屋更是牵惹人情，更能使人留恋。

——《沙坪小屋的鹅》

春是多么可爱的一个名词！

"春！"这么美的名字所隶属的时节，想起来一定很可爱。

——《春》

六朝舊時明月

子愷

人间的事，只要生机不灭，即使重遭天灾人祸，暂被阻抑，终有抬头的日子。

——《生机》

海内存知己天涯若比邻

子恺画

我往往觉得山水间的生活，因为需要不便而菜根更香，豆腐更肥。因为寂寥而邻人更亲。

——《山水间的生活》

前面好青山，舟人不肯住

子恺画

摇船人写意，坐船人更加写意，随时随地可以吟诗入画。

——《西湖船》

无言独上西楼月如钩

我仿佛看见一册极大的大帐簿,簿中详细记载着宇宙间世界上一切物类事变的过去、现在、未来三世的因因果果。

——《大帐簿》

这一天天气晴朗。凭窗远眺，但见近处古木参天，绿荫蔽日；远处岗峦起伏，白云出没。

——《庐山面目》

吟诗推敲去

子恺

晴爽的五月的清晨,缘缘堂主人早起,以杨柳枝漱口,饮清水一大杯,燃土耳其卷烟一支,走近堂楼窗际,凭栏闲眺庭中的景物。

——《物语》

前天晚上，四位来西湖游春的朋友，在我的湖畔小屋里饮酒。酒阑人散，皓月当空，湖水如镜，花影满堤。

——《湖畔夜饮》

这里是我的最自由、最永久的本宅,我的归宿之处,我的家。我从寓中回到家中,觉得非常安心。

——《家》

目录

第一章
又得浮生半日闲

春　　　　　　　　　　003

秋　　　　　　　　　　007

初冬浴日漫感　　　　　011

云霓　　　　　　　　　014

生机　　　　　　　　　017

清晨　　　　　　　　　021

晨梦　　　　　　　　　027

梦耶真耶　　　　　　　030

物语　　　　　　　　　035

杨柳　　　　　　　　　044

闲居　　　　　　　　　048

陋巷　　　　　　　　　051

塘栖　　　　　　　　　056

吃酒　　　　　　　　　059

养鸭　　　　　　　　　064

沙坪小屋的鹅	068
白象	073
阿咪	077
蜜蜂	081

第二章
这些人，那些事

我的母亲	087
阿难	091
忆弟	094
乐生	099
五爹爹	102
邻人	106
四轩柱	109
三娘娘	115
阿庆	118
歪鲈婆阿三	120
癞六伯	123
白采	126
怀太虚法师	128

再访梅兰芳 130

我与弘一法师

——厦门佛学会讲稿 136

悼夏丏尊先生 141

第三章
山水间的生活

山水间的生活 149

黄山松 153

黄山印象 156

庐山面目 160

不肯去观音院 165

杭州写生 169

西湖船 173

山中避雨 178

钱江看潮记 181

西湖春游 185

湖畔夜饮 192

无锡重到 197

扬州梦 198

第四章
不宠无惊过一生

渐	207
剪网	211
沙坪的酒	214
大帐簿	219
算命	224
实行的悲哀	226
家	230
纳凉闲话	236
旧地重游	241
新的欢喜	245
不惑之礼	248
随感十三则	252
清明	261
新年随笔	265
佛无灵	268
我的烧香癖	273
编者的话	278

第一章

又得浮生半日闲

朝阳已经照到芭蕉树上。时钟打九下。正是我们开始工作的时光了。宝官自去读书，我也带了这些感兴，走进我的书室去。

自从这小屋落成之后，我就辞绝了教职，恢复了战前的闲居生活。我对外间绝少往来，每日只是读书作画，饮酒闲谈而已。我的时间全部是我自己的。这是我的性格的要求，这在我是认为幸福的。

春

春是多么可爱的一个名词！自古以来的人都赞美它，希望它长在人间。诗人，特别是词客，对春爱慕尤深。试翻词选，差不多每一页上都可以找到一个春字。后人听惯了这种话，自然地随喜附和，即使实际上没有理解春的可爱的人，一说起春也会觉得欢喜。这一半是春这个字的音容所暗示的。"春！"你听，这个音读起来何等铿锵而惺忪可爱！这个字的形状何等齐整妥帖而具足对称的美！这么美的名字所隶属的时节，想起来一定很可爱。好比听见名叫"丽华"的女子，想来一定是个美人。

然而实际上春不是那么可喜的一个时节。我积三十六年之经验，深知暮春以前的春天，生活上是很不愉快的。

梅花带雪开了，说道是漏泄春的消息。但这完全是精神上的春，实际上雨雪霏霏，北风烈烈，与严冬何异？所谓迎春的人，也只是瑟缩地躲在房栊内，战栗地站在屋檐下，望望枯枝一般的梅花罢了！

再迟个把月吧，就像现在：惊蛰已过，所谓春将半了。住在都会里的朋友想象此刻的乡村，足有画图一般美丽，连忙写信来催我写春的随笔。好像因为我偎傍着春，惹他们妒忌似的。

其实我们住在乡村间的人,并没有感到快乐,却生受了种种的不舒服:寒暑表激烈地升降于三十六度至六十二度[1]之间。一日之内,乍暖乍寒。暖起来可以想起都会里的冰淇淋,寒起来几乎可见天然冰,饱尝了所谓"料峭"的滋味。天气又忽晴忽雨,偶一出门,干燥的鞋子往往拖泥带水归来。"一春能有几番晴"是真的;"小楼一夜听春雨"其实没有什么好听,单调得很,远不及你们都会里的无线电的花样繁多呢。春将半了,但它并没有给我们一点舒服,只教我们天天愁寒、愁暖、愁风、愁雨。正是"三分春色二分愁,更一分风雨"!

春的景象,只有乍寒、乍暖、忽晴、忽雨是实际而明确的。此外虽有春的美景,但都隐约模糊,要仔细探寻,才可依稀仿佛地见到,这就是所谓"寻春"吧?有的说"春在卖花声里",有的说"春在梨花",又有的说"红杏枝头春意闹",但这种景象在我们这枯寂的乡村里都不易见到。即使见到了,肉眼也不易认识。总之,春所带来的美,少而隐;春所带来的不快,多而确。诗人词客似乎也承认这一点,春寒、春困、春愁、春怨,不是诗词中的常谈吗?不但现在如此,就是再过个把月,到了清明时节,也不见得一定春光明媚,令人极乐。倘又是落雨,路上的行人将要"断魂"呢。

可知春徒有其名,在实际生活上是很不愉快的。实际,一年中最愉快的时节,是从暮春开始的。就气候上说,暮春以前虽然大体逐渐由寒向暖,但变化多端,始终是乍寒、乍暖,最

---

[1] 三十六度至六十二度,均指华氏度。

难将息的时候，到了暮春，方才冬天的影响完全消灭，而一路向暖。寒暑表上的水银爬到temperate（温和）上，正是气候最temperate的时节。就景色上说，春色不须寻找，有广大的绿野青山，慰人心目。古人词云："杜宇一声春去，树头无数青山。"原来山要到春去的时候方才全青，而惹人注目。我觉得自然景色中，青草与白雪是最伟大的现象。造物者描写"自然"这幅大画图时，对于春红、秋艳，都只是略蘸些胭脂、朱磦，轻描淡写。到了描写白雪与青草，他就毫不吝惜颜料，用刷子蘸了铅粉、藤黄和花青而大块地涂抹，使屋屋皆白，山山皆青。这仿佛是米派山水的点染法，又好像是Cézanne（塞尚）风景画的"色的块"，何等泼辣的画风！而草色青青，连天遍野，尤为和平可亲、大公无私的春色。花木有时被关闭在私人的庭园里，吃了园丁的私刑而献媚于绅士淑女之前。草则到处自生自长，不择贵贱高下。人都以为花是春的作品，其实春工不在花枝，而在于草。看花的能有几人？草则广泛地生长在大地的表面，普遍地受大众的欣赏。这种美景，是早春所见不到的。那时候山野中枯草遍地，满目憔悴之色，看了令人不快。必须到了暮春，枯草尽去，才有真的青山绿野的出现，而天地为之一新。一年好景，无过于此时。自然对人的恩宠，也以此时为最深厚了。

讲求实利的西洋人，向来重视这季节，称之为May（五月）。May是一年中最愉快的时节，人间有种种的娱乐，即所谓May-queen（五月美人）、May-pole（五月彩柱）、May-games（五月游艺）等。May这一个字，原是"青春""盛年"的意思。

可知西洋人视一年中的五月，犹如人生中的青年，为最快乐、最幸福、最精彩的时期。这确是名副其实的。但东洋人的看法就与他们不同：东洋人称这时期为暮春，正是留春、送春、惜春、伤春，而感慨、悲叹、流泪的时候，全然说不到乐。东洋人之乐，乃在"绿柳才黄半未匀"的新春，便是那忽晴、忽雨、乍暖、乍寒、最难将息的时候。这时候实际生活上虽然并不舒服，但默察花柳的萌动，静观天地的回春，在精神上是最愉快的。故西洋的"May"相当于东洋的"春"。这两个字读起来声音都很好听，看起来样子都很美丽。不过 May 是物质的、实利的，而春是精神的、艺术的。东西洋文化的判别，在这里也可窥见。

1934 年 3 月 12 日夜 10 时

秋

我的年岁上冠用了"三十"二字,至今已两年了。不解达观的我,从这两个字上受到了不少的暗示与影响。虽然明明觉得自己的体格与精力比二十九岁时全然没有什么差异,但"三十"这一个观念笼在头上,犹之张了一顶阳伞,使我的全身蒙了一个暗淡色的阴影,又仿佛在日历上撕过了立秋的一页以后,虽然太阳的炎威依然没有减却,寒暑表上的热度依然没有降低,然而只当得余威与残暑,或霜降木落的先驱,大地的节候已从今移交于秋了。

实际,我两年来的心情与秋最容易调和而融合。这情形与从前不同。在往年,我只慕春天。我最欢喜杨柳与燕子。尤其欢喜初染鹅黄的嫩柳。我曾经名自己的寓居为"小杨柳屋",曾经画了许多杨柳燕子的画,又曾经摘取秀长的柳叶,在厚纸上裱成各种风调的眉,想象这等眉的所有者的颜貌,而在其下面添描出眼鼻与口。那时候我每逢早春时节,正月二月之交,看见杨柳枝的线条上挂了细珠,带了隐隐的青色而"遥看近却无"的时候,我心中便充满了一种狂喜,这狂喜又立刻变成焦虑,似乎常常在说:"春来了!不要放过!赶快设法招待它,享乐它，永远留住它。"我读了"良辰美景奈何天"等句，曾经真心地感动。以为古人都太息一春的虚度，前车可鉴！到我手里决不放它空过了。最是逢到了古人惋惜最深的寒食清明，我心中的焦灼便更甚。那一天我总想有一种足以充分酬偿这佳节的举行。我准拟作诗，作画，或痛饮，漫游。虽然大多不被实行；或实行而全无效果，反而中了酒，闹了事，换得了不快的回忆；但我总不灰心，总觉得春的可恋。我心中似乎只有知道春，别的三季在我都当做春的预备，或待春的休息时间，全然不曾注意到它们的存在与意义。而对于秋，尤无感觉：因为夏连续在春的后面，在我可当做春的过剩；冬先行在春的前面，在我可当做春的准备；独有与春全无关联的秋，在我心中一向没有它的位置。

自从我的年龄告了立秋以后，两年来的心境完全转了一个方向，也变成秋天了。然而情形与前不同：并不是在秋日感到像昔日的狂喜与焦灼。我只觉得一到秋天，自己的心境便十分调和。非但没有那种狂喜与焦灼，且常常被秋风秋雨秋色秋光所吸引而融化在秋中，暂时失却了自己的所在。而对于春，又并非像昔日对于秋的无感觉。我现在对于春非常厌恶。每当万象回春的时候，看到群花的斗艳，蜂蝶的扰攘，以及草木昆虫等到处争先恐后地滋生蕃殖的状态，我觉得天地间的凡庸，贪婪，无耻，与愚痴，无过于此了！尤其是在青春的时候，看到柳条上挂了隐隐的绿珠，桃枝上着了点点的红斑，最使我觉得可笑又可怜。我想唤醒一个花蕊来对它说："啊！你也来反复这老调了！我眼看见你的无数的祖先，个个同你一样地出世，个个努力发展,争荣竞秀;不久没有一个不憔悴而化泥尘。你何苦也来反复这老调呢?如今你已长了这孽根,将来看你弄娇弄艳,装笑装颦,招致了蹂躏,摧残,攀折之苦,而步你的祖先们的后尘!"

实际,迎送了三十几次的春来春去的人,对于花事早已看得厌倦,感觉已经麻木,热情已经冷却,决不会再像初见世面的青年少女地为花的幻姿所诱惑而赞之,叹之,怜之,惜之了。况且天地万物,没有一件逃得出荣枯,盛衰,生灭,有无之理。过去的历史昭然地证明着这一点,无须我们再说。古来无数的诗人千篇一律地为伤春惜花费词,这种效颦也觉得可厌。假如要我对于世间的生荣死灭费一点词,我觉得生荣不足道,而宁愿欢喜赞叹一切的死灭。对于前者的贪婪,愚昧,与怯弱,后者的态度何等谦逊,悟达,而伟大!我对于春与秋的舍取,也是为了这一点。

夏目漱石三十岁的时候,曾经这样说:"人生二十而知有生的利益;二十五而知有明之处必有暗;至于三十的今日,更知明多之处暗亦多,欢浓之时愁亦重。"我现在对于这话也深抱同感;有时又觉得三十的特征不止这一端,其更特殊的是对于死的体感。青年们恋爱不遂的时候惯说生生死死,然而这不过是知有"死"的一回事而已,不是体感。犹之在饮冰挥扇的夏日,不能体感到围炉拥衾的冬夜的滋味。就是我们阅历了三十几度寒暑的人,在前几天的炎阳之下也无论如何感觉不到浴日的滋味。围炉,拥衾,浴日等事,在夏天的人的心中只是一种空虚的知识,不过晓得将来须有这些事而已,但是不能体感它们的滋味。须得入了秋天,炎阳逞尽了威势而渐渐退却,汗水浸胖了的肌肤渐渐收缩,身穿单衣似乎要打寒噤,而手触法郎绒觉得快适的时候,于是围炉、拥衾、浴日等知识方能渐渐融入体验界中而化为体感。我的年龄告了立秋以后,心境中所起的最特殊的状态便是这对于"死"的体感。以前我的思虑真疏浅!以为春可以常在人间,人可以永在青年,竟完全没有想到死。又以为人生的意义只在于生,而我的一生最有意义,似乎我是不会死的。直到现在,仗了秋的慈光的鉴照,死的灵气钟育,才知道生的甘苦悲欢,是天地间反复过亿万次的老调,又何足珍惜?我但求此生的平安的度送与脱出而已。犹之罹了疯狂的人,病中的颠倒迷离何足计较?但求其去病而已。

我正要搁笔,忽然西窗外黑云弥漫,天际闪出一道电光,发出隐隐的雷声,骤然洒下一阵夹着冰雹的秋雨。啊!原来立秋过得不多天,秋心稚嫩而未曾老练,不免还有这种不调和的现象,可怕哉!

1929 年秋日

初冬浴日漫感

离开故居一两个月,一旦归来,坐到南窗下的书桌旁时第一感到异样的,是小半书桌的太阳光。原来夏已去,秋正尽,初冬方到,窗外的太阳已随分南倾了。

把椅子靠在窗缘上,背着窗坐了看书,太阳光笼罩了我的上半身。它非但不像一两月前地使我讨厌,反使我觉得暖烘烘地快适。这一切生命之母的太阳似乎正在把一种祛病延年、起死回生的乳汁,通过了它的光线而流注到我的体中来。

我掩卷冥想:我吃惊于自己的感觉,为甚么忽然这样变了?前日之所恶变成了今日之所欢;前日之所弃变成了今日之所求;前日之仇变成了今日之恩。张眼望见了弃置在高阁上的扇子,又吃一惊。前日之所欢变成了今日之所恶;前日之所求变成了今日之所弃;前日之恩变成了今日之仇。

忽又自笑:"夏日可畏,冬日可爱",以及"团扇弃捐",乃古之名言,夫人皆知,又何足吃惊?于是我的理智屈服了。但是我的感觉仍不屈服,觉得当此炎凉递变的交代期上,自有一种异样的感觉,足以使我吃惊。这仿佛是太阳已经落山而天还没有全黑的傍晚时光:我们还可以感到昼,同时亦可以感到夜。

又好比一脚已跨上船而一脚尚在岸上的登舟时光：我们还可以感到陆，同时亦可以感到水。我们在夜里固皆知道有昼，在船上固皆知道有陆，但只是"知道"而已，不是"实感"。我久被初冬的日光笼罩在南窗下，身上发出汗来，渐渐润湿了衬衣。当此之时，浴日的"实感"与挥扇的"实感"在我身中混成一气，这不是可吃惊的经验么？

于是我索性抛书，躺在墙角的藤椅里，用了这种混成的实感而环视室中，觉得有许多东西大变了相。有的东西变好了：像这个房间，在夏天常嫌其太小，洞开了一切窗门，还不够，几乎想拆去墙壁才好。但现在忽然大起来，大得很！不久将要用屏帏把它隔小来了。又如案上这把热水壶，以前曾被茶缸驱逐到碗橱的角里，现在又像纪念碑似的矗立在眼前了。棉被从前在伏日里晒的时候，大家讨嫌它既笨且厚，现在铺在床里，忽然使人悦目，样子也薄起来了。沙发椅子曾经想卖掉，现在幸而没有人买去。从前曾经想替黑猫脱下皮袍子，现在却羡慕它了。反之，有的东西变坏了：像风，从前人遇到了它都称"快哉！"欢迎它进来，现在渐渐拒绝它，不久要像防贼一样严防它入室了。又如竹榻，以前曾为众人所宝，极一时之荣，现在已无人问津，形容枯槁，毫无生气了。壁上一张汽水广告画。角上画着一大瓶汽水，和一只泛溢着白泡沫的玻璃杯，下面画着海水浴图。以前望见汽水图口角生津，看了海水浴图恨不得自己做了画中人，现在这幅画几乎使人打寒噤了。裸体的洋囡囡跌坐在窗口的小书架上，以前觉得它太写意，现在看它可怜起来。希腊古代名雕的石膏模型Venus（维纳斯）立像，把裙子褪在大腿边，高高地独立在凌空的花盆架上。我在夏天看见她的脸孔是带笑的，这几天望去忽觉其容有蹙，好像在悲叹她自己失却了两只手臂，无法拉起裙子来御寒。

其实，物何尝变相？是我自己的感觉变叛了。感觉何以能变叛？是自然教它的。自然的命令何其严重：夏天不由你不爱风，冬天不由你不爱日。自然的命令又何其滑稽：在夏天定要你赞颂冬天所诅咒的，在冬天定要你诅咒夏天所赞颂的！

人生也有冬夏，童年如夏，成年如冬；或少壮如夏，老大如冬。在人生的冬夏，自然也常教人的感觉变叛，其命令也有这般严重，又这般滑稽。

1935年双十节晚于石门湾

云霓

这是去年夏天的事。

两个月不下雨。太阳每天晒十五小时。寒暑表中的水银每天爬到百度[1]之上。河底处处向天。池塘成为洼地。野草变作黄色而矗立在灰白色的干土中。大热的苦闷和大旱的恐慌充塞了人间。

室内没有一处地方不热。坐凳子好像坐在铜火炉上。按桌子好像按着了烟囱。洋蜡烛从台上弯下来，弯成磁铁的形状，薄荷锭在桌子上放了一会，旋开来统统溶化而蒸发了。狗子伸着舌头伏在桌子底下喘息，人们各占住了一个门口而不息地挥扇。挥得手腕欲断，汗水还是不绝地流。汗水虽多，饮水却成问题。远处挑来的要四角钱一担，倒在水缸里好像乳汁，近处挑来的也要十个铜板一担，沉淀起来的有小半担是泥。有钱买水的人家，大家省省地用水。洗过面的水留着洗衣服，洗过衣服的水留着洗裤。洗过裤的水再留着浇花。没有钱买水的人家，小脚的母亲和数岁的孩子带了桶到远处去扛。每天愁热愁水，还要愁未来的旱荒。迟耕的地方还没有种田，田土已硬得同石

---

[1] 百度，指华氏度。

头一般。早耕的地方苗秧已长，但都变成枯草了。尽驱全村的男子踏水。先由大河踏进小河，再由小河踏进港汊，再由港汊踏进田里。但一日工作十五小时，人们所踏进去的水，不够一日照临十五小时太阳的蒸发。今天来个消息，西南角上的田禾全变黄色了；明天又来个消息，运河岸上的水车增至八百几十部了。人们相见时，最初徒唤奈何："只管不下雨怎么办呢？""天公竟把落雨这件事根本忘记了！"但后来得到一个结论，大家一见面就惶恐地相告："再过十天不下雨，大荒年来了！"

此后的十天内，大家不暇愁热，眼巴巴的，只望下雨。每天一早醒来，第一件事是问天气。然而天气只管是晴，晴，晴……一直晴了十天。第十天以后还是晴，晴，晴……晴到不计其数。有几个人绝望地说："即使现在马上下雨，已经来不及了。"然而多数人并不绝望：农人依旧拼命踏水，连黄发垂髫都出来参加。镇上的人依旧天天仰首看天，希望它即刻下雨，或者还有万一的补救。他们所以不绝望者，为的是十余日来东南角上天天挂着几朵云霓，它们忽浮忽沉，忽大忽小，忽明忽暗，忽聚忽散，向人们显示种种欲雨的现象，维持着他们的一线希望。有时它们升起来，大起来，黑起来，似乎义勇地向踏水的和看天的人说："不要失望！我们带雨来了！"于是踏水的人增加了勇气，愈加拼命地踏，看天的人得着了希望，欣欣然有喜色而相与欢呼："落雨了！落雨了！"年老者摇着双手阻止他们："喊不得，喊不得，要吓退的啊。"不久那些云霓果然被吓退了，它们在炎阳之下渐渐地下去，少起来，淡起来，散开去，终于隐伏在地平线下，人们空欢喜了一场，依旧回进大热的苦闷和大旱的恐慌中。每天有一场空欢喜，但每天逃不出苦闷和恐怖。原来这些云霓只是挂着给人看看，空空地给人安慰和勉励而已。后来人们都看穿了，任它们五色灿烂地飘游在天空，只管低着头和热与旱奋斗，得过且过地度日子，不再上那些虚空的云霓的当了。

这是去年夏天的事。后来天终于下雨，但已于事无补，大荒年终于出现。现在，农人啖着糠秕，工人闲着工具，商人守着空柜，都在那里等候蚕熟和麦熟，不再回忆过去的旧事了。

我现在为什么在这里重提旧事呢？因为我在大旱时曾为这云霓描一幅画。现在从大旱以来所作画中选出民间生活描写的六十幅来，结集为一册书，把这幅《云霓》冠卷首，就名其书为《云霓》。这也不仅是模仿《关雎》《葛覃》，取首句作篇名而已，因为我觉得现代的民间，始终充塞着大热似的苦闷和大旱似的恐慌，而且也有几朵"云霓"始终挂在我们的眼前，时时用美好的形状来安慰我们、勉励我们，维持我们生活前途的一线希望，与去年夏天的状况无异。就记述这状况，当做该书的代序。

记述既毕，自己起了疑问：我这《云霓》能不空空地给人玩赏吗？能满足大旱时代的渴望吗？自己知道都不能。因为这里所描绘的云霓太小了，太少了。仅乎这几朵怎能沛然下雨呢？恐怕也只能空空地给人玩赏一下，然后任其消沉到地平线底下去的吧。

画集《云霓》（天马版）代序
1935 年 3 月 19 日

生机

去年除夜买的一球水仙花，养了两个多月，直到今天方才开花。

今春天气酷寒，别的花木萌芽都迟，我的水仙尤迟。因为它到我家来，遭了好几次灾难，生机被阻抑了。

第一次遭的是旱灾，其情形是这样：它于去年除夕到我家，当时因为我的别寓里没有水仙花盆，我特为跑到瓷器店去买一只纯白的瓷盘来供养它。这瓷盘很大、很重，原来不是水仙花盆。据瓷器店里的老头子说，它是光绪年间的东西，是官场中请客时用以盛某种特别肴馔的家伙。只因后来没有人用得着它，至今没有卖脱。我觉得普通所谓水仙花盆，长方形的、扇形的，在过去的中国画里都已看厌了，而且形式都不及这家伙好看。就假定这家伙是为我特制的水仙花盆，买了它来，给我的水仙花配合，形状色彩都很调和。看它们在寒窗下绿白相映，素艳可喜，谁相信这是官场中盛酒肉的东西？可是它们结合不到一个月，就要别离。为的是我要到石门湾去过阴历年，预期在缘缘堂住一个多月，希望把这水仙花带回去，看它开花才好。如何带法？颇费踌躇：叫工人阿毛拿了这盆水仙花乘火车，恐怕有人说阿毛提倡风雅；把它装进皮箱里，又不可能。于是阿毛提议："盘儿不要它，水仙花拔起来装在饼干箱里，携了上车，到家不过三四个钟头，不会旱杀的。"我通过了。水仙就与盘暂别，坐在饼干箱里旅行。回到家里，大家纷忙得很，我也忘记了水仙花。三天之后，阿毛突然说起，我猛然觉悟，找寻它的下落，原来被人当做饼干，搁在石灰甏上。连忙取出一看，绿叶憔悴，根须焦黄。阿毛说"勿碍[1]"，立刻把它供养在家里旧有的水仙花盆中，又放些白糖在水里。幸而果然勿碍，过了几天它又欣欣向荣了。是为第一次遭的旱灾。

第二次遭的是水灾，其情形是这样：家里的水仙花盆中，原有许多色泽很美丽的雨花台石子。有一天早晨，被孩子们发现了，水仙花就遭殃：他们说石子里统是灰尘，埋怨阿毛不先将石子洗净，就代替他做这番工作。他们把水仙花拔起，暂时养在脸盆里，把石子倒在另一脸盆里，掇到墙角的太阳光中，给它们一一洗刷。雨花台石子浸着水，映着太阳光，光泽，色彩，花纹，都很美丽。有几颗可以使人想象起"通灵宝玉"来。看的人越聚越多，孩子们尤多，女孩子最热心。她们把石子照形状分类，照色彩分类，照花纹分类；然后品评其好坏，给每块石子打起分数来；最后又利用其形色，用许多石子拼起图案来。图案拼好，她们自去吃年糕了！年糕吃好，她们又去踢毽子了；毽子踢好，她们又去散步了。直到晚上，阿毛在墙角发现了石子的图案，叫道："咦，水仙花哪里去了？"东寻西找，

---

1 勿碍，意即不碍事。

发现它横卧在花台边上的脸盆中，浑身浸在水里。自晨至晚，浸了十来个小时，绿叶已浸得发肿，发黑了！阿毛说"勿碍"，再叫小石子给它扶持，坐在水仙花盆中。是为第二次遭的水灾。

第三次遭的是冻灾，其情形是这样的：水仙花在缘缘堂里住了一个多月。其间春寒太甚，患难迭起。其生机被这些天灾人祸所阻抑，始终不能开花。直到我要离开缘缘堂的前一天，它还是含苞未放。我此去预定暮春回来，不见它开花又不甘心，以问阿毛。阿毛说："用绳子穿好，提了去！这回不致忘记了。"我赞成。于是水仙花倒悬在阿毛的手里旅行了。它到了我的寓中，仍旧坐在原配的盆里。雨水过了，不开花。惊蛰过了，又不开花。阿毛说："不晒太阳的原故。"就掇到阳台上，请它晒太阳。今年春寒殊甚，阳台上虽有太阳光，同时也有料峭的东风，使人立脚不住。所以人都闭居在室内，从不走到阳台上去看水仙花。房间内少了一盆水仙花也没有人查问。直到次日清晨，阿毛叫了："啊哟！昨晚水仙花没有拿进来，冻杀了！"一看，盆内的水连底冻，敲也敲不开；水仙花里面的水分也冻，其鳞茎冻得像一块白石头，其叶子冻得像许多翡翠条。赶快拿进来，放在火炉边。久而久之，盆里的水融了，花里的水也融了；但是叶子很软，一条一条弯下来，叶尖儿垂在水面。阿毛说"乌者[1]"，我觉得的确有些儿"乌"，但是看它的花蕊还是笔挺地立着，想来生机没有完全丧尽，还有希望。以问阿毛，阿毛摇头，随后说："索性拿到灶间里去，暖些，我也可以常常顾

---

1 乌者，意即糟了。

到。"我赞成。垂死的水仙花就被从房中移到灶间。是为第三次遭的冻灾。

谁说水仙花清？它也像普通人一样，需要烟火气的。自从移入灶间之后，叶子渐渐抬起头来，花苞渐渐展开。今天花儿开得很好了！阿毛送它回来，我见了心中大快。此大快非仅为水仙花。人间的事，只要生机不灭，即使重遭天灾人祸，暂被阻抑，终有抬头的日子。个人的事如此，家庭的事如此，国家、民族的事也如此。

1936年3月

清晨

吃过早粥，走出堂前，在阶沿石上立了一会。阳光从东墙头上斜斜地射进来，照明了西墙头的一角。这一角傍着一大丛暗绿的芭蕉，显得异常光明。它的反光照耀全庭，使花坛里的千年红、鸡冠花和最后的蔷薇，都带了柔和的黄光。光滑的水门汀受了这反光，好像一片混浊的泥水。我立在阶沿石上，就仿佛立在河岸上了。

一条瘦而憔悴的黄狗，用头抵开了门，走进庭中来。它走到我的面前，立定了，俯下去嗅嗅我的脚，又仰起头来看我的脸。这眼色分明带着一种请求之情。我回身向内，想从余剩的早食中分一碗白米粥给它吃。忽然想起邻近有吃粞粥及糠饭的人，又踌躇地转身向了外。那狗似乎知道我的心事，越发在我面前低昂盘旋，且嗅且看，又发出一种"呜呜"的声音。这声音仿佛在说："狗也是天之生物！狗也要活！"我正踌躇，李妈出来收早粥，看见了狗便说："这狗要饿杀快[1]了！宝官[2]，来厨房

---

1 饿杀快，江南一带方言，意即快饿死。
2 作者家乡一带对小主人称某官。

里拿些镬焦给它吃吃吧。"我的问题就被代为解决。不久宝官拿了一小箩镬焦出来,先放一撮在水门汀上。那狗拼命地吃,好像防人来抢似的。她一撮一撮喂它,好像防它停食似的。

我在庭中散步了好久,回到堂前,看见狗正在吃最后的一撮。我站在阶沿石上看它吃。我觉得眼梢头有一件小的东西正在移动。俯身一看,离开狗头一二尺处,有一群蚂蚁,正在扛抬狗所遗落的镬焦。许多蚂蚁围绕在一块镬焦的四周,扛了它向西行,好像一朵会走的黑瓣白心的菊花。它们的后面,有几个空手的蚂蚁跑着,好像是护卫;它们的前面有无数空手的蚂蚁引导着,好像是先锋。这列队约有二丈多长,从狗头旁边直达阶沿石缝的洞口——它们的家里。我蹲在阶沿上,目送这朵会走的菊花。一面呼唤正在浇花的宝官,叫她来共赏。她放下了浇花壶,走来蹲在水门汀上,比我更热心地观赏起来,我叫她留心管着那只狗,防恐它再吃得不够,走过来舔食了这朵菊花。她等狗吃完,把它驱逐出门,就安心地来看蚂蚁的清晨的工作了。

这块镬焦很大,作椭圆形,看来是由三四粒饭合成的。它们扛了一会,停下来,好像休息一下,然后扛了再走。扛手也时有变换。我看见一个蚂蚁从众扛手中脱身而出,径向前去。我怪它卸责,目送它走。看见另一个蚂蚁从对方走来。它们二人在交臂时急急地亲了一个吻,然后各自前去。后者跑到菊花旁边,就挤进去,参加扛抬的工作,好像是前者请来的替工。我又看见一个蚂蚁贴身在一个扛手的背后,好像在咬它。过了一会,那被咬者退了出来,自向前跑;那咬者便挤进去代它扛抬了。我看了这些小动物的生活，不禁摇头太息，心中起了浓烈的感兴。我忘却了一切，埋头于蚂蚁的观察中。我自己仿佛已经化作了一个蚂蚁，也在参加这扛抬粮食的工作了。我一望它们的前途，着实地担心起来。为的是离开它们一二尺的前方，有两根晒衣竹竿横卧在水门汀上，阻住它们的去路。先锋的蚂蚁空着手爬过，已觉周折，这笨重的粮食如何扛过这两重畸形的山呢？忽然觉悟了我自己是人，何不用人力去助它们一下呢？我就叫宝官把竹竿拿开。并且嘱咐她轻轻地，不要惊动了蚂蚁。她拿开了第二根时，菊花已经移行到第一根旁边而且已在努力上山了。我便叫她住手，且来观看。这真是畸形的山，山脚凹进，山腰凸出。扛抬粮食上山，非常吃力！后面的扛手站住不动，前面的扛手把后脚爬上山腰，然后死命地把粮食抬起来，使它架空。于是山腰的"人"死命地拖，地上的"人"死命地送。结果连物带"人"拖上山去。我和宝官一直叫着"杭育，杭育"帮它们着力；到这时候不期地同喊一声"好啊！"各抽一口大气。

下山的时候，又是一番挣扎，但比上山容易得多。前面的扛手先把身体挂了下来，后面的扛手自然被粮食的重量拖下，跌到地上。另有两人扛了一粒小饭粒从后面跟来。刚爬上山，又跌了下去。来了一个帮手，三人抬过山头。前面的菊花形的大群已去得很远了。

菊花形的大群走了一大程平地，前面又遇到了障碍。这是一个不可超越的峭壁，而且壁的四周都是水，深可没顶。宝官抱歉地自责起来："唉！我怎么把这把浇花壶放在它们的运粮大道上！不幸而这又是漏的！"继而认真地担忧了："它们迷了路怎么办呢？"继而狂喜地提议："赶快把壶拿开，给它们架一爿桥吧。"她正在寻找桥梁的材木，那三个扛抬的一组早已追过大群，先到水边，绕着水走去了。不久大群也到水边，跟了它们绕行，我唤回了宝官，依旧用眼睛帮它们扛抬。我们计算绕水所多走的路程，约有三尺光景！而且海岸线曲折多端，转弯抹角，非常吃力，这点辛劳明明是宝官无心地赠给它们的！我们所惊奇者：蚂蚁似乎个个带着指南针。任凭转几个弯，任凭横走，逆行，他们决不失向。迤逦盘旋了好久，终于绕到了水的对岸。现在离它们的家只有四五尺，而且都是平地了。我的心便从蚂蚁的世界中醒回来。我站起身来，挺一挺腰。我想等它们扛进洞时，再蹲下去看。暂时站在阶沿石上同宝官谈些话。

"这也是一种生物，它们也要活。人类的生活实在不及……"我正想说下去，外面走进我们店里的染匠司务来。他提着早餐的饭篮，要送进灶间去。当他通过我们的前面时，他正在和宝官说什么话。我和宝官听他说话，暂时忘记了蚂蚁的事。等到我注意到的时候，他的左脚正落在这大群蚂蚁的上面，好像飞来峰一般。我急忙捉住他的臂，提他的身体，连喊："踏不得！踏不得！"他吓得不知所以，像化石一般，顶着脚尖，一动也不动。我用力搬开他的腿。看见他的脚踵底下，一朵白心黑瓣的菊花无恙地在那里移行。宝官用手拍拍自己的心，说道："还好还好，险险乎！"染匠司务俯下去看了一看，起来也用手拍拍自己的心，说道："还好还好，险险乎！"他放下了饭篮，和我们一同观赏了一会，赞叹了一会。当他提了饭篮走进屋里去的时候,又说一声:"还好还好,险险乎!"

我对宝官说:"这染匠司务不是戒杀者,他欢喜吃肉,而且会杀鸡。但我看他对于这大群蚂蚁的'险险乎',真心地着急;对于它们的'还好还好',真心地庆幸。这是人性中最可贵的'同情'的发现。人要杀蚂蚁,既不犯法,又不费力,更无人来替它们报仇。然而看了它们的求生的天性,奋斗团结的精神,和努力挣扎的苦心,谁能不起同情之心,而对于眼前的小动物加以爱护呢?我们并不要禁杀蚂蚁,我们并不想繁殖蚂蚁的种族。但是,倘有看了上述的状态,而能无端地故意地歼灭它们的人,其人定是丧心病狂之流,失却了人性的东西。我们所惜的并非蚂蚁的生命,而是人类的同情心。"宝官也举出一个实例来。说她记得幼时有一天,也看见过今日般的状态。大家正在观赏的时候,有某恶童持热水壶来,冲将下去。大家被他吓走,没有人敢回顾。我听了毛发悚然。推想这是水灾而兼炮烙,又好比油锅地狱!推想这孩子倘做了支配者,其杀人亦复如是!古来桀纣之类的暴徒,大约是由这种恶童变成的吧!

扛抬粮食的蚂蚁经过了长途的跋涉,出了染匠司务脚底的险,现在居然达到了家门口。我们又蹲下去看。然而如何搬进家里,我又替它们担起心来。因为它们的门洞开在两块阶沿石缝的上端,离平地约有半尺之高。从水门汀上扛抬到门口,全是断崖峭壁!以前的先锋,现在大部分集中在门口,等候粮食从峭壁上搬运上来。其一部分参加搬运之役。挤不进去的,附在别人后面,好像是在拉别人的身体,间接拉上粮食来。大块而沉重的粮食时时摇动,似欲翻落。我们为它们捏两把汗。将近门口，忽然一个失手，竟带了许多扛抬者，砰然下坠。我们同情之余，几欲伸手代为拾起，甚至欲到灶间里去抓一把饭粒来塞进洞门里。但是我们没有实行。因为教它们依赖，出于姑息；当它们豢物，近于侮辱。蚂蚁知道了，定要拒绝我们。你看，它们重整旗鼓，再告奋勇。不久，居然把这件重大的粮食扛上峭壁，搬进洞门里了。

朝阳已经照到芭蕉树上。时钟打九下。正是我们开始工作的时光了。宝官自去读书，我也带了这些感兴，走进我的书室去。

1935年10月6日于石门湾

晨梦

我常常在梦中晓得自己做梦。晨间,将醒未醒的时候,这种情形最多,这不是我一人独有的奇癖,讲出来常常有人表示同感。

近来我尤多经验这种情形:我妻到故乡去作长期的归宁,把两个小孩子留剩在这里,交托我管。我每晚要同他们一同睡觉。他们先睡,九点钟定静,我开始读书、作文,往往过了半夜,才钻进他们的被窝里。天一亮,小孩子就醒,像鸟儿在我耳边喧聒,又不绝地催我起身。然这时候我正在晨梦,一面隐隐地听见他们的喧聒,一面在做梦中的遨游。他们叫我不醒,将嘴巴合在我的耳朵上,大声疾呼:"爸爸!起身了!"立刻把我从梦境里拉出。有时我的梦正达于兴味的高潮,或还没有告段落,就回他们话,叫他们再唱一曲歌,让我睡一歇,连忙蒙上被头,继续进行我的梦游。这的确会继续进行,甚且打断两三次也不妨。不过那时候的情形很奇特:一面寻找梦的头绪,继续演进,一面又能隐隐地听见他们的唱歌声的断片。即一面在热心地做梦中的事,一面又知道这是虚幻的梦。有梦游的假我,同时又有伴小孩子睡着的真我。

但到了孩子大哭，或梦完结了的时候，我也就毅然地起身了。披衣下床，"今日有何要务"的真我的正念凝集心头的时候，梦中的妄念立刻被排出意外，谁还留恋或计较呢？

"人生如梦"，这话是古人所早已道破的，又是一切人所痛感而承认的。那么我们的人生，都是——同我的晨梦一样——在梦中晓得自己做梦的了。这念头一起，疑惑与悲哀的感情就支配了我的全体，使我终于无可自解，无可自慰。往往没有穷究的勇气，就把它暂搁在一旁，得过且过地过几天再说。这想来也不是我一人的私见，讲出来一定有许多人表示同感吧！

因为这是众目昭彰的一件事：无穷大的宇宙间的七尺之躯，与无穷久的浩劫中的数十年，而能上穷星界的秘密，下探大地的宝藏，建设诗歌的美丽的国土，开拓哲学的神秘的境地。然而一到这脆弱的躯壳损坏而朽腐的时候，这伟大的心灵就一去无迹，永远没有这回事了。这个"我"的儿时的欢笑，青年的憧憬，中年的哀乐、名誉、财产、恋爱……在当时何等认真，何等郑重；然而到了那一天，全没有"我"的一回事了！哀哉："人生如梦！"

然而回看人世，又觉得非常诧异：在我们以前，"人生"已被反复了数千万遍，都像昙花泡影地倏现倏灭。大家一面明明知道自己也是如此，一面却又置若不知，毫不怀疑地热心做人。——做官的热心办公，做兵的热心体操，做商的热心算盘，做教师的热心上课，做车夫的热心拉车，做厨房的热心烧饭……还有做学生的热心求知识，以预备做人——这明明是自杀，慢性的自杀！

这便是为了人生的饱暖的愉快，恋爱的甘美，结婚的幸福，爵禄富厚的荣耀，把我们骗住，致使我们无暇回想，流连忘返，得过且过，提不起穷究人生的根本的勇气，糊涂到死。

"人生如梦！"不要把这句话当做文学上的装饰的丽句！这是当头的棒喝！古人所道破，我们所痛感而承认的。我们的人生的大梦，确是——同我的晨梦一样——在梦中晓得自己做梦的。我们一面在热心地做梦中的事，一面又知道这是虚幻的梦。我们有梦中的"假我"，又有本来的"真我"。我们毅然起身，披衣下床，真我的正念凝集于心头的时候，梦中的妄念立刻被置之一笑，谁还留恋或计较呢？

同梦的朋友们！我们都有"真我"的，不要忘记了这个"真我"，而沉酣于虚幻的梦中！我们要在梦中晓得自己做梦，而常常找寻这个"真我"的所在。

1927年

梦耶真耶

我小时候对于梦的看法,和中年后对于梦的看法大不相同,甚至相反。

很小的时候,大约五六岁以前,好像是不做梦的,或者是做了就忘记的。那时候还不知人事,完全任天而动。饥则啼,饱则喜,乐则笑,倦则睡。白天没有什么妄想,夜里也不做什么梦;就是做梦,也同饥饱啼笑一样地过后即忘。七八岁以后,我初入私塾读书,方才明白知道人生有做梦的一件事体。但常把真和梦混在一起,辨不清楚。有时做梦先生放假,醒来的时候便觉欢喜。有时做梦跟邻家的小朋友去捉蟋蟀,次日就去问他讨蟋蟀来看。这大概是因为儿时对于自己的生活全然没有主张或计划,跟了时地的变化和大人的指使而随波逐流地过去,与做梦没有什么分别的原故。

入了少年时代,我便知道梦是假的,与真的生活判然不同。但对于做梦这一件事,常常觉得奇怪而神秘。怎么独自睡在床里会同隔离的朋友见面,说话,游戏,又跑到很远的地方去呢?虽然事实已证明其为假,但我心中还是想不通这个道理。做了青年,学了科学,我才知道这是心理现象的一种,是完全不足凭的假象。我听见有人骂一个乞丐说："你想发财，做梦！"又听见母亲念的《心经》中有一句叫做"远离颠倒梦想"，更知世人对于梦的看法：做梦是假的，荒唐而不合情理的。所以乞丐想做官发财类于做梦。所以修行的人要远离颠倒梦想。真的事实和梦正反对，是真的，切实而合乎情理的。

我在三十岁以前，对于"真"和"梦"两境一直作这样的看法。过了三十岁，到了三十五岁的今日，——《东方杂志》向我征稿的今日，——我在心中拿起真和梦两件事儿来仔细辨认一下，发现其与从前的看法大不相同，几成正反对。从前我同世人一样地确信"真"为真的，"梦"为假的，真伪的界限判然。现在这界限模糊起来，使我不辨两境孰真孰假，亦不知此生梦耶真耶。从前我确信"真"为如实而合乎情理，"梦"为荒唐而不合情理。现在适得其反：我觉得梦中常有切实而合乎情理的现象。而现世家庭、社会、国家、国际的事，大都荒唐而不合理。我深感做人不及做梦的快适。从前我读到陆放翁的诗：

苦爱幽窗午梦长，
此中与世暂相忘。
华山处士如容见，
不觅仙方觅睡方。

曾经笑他与世"暂"相忘，何足"苦爱"？但现在我苦爱他这首诗，觉得午梦不够，要做长夜之梦才好。假如觅得到睡方，我极愿重量地吞服一剂，从此优游于梦境中，永远不到真的世间来了。

怎见得两境真假的界限模糊呢？我以为"真"的真与"梦"的假，都不是绝对的，都是互相比较而说的。一则"梦"的历时比"真"的历时短些，人们就指"梦"为假。二则"真"的幻灭（就是死）比"梦"的幻灭（就是醒）不易看见，人们就视"真"为真。三则梦中的状况比他世的状况变幻不测些，人们就说做梦是假的。四则世间的事过后都可拿出实物来作凭据，梦中的事过后成空，拿不出确实的凭据来，人们就认世间为真的。其实，这所谓真假全不是绝对的性质，皆由比较而来；其理由如下：（一）梦与真的历时长短，拿音乐来比方，不过像三十二分音符对全音符，久暂虽异，但同在"时间"的旋律中消失过去，岂有永远不休止的音符？（二）每天朝晨醒觉时看见"梦"的幻灭，但每人临终时也要看见"真"的幻灭，不过前者经验的次数多些，后者每人只经验一次罢了。（三）讲到状况的变幻不测，人世的运命岂有常态可测？语云："今日不知明日事，上床忽别下床鞋。"人世的变幻不测与梦境有何两样？就最近的时事看：内乱的起伏，党派的纠纷，都非我民意料所及；"一·二八"淞沪战事的突发，上海的灾民谁也说是"梦想不到的"。我战后来到上海，有好几次看见了闸北的一大片焦土而认真地疑心自己是在做梦呢。（四）"世间的事过后都可拿出实物来作凭据，梦中的事过后成空，拿不出确实的证据来。"这话只能在世间说，你的百年大梦醒觉以后，再向哪里去拿实物来证明世间的事的真实呢？到了大梦一觉的时候，恐怕你要说"世间的事过后成空，拿不出确实的证据来"了。反之，若在梦中说话，也可以说"梦中的事过后都可拿出（梦中的）实物来作凭据"的。我们在世间认真地做人，在梦中也认真做梦。做了拾钞票的梦会笑醒来，做了遇绑匪的梦会吓出一身大汗。我曾做过写原稿的梦，觉得在梦中为梦中的读者写稿同在现世为《东方杂志》的读者写稿一样地辛苦，醒后感到头痛。当时想想真是何苦！早知是假，悔不草率了事。但我现在并不懊悔，因为我确信梦中也有梦中的"世间法"，应该和在现世一样地恪守。不然，我在梦中就要梦魂不安。可知人在梦中都是把梦当做现世一样看待的。反过来也说得通：人在现世常把现世当做梦一样看待，所以有"浮生若梦"的老话。读到"六朝如梦鸟空啼""十年一觉扬州梦"等句，回想自己所遭逢的衰荣兴废，离合悲欢，真觉得同做梦一样！凡人的"生涯原是梦"，岂独"神女"而已哉。

　　这样说来，梦和真两境，可说都是真的，也可说都是假的，没有绝对真假的区别。所以我不辨两者孰真孰假，亦不知此生梦耶真耶。

　　怎见得梦中常有切实而合乎情理的现象，而现世的事反多荒唐不合情理呢？这道理是显明的。古人云："昼有所思，夜梦其事。"昼之所思，是我的希望，我的理想，故夜梦大都是与我的生活切实相关而合乎情理的。现世的事便不然，自家庭，社会，以至国家，满目是荒唐而不合情理的现象。人的希望与理想往往在现世一时不能做到，而先在梦中实行。"黄帝昼寝而梦游于华胥氏之国"。"后二十有八年，天下大治，几若华胥氏之国"。孔子在乱臣贼子的春秋时代"梦见周公"。自来去国怀乡，以及男女相恋的人，都在梦中圆满其欲望而实行其合理的生活。"梦里不知身是客，一晌贪欢。""故园此去十余里，春梦犹能夜夜归。""重门不锁相思梦，随意绕天涯。"这种梦何等痛快！"打起黄莺儿，莫教枝头啼；啼时惊妾梦，不得到辽西。"这思妇分明是有意耽乐于梦的生活，而在那里"寻梦"了。

同是虚幻，何必细论其切实与荒唐，合情理与不合情理，快适与不快适？总之，我中年以来对于真和梦，不辨孰真孰假，因而不知我生梦耶真耶。我不能忘记《齐物论》中的话："不知周之梦为蝴蝶与？蝴蝶之梦为周与？"又常常想起晏几道的词：

"从别后，忆相逢，几回魂梦与君同。今宵剩把银釭照，犹恐相逢是梦中。"

可惜这银釭有些靠不住，怎知他不是梦中的银釭呢？安得宇宙间有个标准的银釭，让我照一照人生的真相看？

1932 年 12 月 5 日于石门湾

物语

　　晴爽的五月的清晨，缘缘堂主人早起，以杨柳枝漱口，饮清水一大杯，燃土耳其卷烟一支，走近堂楼窗际，凭栏闲眺庭中的景物，作如是想：

　　"葡萄也贪肥。用了半张豆饼，这几天就青青满棚。且有许多藤蔓长出棚外，颤袅空中，在那里要求延长棚架了。那嫩叶和卷须中间，已有无数绿色的小珠，这些将来都是结葡萄的。预想今年新秋，棚下果实累累，色如琥珀，大如鸟卵，味甘可口，专供我随意摘食。半张豆饼的饲养，换得它这许多的报效，这植物真可谓有益于人生，而尽忠于主人的了。去年夏秋，主人客居他方，听说它生的很少而小而无味。今年主人将在此过夏秋，它颇能体贴人意，特地多抽条枝，将以博主人之欢。你看：那嫩叶儿在朝阳中向我微笑，那藤蔓儿在晨风中向我点头，仿佛在说：'我们都是为你生的呀！'

　　"南瓜秧也真会长！不多天之前撒下几颗南瓜子，现在变成了一座小林。那些茎儿肥胖得像许多青虫。那子叶长大得像两个浮萍。有些子叶上面还顶着一张带泥的南瓜子壳，仿佛在对我证明：'诺！我确是从你所撒下的那颗瓜子里长出来的呀！'我预备这几天就给它分秧。掘几枝种在平屋后面的小天井里，让它们长大来爬到平屋上。再掘几枝种在灶间后面的阴沟旁，让它们长大来爬在灶间上。南瓜的确是一种最可爱的作物。你想，一粒瓜子放在墙下的泥里，自会迅速地长出蔓来，缘着竹竿爬到人家的屋上。不到半年，居然会变出十七八个果实来，高高地横卧在屋顶，专让屋主随时取食，教外人无法偷取。这不是最尽忠于主人的作物么？况且果实又肥又大，半个南瓜可烧一锅，滋味又甜又香，又可点饥，又易消化。这不是最有益于人生的植物吗？它那青虫似的苗秧，含蓄着无限的生产力，怀抱着无限为人服务的忠诚。古人咏小松曰：'时人不识凌云木，直待凌云始道高。'这两句正可拜借来赞咏我眼前的南瓜秧。看哪，许多南瓜秧在微风中摇摆着。它们大约知道我正在赞赏它们，故尔装出这得意的样子来酬答我。仿佛在对我说：'我的出身虽然这么微贱，但是我有着凌云之志，将来定要飞黄腾达，以报答你的养育之恩！'

"鸽子们一齐在棚里吃早食了。雌的已会生蛋。它们对主人真亲善：每逢一只雌鸽子生了两个蛋，倘这里的小主人取食一个，它能补生一个。倘再取食一个，它能再补生一个，绝无吝色，永不表示反抗。现在我要阻止这里的小主人的取食鸽蛋，让它们多孵小鸽子。将来小鸽子多了，我定要把棚扩大且加以改良，让它们住得舒服。因为它们对我的服务实在太忠诚了：我每逢出门，带几只在身边，到了远方，要使这里的主母知道我的行踪和起居，可写一封信缚在鸽子的脚上，叫它飞送。一霎儿它就带了信回家，报告主母，比航空邮便还快，比挂号信还妥当。不但省了我许多邮票,又给我许多便利,外加添了我家庭中的许多趣味。这是何等有智慧且通人意的一种小动物!我誓不杀食你们的肉,我誓愿养杀你们[1]。啊,它们仰起头来望我了!啊,它们'咕,咕'地对我叫了。这明明是对我表示亲爱,仿佛在说:Good morning! Good morning!(早安!早安!)

"黑猫把头钻在门槛底下做什么?不错!它是在那里为我驱逐老鼠。门槛底下的洞正是老鼠出没的地方。前天我亲眼看见两只大老鼠被它追赶,仓皇地逃进这洞里去。以前我家老鼠多而且凶。白昼常常横行,晚上更闹得人不能睡眠。抽斗都变成了老鼠的便所,人所吃的都是老鼠的残食。原稿纸在桌上放过一夜,添上了老鼠的小便痕。孩子们把几粒花生米在衣袋里放过一夜,明天连衣襟都被咬破。自从这只黑猫来到我家以后,老鼠忽然肃清,家人方得安眠。真是除暴安良,驱邪降福。它的服务多么忠诚勤恳:晚间通夜不睡,放大了两个瞳孔,在满间屋子里巡查侦缉。白天偶尔歇息,也异常警惕。听见墙角吱吱一声,就猛然惊醒,勇往直前,爪牙交加,务须驱之屋外,或置之死地而后已。即使在吃饱的时候,看见了老鼠也绝不放过,宁可不吃,不可不杀。总之,它的捕鼠非为一己口腹之欲,全为我家除害。故终日终夜皇皇然,唯恐老鼠伤害了我家的一草一木。它仰起头,竖起尾巴,向我'咪呜,咪呜'地叫了。这神气多么威武,这声音又多么柔媚!好似一员小将杀退了毛贼,归来向国王献捷的模样。"

---

[1] 养杀你们,意即供养你们一辈子直到老死。

缘缘堂主人作如是想毕，满心欢喜，得意洋洋，深深地吸入一口土耳其卷烟，喷出烟气与屋檐齐高。然后暂闭两目，意欲在晨曦中静养其平旦之气。忽闻庭中吃吃作笑，呜呜作声，似有人为不平之鸣者。倾耳而听，最先说话的是葡萄：

"哈，哈，这老头子发痴！他以为我是为他生的。人类真是何等傲慢而丑恶的动物！我受天之命而降生，借自然之力而成长，何干于你？我在这里享乐我自己的生命，繁殖我自己的种子，何尝为你而生？你在我的根上放下半张豆饼，为我造棚，自以为对我有培养之恩吗？我实在不愿受这种恩，这非但对我自己的生活毫无益处，实在伤害了我！你知道吗：我本来生在山野，泥土是适我胃口的食粮，雨露是使我健康的饮料，岩壁丘壑是我的本宅，那时我的藤蔓还要粗，我的种子还要多，我的攀缘力与繁殖力比现在强得多。自从被你们人类取来豢养之后，硬要我吃过量的食料，硬把我拘束在机械的栅上，还要时时弯曲我的藤蔓，教我削足适履；裁剪我的枝叶，使我畸形发展。于是我的藤蔓变成如此细弱，我的种子变得如此臃肿。我的全身被你们造成了残废的模样。你称赞我的种子色如琥珀，大如鸟卵。其实这在我是生赘疣，生臌胀，生小肠气病，都是你害我的！你反道这是我对你的恩惠的报效，反道我尽忠于你，真是荒天下之大唐！尤可笑者，去年我生得少，你以为是你不在家的原故；今年我生得多，你以为是博你的欢。我又不是你的情人，为你离家而憔悴；又不是你的奴隶，在你面前献媚！告诉你吧：我因生理的关系，要隔年繁荣一次。你偶然凑巧，就以为我逢迎你，真真见鬼！人类往往作这种狂妄的态度：回家偶逢花儿未落就说它'留待主人归'；送别偶逢鸟儿闲啼，就以为'恨别鸟惊心'；出门偶逢天晴，自以为'天佑'，岂不可笑？我们与你同是天之生物，平等地站在这世间，各自谋生，各自繁殖，我们岂是为你们而存在？你以为我在微笑，在点头。其实我在悲叹，在摇头。为了你强迫我吃了半张豆饼，剪去了我许多枝叶，眼见得今秋的果实又要弄得臃肿不堪，给你们吞食殆尽，不留一粒种子。昨天隔壁三娘娘家的母猪偶然到这里来玩。我曾经同她互相悲叹愤慨。我和她同样也受你们的'非生物道'的虐待，大家变得臃肿残废而膏你们的口腹。人类真是何等野蛮的东西！自己也是生物，却全不顾'生物道'，一味自私自利，有我无人。还要一厢情愿，得意洋洋。天下的傲慢与丑恶，无过于人类了！"下面继续起来的谩骂之声，是那短小精悍的南瓜秧所发的：

"人类不但傲慢而丑恶，简直是热昏[1]！不要脸！他们自恃力强，公然侵略一切弱小生物。'弱肉强食'在这世间已成了一般公理；倘然侵略者的态度坦白，自认不讳，倒还有一点可佩服；可是他们都鬼头鬼脑，花言巧语，自命为'万物灵长'，以为其他一切生物皆为人而生，真是十八刀钻不出血的老皮面！葡萄伯伯的抗议，我不但完全同情，且觉得措辞太客气了。人这种野蛮东西，对他们用什么客气？你不知道我吃了他们多少苦头，才挣得这条小性命呢。我的母亲是一个体格强壮而身材苗条的健全的生物，被他们残忍地腰斩了，切成千刀万块，放在锅子里烧到粉身碎骨。那时我同众兄弟们还在娘肚皮里，被他们堕胎似的取

---

[1] 热昏，江南一带方言，意即昏了头。

出，盛在篮里，放在太阳光里晒。我们为了母亲的被害，已不胜哀悼；自己的小性命是否可保，又很忧虑。果然，晒了一天，有一人对着我们说：'南瓜子可以吃了！'我们惊起一看，其人正是这自命为主人的老头子！他端起我们的篮来，横七竖八地摇了一会，对那老妈子说：'拿去炒一炒！'这死刑的宣告使我众兄弟同声号哭，然而他们如同不闻，管自开锅发灶，准备我们的刑场。幸而有一个小姑娘，她大概年纪还小，天良还没有丧尽，走过来对老妈子说：'不要全炒，总要给它们留些种子的！'我们有了免于灭族的希望，觉得死也甘心。大家秉公持正，仓皇地推选，想派几个体格最健全的兄弟留着传种，以绍承我母的血统。谁知那小姑娘不管我们本人的意见，随手抓了一把，对那老妈子说：'这一点儿拿去种，余多的你炒吧！'我幸而被抓在她的手里，又不幸而不是最健全的一个。然而有此虎口余生，总算不幸中之大幸。现在这父母之遗体靠了土地的养育，和雨露的滋润，居然脱壳而出，蒸蒸日上，也可以聊尽子责而告慰泉壤了。但看这老头子的态度，我又起了无限的恐惧。我还道他家的小姑娘天良没有丧尽，慈悲地顾念我母的血食；原来不然，他们都全为自己，想等我大起来，再吃我的子孙！他贪恋我们的果实又肥又大，滋味又甜又香，何等可恶的老馋！他以为我们忠于主人，有益于人生；怀抱着为人服务的忠诚，何等荒唐的胡说！我们自有天赋的生产力，和天赋的凌云之志，但岂是为你们而生，又岂是你们所能养成？可惜我的根不能移动，若得像那鸽子，我早已飞出这可诅咒的牢狱和刑场，向大自然的怀里去过我独立自主的生活了！"南瓜秧说到这里，鸽子就接上去说：

"你的话大都是我所同情的。不过听到你最后的话，似有讥讽我能飞不飞，甘心为奴的意思，这使我不得不辩解了。古语云：'一家不晓得一家事'，难怪你怀疑于我。现在我把我们的生活情形告诉你吧：人对我的待遇，除了偷蛋可恶以外，其余的我都只觉得可笑。以为我对人亲善，服务忠诚，全是盲子摸象！我们的祖先本来聚居在山野中，无拘无束，多么自由的生活！后来不知怎样，被人捕到城市，豢养在囚笼里。我们有一种独特而力强的遗传性，就是不忘我们的诞生地。人类有一句话，叫做'狐死正首丘'，又有俗语说：'树高千丈，叶落归根'，他们也认为这是一种美德。我们因有这种遗传性的原故，诞生在城市中的虽然飞翔力并不退化，却无意飞回山野。人类就利用我们这习性，为我们在庭院里筑窠巢，从单方面擅定我们是他们所豢养的，还要单恋似的说我们对人亲善，岂不可笑！我们为有上述的遗传性，大家善于记忆。即使飞到了数千百里之外，仍能飞回原处，绝对不要找警察问路。因此人类又来利用我们，把信札缚在我们的脚上，托我们带回。纸儿并不重，我们也就行个方便。但这是'乘便'，不是专差，人类却自以为我们是他们的专差，称我们为'传书鸽'，还要谬赞我们服务忠诚，岂不更可笑吗？尤可笑的，我们有几个住在军队中的兄弟，不幸在战场上中了流弹，短命而死，军人居然为它们建筑坟墓，天皇还要补送它们勋章，教它们受祭奠。哈哈，我们只为了恪守祖先的遗志，不忘自己的根本，故而不辞冒险，在战场上来往；谁肯为这种横暴的侵略者做走狗呢？老实说，若不为了他们那种优良的食物的供养，我们也不肯中他们的计。只是那种食物太味美了,我们倒有些儿舍不得。横竖我们有的是翅膀,飞过战场也没有什么可怕,也乐得多吃些美食,在那里看看人类自相残杀的恶剧吧。这里的主人每逢托我带信回家,主母来接取我脚上的纸儿时,也必拿许多优良的食物供奉我。我为贪食这些,每次总是赶快回来。他们却误解了,以为我服务忠诚,真是冤哉枉也!也许他们都知道,为欲装'万物灵长'的场面,故意假痴假呆,说我们忠诚。那更是可笑而可耻了!刚才我在这里向朝阳请早安,那老头儿却自以为我在对他说'Good morning'。这便是可笑可耻的一端。"黑猫也昂起头来说话了。

"鸽子哥儿的话好像是代替我说的!我的境遇完全和你一样,我的猫生观也和你相同。那老头儿以为我在这里为他驱鼠,谬赞我服务忠诚,并且瞎说我的捕鼠不为口腹,全为他家除害,唯恐老鼠伤害了他家的一草一木,在我也常觉得荒唐可笑。把我的平生约略地告诉你吧:我本来住在这里的邻近人家的。因为那人家自己没饭吃,更没有钱买鱼来供养我;他们的房子又异常狭小,所有的老鼠很少;即使有几只,也因为那屋破得可以,瓦上、壁上、窗户上,处处有不大不小的隙缝,老鼠可以自由逃窜,而我猫却钻不进去。我往往守候了好几天,没有一只老鼠可得,因此我只得告辞,彷徨歧途。偶然到这屋檐上窥探,看见房子还高大,布置还像样。我正想混进来找些食物,这里小姑娘已在檐下模仿我的叫声而招呼我了。不久那老妈子拿了一只碗走到檐下,对着我'丁丁丁丁'地敲起来。我连忙跳下来就食:碗里的东西真美味,全是我所最欢喜的鱼类!我预备常住在这里。但闻那老妈子说:'这猫不知是从哪里来的。

这般瘦，看来是没有人家养的。我们养了吧，老鼠太多，教它赶老鼠。'那小姑娘说：'这只猫样子也好看！我们养了它！不要忘记喂食！'我听了这话，就决心常住在这里了。他们的供养的确很好。外加前后许多屋子，都有无数的老鼠，任我随时捕食。现在老鼠虽已减少，且都警戒，只要用点工夫，或耐心装个假睡，也总可捞得一个。我们也有一种独特的遗传性，就是欢喜吃老鼠。老鼠比鱼更好吃。所以我虽在刚刚吃饱鱼饭的时候，见了老鼠仍是感到一种说不出的香味，不由得要捉住它。老实说，这里倘没有了上述的食物，我早已告辞了。那老头儿还说我为他服务忠诚，是上了我的当，不然，便如你所说，他是假痴假呆地夸口，以助'万物灵长'的威风。刚才我因为早晨没有吃过，追老鼠又落个空，仰起头来喊他给我备早饭，他却视我为献媚，献捷，也是人类可笑可耻的一个实例！——照理，正如葡萄先生和南瓜小姐所主张，我们都是受命于天而长育于地的平等的生物，应该各正性命，不相侵犯。但这道理太高，像我兄弟就做不到。但我们自认吃鱼吃老鼠不讳，态度是坦白。至于像人类这样巧立了'灵长'的名目而侵略万物；还要老着面皮自以为'万物为我而生'，我们是不屑为的！"

　　缘缘堂主人倾耳而听，不漏一字；初而惊奇，继而惶恐，终于羞惭。想要辩解，一时找不出理由。土耳其卷烟熄，平旦之气消，愀然变容，悄然离窗，隐几而卧。

1936 年 5 月 13 日

杨柳

因为我的画中多杨柳树，就有人说我欢喜杨柳树；因为有人说我欢喜杨柳树，我似觉自己真与杨柳树有缘。但我也曾问心，为什么欢喜杨柳树？到底与杨柳树有什么深缘？其答案了不可得。原来这完全是偶然的：昔年我住在白马湖上，看见人们在湖边种柳，我向他们讨了一小株，种在寓屋的墙角里。因此给这屋取名为"小杨柳屋"，因此常取见惯的杨柳为画材，因此就有人我欢喜杨柳，因此我自己似觉与杨柳有缘。假如当时人们在湖边种荆棘，也许我会给屋取为"小荆棘屋"，而专画荆棘，成为与荆棘有缘，亦未可知。天下事往往如此。

但假如我存心要和杨柳结缘，就不说上面的话，而可以附会种种理由上去。或者说我爱它的鹅黄嫩绿，或者说我爱它的如醉如舞，或者说我爱它像小蛮的腰，或者说我爱它是陶渊明的宅边所种的，或者还可援引"客舍青青"的诗，"树犹如此"的话，以及"王恭之貌""张绪之神"等种种古典来，作为自己爱柳的理由。即使要找三百个冠冕堂皇、高雅深刻的理由，也是很容易的。天下事又往往如此。

也许我曾经对人说过"我爱杨柳"的话。但这话也是随缘的。仿佛我偶然买一双黑袜穿在脚上，逢人问我"为什么穿黑袜"时，就对他说"我欢喜穿黑袜"一样。实际，我向来对于花木无所爱好；即有之，亦无所执着。这是因为我生长穷乡，只见桑麻、禾黍、烟片、棉花、小麦、大豆，不曾亲近过万花如绣的园林。只在几本旧书里看见过"紫薇""红杏""芍药""牡丹"等美丽的名称，但难得亲近这等名称的所有者。并非完全没有见过，只因见时它们往往使我失望，不相信这便是曾对紫薇郎的紫薇花，曾使尚书出名的红杏，曾傍美人醉卧的芍药，或者象征富贵的牡丹。我觉得它们也只是植物中的几种，不过少见而名贵些，实在也没有什么特别可爱的地方，似乎不配在诗词中那样地受人称赞，更不配在花木中占据那样高尚的地位。因此我似觉诗词中所赞叹的名花是另外一种，不是我现在所看见的这种植物。我也曾偶游富丽的花园，但终于不曾见过十足地配称"万花如绣"的景象。

假如我现在要赞美一种植物，我仍是要赞美杨柳。但这与前缘无关，只是我这几天的所感，一时兴到，随便谈谈，也不会像信仰宗教或崇拜主义地毕生皈依它。为的是昨日天气佳，埋头写作到傍晚，不免走到西湖边的长椅子里坐了一会，看见湖岸的杨柳树上，好像挂着几万串嫩绿的珠子，在温暖的春风中飘来飘去，飘出许多弯度微微的 S 线来，觉得这一种植物实在美丽可爱，非赞它一下不可。

听人说，这种植物是最贱的。剪一根枝条来插在地上，它也会活起来，后来变成一株大杨柳树。它不需要高贵的肥料或工深的壅培，只要有阳光、泥土和水，便会生活，而且生得非常强健而美丽。牡丹花要吃猪肚肠，葡萄藤要吃肉汤，许多花木要吃豆饼，杨柳树不要吃人家的东西，因此人们说它是"贱"的，大概"贵"是要吃的意思。越要吃得多，越要吃得好，就是越"贵"。吃得很多很好而没有用处，只供观赏的，似乎更贵。例如牡丹比葡萄贵，是为了牡丹吃了猪肚肠只供观赏而葡萄吃了肉汤有结果的原故。杨柳不要吃人家的东西，且有木材供人用，因此被人看作"贱"的。

我赞杨柳美丽，但其美与牡丹不同，与别的一切花木都不同。杨柳的主要美点，是其下垂。花木大都是向上发展的，红杏能长到"出墙"，古木能长到"参天"。向上原是好的，但我往往看见枝叶花果蒸蒸日上，似乎忘记了下面的根，觉得其样子可恶；你们是靠它养活的，怎么只管高踞上面，绝不理睬它呢？你们的生命建设在它上面，怎么只管贪图自己的光荣，而绝不回顾处在泥土中的根本呢？花木大都如此。甚至下面的根已经被砍，而上面的花叶还是欣欣向荣，在那里作最后一刻的威福，真是可恶而又可怜！杨柳没有这般可恶可怜的样子：它不是不会向上生长。它长得很快，而且很高；但是越长得高，越垂得低。千万条陌头细柳，条条不忘记根本，常常俯首顾着下面，时时借了春风之力，向处在泥土中的根本拜舞，或者和它亲吻。好像一群活泼孩子环绕着他们的慈母而游戏，但时时依傍到慈母的身旁去，或者扑进慈母的怀里去，使人看了觉得非常可爱。杨柳树也有高出墙头的，但我不嫌它高，为了它高而能下，为了它高而不忘本。

自古以来，诗文常以杨柳为春的一种主要题材。写春景曰

"万树垂杨"，写春色曰"陌头杨柳"，或竟称春天为"柳条春"。我以为这并非仅为杨柳当春抽条的原故，实因其树有一种特殊的姿态，与和平美丽的春光十分调和的原故。这种姿态的特殊点，便是"下垂"。不然，当春发芽的树木不知凡几，何以专让柳条做春的主人呢？只为别的树木都凭仗了春之力而拼命向上，一味求高，忘记了自己的根本，其贪婪之相不合于春的精神。最能象征春的神意的，只有垂杨。

这是我昨天看了西湖边上的杨柳而一时兴起的感想。但我所赞美的不仅是西湖上的杨柳。在这几天的春光之下，乡村处处的杨柳都有这般可赞美的姿态。西湖似乎太高贵了，反而不适于栽植这种"贱"的垂杨呢。

1935 年 3 月 4 日于杭州

闲居

闲居，在生活上人都说是不幸的，但在情趣上我觉得是最快适的了。假如国民政府新定一条法律："闲居必须整天禁锢在自己的房间里"，我也不愿出去干事，宁可闲居而被禁锢。

在房间里很可以自由取乐。如果把房间当做一幅画看的时候，其布置就如画的"置陈"了。譬如书房，主人的座位为全局的主眼，犹之一幅画中的 middle point（中心点），须居全幅中最重要的地位。其他自书架、几、椅、藤床、火炉、壁饰、自鸣钟，以致痰盂、纸篓等，各以主眼为中心而布置，使全局的焦点集中于主人的座位，犹之画中的附属物、背景，均须有护卫主物、显衬主物的作用。这样妥帖之后，人在里面，精神自然安定、集中，而快适。这是谁都懂得，谁都可以自由取乐的事。虽然有的人不讲究自己的房间的布置，然走进一间布置很妥帖的房间，一定谁也觉得快适。这可见人都会鉴赏，鉴赏就是被动的创作，故可说这是谁也懂得，谁也可以自由取乐的事。

我在贫乏而粗末[1]的自己的书房里，常常欢喜作这个玩意

---

[1] 日语中有此词，意即粗陋、不精致。

儿。把几件粗陋的家具搬来搬去，一月中总要搬数回。搬到痰盂不能移动一寸，脸盆架子不能旋转一度的时候，便有很妥帖的位置出现了。那时候我自己坐在主眼的座上，环视上下四周，君临一切，觉得一切都朝宗于我，一切都为我尽其职司，如百官之朝天，众星之拱北辰。就是墙上一只很小的钉，望去也似乎居相当的位置，对全体为有机的一员，对我尽专任的职司。我统御这个天下，想象南面王的气概，得到几天的快适。

有一次我闲居在自己的房间里，曾经对自鸣钟寻了一回开心。自鸣钟这个东西，在都会里差不多可说是无处不有、无人不备的了。然而它这张脸皮，我看惯了真讨厌得很。罗马字的还算好看；我房间里的一只，又是粗大的数学码子的。数学的九个字，我见了最头痛，谁愿意每天做数学呢！有一天，大概是闲日月中的闲日，我就从墙壁上请它下来，拿油画颜料把它的脸皮涂成天蓝色，在上面画几根绿的杨柳枝，又用硬的黑纸剪成两只飞燕，用浆糊黏住在两只针的尖头上。这样一来，就变成了两只燕子飞逐在杨柳中间的一幅圆额的油画了。凡在三点二十几分、八点三十几分等时候，画的构图就非常妥帖，因为两只飞燕适在全幅中稍偏的位置，而且追随在一块，画面就保住均衡了。辨识时间，没有数目字也是很容易的：针向上垂直为十二时，向下垂直为六时，向左水平为九时，向右水平为三时。这就是把圆周分为四个 quarter（一刻钟），是肉眼也很容易办到的事。一个 quarter 里面平分为三格，就得长针五分钟的距离了，虽不十分容易正确，然相差至多不过一两分钟，只要不是天文台、电报局或火车站里，人家家里上下一两分钟本来是不要紧的。倘眼睛锐利一点，看惯之后，其实半分钟也是可以分明辨出的。这自鸣钟现在还挂在我的房间里，虽然惯用之后不甚新颖了，然终不觉得讨厌，因为它在壁上不是显明的实用的一只自鸣钟，而是可以冒充一幅油画。除了空间以外，闲居的时候我又欢喜把一天的生活的情调来比方音乐。如果把一天的生活当做一个乐曲，其经过就像乐章（movement）的移行了。一天的早晨，晴雨如何？冷暖如何？人事的情形如何？犹之第一乐章的开始，先已奏出全曲的根柢的"主题"（theme）。一天的生活，例如事务的纷忙，意外的发生，祸福的临门，犹如曲中的长音阶（大音阶）变为短音阶（小音阶）的，C调变为F调，adagio（柔板）变为allegro（快板），其或昼永人闲，平安无事，那就像始终C调的andante（行板）的长大的乐章了。以气候而论，春日是孟檀尔伸 [门德尔松（Mendelsson）]，夏日是斐德芬 [贝多芬（Beethoven）]，秋日是晓邦 [肖邦（Chopin）]、修芒 [舒曼（Schumann）]，冬日是修斐尔德 [舒伯特（Schubert）]。这也是谁也可以感到，谁也可以懂得的事。试看无论什么机关里、团体里，做无论甚么事务的人，在阴雨的天气，办事一定不及在晴天的起劲、高兴、积极。如果有不论天气，天天照常办事的人，这一定不是人，是一架机器。只要看挑到我们后门头来卖臭豆腐干的江北人，近来秋雨连日，他的叫声自然懒洋洋地低钝起来，远不如一月以前的炎阳下的"臭豆腐干！"的热辣了。

陋巷

杭州的小街道都称为巷。这名称是我们故乡所没有的。我幼时初到杭州，对这巷字颇注意。我以前在书上读到颜子"居陋巷，一箪食，一瓢饮"的时候，常疑所谓"陋巷"，不知是甚样的去处。想来大约是一条坍圮、龌龊而狭小的弄，为灵气所钟而居了颜子的。我们故乡尽不乏坍圮、龌龊、狭小的弄，但都不能使我想象做陋巷。及到了杭州，看见了巷的名称，才在想象中确定颜子所居的地方，大约是这种巷里。每逢走过这种巷，我常怀疑那颓垣破壁的里面，也许隐居着今世的颜子。就中有一条巷，是我所认为陋巷的代表的。只要说起陋巷两字，我脑中会立刻浮出这巷的光景来。其实我只到过这陋巷里三次，不过这三次的印象都很清楚，现在都写得出来。

第一次我到这陋巷里，是将近二十年前的事。那时我只十七八岁，正在杭州的师范学校里读书。我的艺术科教师 L 先生[1]似乎嫌艺术的力道薄弱，过不来他的精神生活的瘾，把图画音乐的书籍用具送给我们，自己到山里去断了十七天食，回

---

[1] L先生，指李叔同先生。

来又研究佛法,预备出家了。在出家前的某日,他带了我到这陋巷里去访问M先生[1]。我跟着L先生走进这陋巷中的一间老屋,就看见一位身材矮胖而满面须髯的中年男子从里面走出来迎接我们。我被介绍,向这位先生一鞠躬,就坐在一只椅子上听他们的谈话。我其实全然听不懂他们的话,只是断片地听到什么"楞严""圆觉"等名词,又有一个英语"philosophy(哲学)"出现在他们的谈话中。这英语是我当时新近记诵的,听到时怪有兴味。可是话的全体的意义我都不解。这一半是因为L先生打着天津白,M先生则叫工人倒茶的时候说纯粹的绍兴土白,面对我们谈话时也作北腔的方言,在我都不能完全通用。当时我想,你若肯把我当做倒茶的工人,我也许还能听得懂些。但这话不好对他说,我只得假装静听的样子坐着,其实我在那里偷看这位初见的M先生的状貌。他的头圆而大,脑部特别丰隆,假如身体不是这样矮胖,一定负载不起。他的眼不像L先生的眼纤细,圆大而炯炯发光,上眼帘弯成一条坚致有力的弧线,切着下面的深黑的瞳子。他的须髯从左耳根缘着脸孔一直挂到右耳根,颜色与眼瞳一样深黑。我当时正热衷于木炭画,我觉得他的肖像宜用木炭描写,但那坚致有力的眼线,是我的木炭所描不出的。我正在这样观察的时候,他的谈话中突然发出哈哈的笑声。我惊奇他的笑声响亮而愉快,同他的话声全然不接,好像是两个人的声音。他一面笑,一面用炯炯发光的眼黑顾视到我。我正在对他作绘画的及音乐的观察,全然没有知道可笑

---

[1] M先生,指马一浮先生。

的理由，但因假装着静听的样子，不能漠然不动；又不好意思问他"你有什么好笑"而请他重说一遍，只得再假装领会的样子，强颜作笑。他们当然不会考问我领会到如何程度，但我自己问心，很是惭愧。我惭愧我的装腔作笑，又痛恨自己何以听不懂他们的话。他们的话愈谈愈长，M先生的笑声愈多愈响，同时我的愧恨也愈积愈深。从进来到辞去，一向做个怀着愧恨的傀儡，冤枉地被带到这陋巷中的老屋里来摆了几个钟头。

第二次我到这陋巷，在于前年，是做傀儡之后十六年的事了。这十六七年之间，我东奔西走地糊口于四方，多了妻室和一群子女，少了一个母亲；M先生则十余年如一日，长是孑然一身地隐居在这陋巷的老屋里。我第二次见他，是前年的清明日，我是代L先生送两块印石而去的。我看见陋巷照旧是我所想象的颜子的居处，那老屋也照旧古色苍然。M先生的音容和十余年前一样，坚致有力的眼帘，炯炯发光的黑瞳，和响亮而愉快的谈笑声。但是听这谈笑声的我，与前大异了。我对于他的话，方言不成问题，意思也完全懂得了。像上次做傀儡的苦痛，这回已经没有，可是另感到一种更深的苦痛：我那时初失母亲——从我孩提时兼了父职抚育我到成人，而我未曾有涓埃的报答的母亲。痛恨之极，心中充满了对于无常的悲愤和疑惑。自己没有解除这悲和疑的能力，便堕入了颓唐的状态。我只想跟着孩子们到山巅水滨去picnic（郊游），以暂时忘却我的苦痛，而独怕听接触人生根本问题的话。我是明知故犯地堕落了。但我的堕落在我所处的社会环境中颇能隐藏。因为我每天还为了糊口而读几页书，写几小时的稿，长年除荤戒酒，不看戏，又不赌博，所有的嗜好只是每天吸半听美丽牌香烟，吃些糖果，买些玩具同孩子们弄弄。在我所处的社会环境中的人看来，这样的人非但不堕落，着实是有淘剩[1]的。但M先生的严肃的人生，显明地衬出了我的堕落。他和我谈起我所作而他所序的《护生画集》，勉励我；知道我抱着风木之悲，又为我解说无常，劝慰我。其实我不须听他的话，只要望见他的颜色，已觉羞愧得无地自容了。我心中似有一团"剪不断，理还乱"的丝，因为解不清楚，用纸包好了藏着。M先生的态度和说话，着力地在那里发开我这纸包来。我在他面前渐感局促不安，坐了约一小时就告辞。当他送我出门的时候，我感到与十余年前在这里做了几小时傀儡而解放出来时同样愉快的心情。我走出那陋巷，看见街角上停着一辆黄包车，便不问价钱，跨了上去。仰看天色晴明，决定先到采芝斋买些糖果，带了到六和塔去度送这清明日。但当我晚上拖了疲倦的肢体而回到旅馆的时候，想起上午所访问的主人，热烈地感到畏敬的亲爱。我准拟明天再去访他，把心中的纸包打开来给他看。但到了明朝，我的心又全被西湖的春色所占据了。

  第三次我到这陋巷，是最近一星期前的事。这回是我自动去访问的。M先生照旧孑然一身地隐居在那陋巷的老屋里，两眼照旧描着坚致有力的线而炯炯发光，谈笑声照旧愉快。只是使我惊奇的，他的深黑的须髯已变成银灰色，渐近白色了。我心中浮出"白发不能容宰相，也同闲客满头生"之句，同时又

---

[1] 淘剩，作者家乡话，意即出息。

悔不早些常来亲近他，而自恨三年来的生活的堕落。现在我的母亲已死了三年多了，我的心似已屈服于"无常"，不复如前之悲愤，同时我的生活也就从颓唐中爬起来，想对"无常"作长期的抵抗了。我在古人诗词中读到"笙歌归院落，灯火下楼台""六朝旧时明月，清夜满秦淮""白头宫女在，闲坐说玄宗"等咏叹无常的文句，不肯放过，给它们翻译为画。以前曾寄两幅给M先生，近来想多集些文句来描画，预备作一册《无常画集》。我就把这点意思告诉他，并请他指教。他欣然地指示我许多可找这种题材的佛经和诗文集，又背诵了许多佳句给我听。最后他翻然地说道："无常就是常。无常容易画，常不容易画。"我好久没有听见这样的话了，怪不得生活异常苦闷。他这话把我从无常的火宅中救出，使我感到无限的清凉。当时我想，我画了《无常画集》之后，要再画一册《常画集》。《常画集》不须请他作序，因为自始至终每页都是空白的。这一天我走出那陋巷，已是傍晚时候。岁暮的景象和雨雪充塞了道路。我独自在路上彷徨，回想前年不问价钱跨上黄包车那一回，又回想二十年前作了几小时傀儡而解放出来那一会，似觉身在梦中。

1933年1月15日于石门湾

塘栖

夏目漱石的小说《旅宿》(日文名《草枕》)中,有这样的一段文章:"像火车那样足以代表二十世纪的文明的东西,恐怕没有了。把几百个人装在同样的箱子里蓦然地拉走,毫不留情。被装进在箱子里的许多人,必须大家用同样的速度奔向同一车站,同样地熏沐蒸汽的恩泽。别人都说乘火车,我说是装进火车里。别人都说乘了火车走,我说被火车搬运。像火车那样蔑视个性的东西是没有的了……"

我翻译这篇小说时,一面非笑这位夏目先生的顽固,一面体谅他的心情。在二十世纪中,这样重视个性,这样嫌恶物质文明的,恐怕没有了。有之,还有一个我,我自己也怀着和他同样的心情呢。从我乡石门湾到杭州,只要坐一小时轮船,乘一小时火车,就可到达。但我常常坐客船,走运河,在塘栖过夜,走它两三天,到横河桥上岸,再坐黄包车来到田家园的寓所。这寓所赛如我的"行宫",有一男仆经常照管着。我那时不务正业,全靠在家写作度日,虽不富裕,倒也开销得过。

客船是我们水乡一带地方特有的一种船。水乡地方,河流四通八达。这环境娇养了人,三五里路也要坐船,不肯步行。

客船最讲究，船内装备极好。分为船艄、船舱、船头三部分，都有板壁隔开。船艄是摇船人工作之所，烧饭也在这里。船舱是客人坐的，船头上安置什物。舱内设一榻、一小桌，两旁开玻璃窗，窗下都有坐板。那张小桌平时摆在船舱角里，三只短脚搁在坐板上，一只长脚落地。倘有四人共饮，三只短脚可接长来，四脚落地，放在船舱中央。此桌约有二尺见方，叉麻雀也可以。舱内隔壁上都嵌着书画镜框，竟像一间小小的客堂。这种船真可称之为画船。这种画船雇用一天大约一元（那时米价每石约二元半）。我家在附近各埠都有亲戚，往来常坐客船。因此船家把我们当做老主顾。但普通只雇一天，不在船中宿夜。只有我到杭州，才包它好几天。

吃过早饭，把被褥用品送进船内，从容开船。凭窗闲眺两岸景色，自得其乐。中午，船家送出酒饭来。傍晚到达塘栖，我就上岸去吃酒了。塘栖是一个镇，其特色是家家门前建着凉棚，不怕天雨。有一句话，叫做"塘栖镇上落雨，淋勿着"。"淋"与"轮"发音相似，所以凡事轮不着，就说"塘栖镇上落雨"。且说塘栖的酒店，有一特色，即酒菜种类多而分量少。几十只小盆子罗列着，有荤有素，有干有湿，有甜有咸，随顾客选择。真正吃酒的人，才能赏识这种酒家。若是壮士、莽汉，像樊哙、鲁智深之流，不宜上这种酒家。他们狼吞虎嚼起来，一盆酒菜不够一口。必须是所谓酒徒，才可请进来。酒徒吃酒，不在菜多，但求味美。呷一口花雕，嚼一片嫩笋，其味无穷。这种人深得酒中三昧，所以称之为"徒"。迷于赌博的叫做赌徒，迷于吃酒的叫做酒徒。但爱酒毕竟和爱钱不同，故酒徒不宜与赌徒同列。和尚称为僧徒，与酒徒同列可也。我发了这许多议论，无非要表示我是个酒徒，故能赏识塘栖的酒家。我吃过一斤花雕，要酒家做碗素面，便醉饱了。算还了酒钞，便走出门，到淋勿着的塘栖街上去散步。塘栖枇杷是有名的。我买些白沙枇杷，回到船里，分些给船娘，然后自吃。

　　在船里吃枇杷是一件快适的事。吃枇杷要剥皮，要出核，把手弄脏，把桌子弄脏。吃好之后必须收拾桌子，洗手，实在麻烦。船里吃枇杷就没有这种麻烦。靠在船窗口吃，皮和核都丢在河里，吃好之后在河里洗手。坐船逢雨天，在别处是不快的，在塘栖却别有趣味。因为岸上淋勿着，绝不妨碍你上岸。况且有一种诗趣，使你想起古人的佳句："人人尽说江南好，游人只合江南老。春水碧于天，画船听雨眠。""闲梦江南梅熟日，夜船吹笛雨潇潇。"古人赞美江南，不是信口乱道，确是亲身体会才说出来的。江南佳丽地，塘栖水乡是代表之一。我谢绝了二十世纪的文明产物的火车，不惜工本地坐客船到杭州，实在并非顽固。知我者，其唯夏目漱石乎？

吃酒

酒，应该说饮，或喝。然而我们南方人都叫吃。古诗中有"吃茶"，那么酒也不妨称吃。说起吃酒，我忘不了下述几种情境：

二十多岁时，我在日本结识了一个留学生，崇明人黄涵秋。此人爱吃酒，富有闲情逸致。我二人常常共饮。有一天风和日暖，我们乘小火车到江之岛去游玩。这岛临海的一面，有一片平地，芳草如茵，柳荫如盖，中间设着许多矮榻，榻上铺着红毡毯，和环境作成强烈的对比。我们两人踞坐一榻，就有束红带的女子来招待。"两瓶正宗，两个壶烧。"正宗是日本的黄酒，色香味都不亚于绍兴酒。壶烧是这里的名菜，日本名叫tsuboyaki，是一种大螺蛳，名叫荣螺（sazae），约有拳头来大，壳上生许多刺，把刺修整一下，可以摆平，像三足鼎一样。把这大螺蛳烧杀，取出肉来切碎，再放进去，加入酱油等调味品，煮熟，就用这壳作为器皿，请客人吃。这器皿像一把壶，所以名为壶烧。其味甚鲜，确是侑酒佳品。用的筷子更佳：这双筷用纸袋套好，纸袋上印着"消毒割箸"四个字，袋上又插着一个牙签，预备吃过之后用的。从纸袋中拔出筷来，但见一半已割裂，一半还连接，让客人自己去裂开来。这木头是消毒过的，而且没有人用过，所以用时心地非常快适。用后就丢弃，价廉并不可惜。我赞美这种筷，认为是世界上最进步的用品。西洋人用刀叉，太笨重，要洗过方能再用；中国人用竹筷，也是洗过再用，很不卫生，即使是象牙筷也不卫生。日本人的消毒割箸，就同牙签一样，只用一次，真乃一大发明。他们还有一种牙刷，非常简单，到处杂货店发卖，价钱很便宜，也是只用一次就丢弃的。于此可见日本人很有小聪明。且说我和老黄在江之岛吃壶烧酒，三杯入口，万虑皆消。海鸟长鸣，天风振袖。但觉心旷神怡，仿佛身在仙境。老黄爱调笑，看见年青侍女，就和她搭讪，问年纪，问家乡，引起她身世之感，使她掉下泪来。于是临走多给小帐，约定何日重来。我们又仿佛身在小说中了。

又有一种情境，也忘不了。吃酒的对手还是老黄，地点却在上海城隍庙里。这里有一家素菜馆，叫做春风松月楼，百年老店。名闻遐迩。我和老黄都在上海当教师，每逢闲暇，便相约去吃素酒。我们的吃法很经济：两斤酒，两碗"过浇面"，一碗冬菇，一碗十景。所谓过浇，就是浇头不浇在面上，而另盛在碗里，作为酒菜。等到酒吃好了，才要面底子来当饭吃。人们叫别了，常喊作"过桥面"。这里的冬菇非常肥鲜，十景也非常入味。浇头的分量不少，下酒之后，还有剩余，可以浇在面上。我们常常去吃，后来那堂倌熟悉了，看见我们进去，就叫"过桥客人来了，请坐请坐！"现在，老黄早已作古，这素菜馆也改头换面，不可复识了。

另有一种情境，则见于患难之中。那年日本侵略中国，石门湾沦陷，我们一家老幼九人逃到杭州，转桐庐，在城外河头上租屋而居。那屋主姓盛，兄弟四人。我们租住老三的屋子，隔壁就是老大，名叫宝函。他有一个孙子，名叫贞谦，约十七八岁，酷爱读书，常常来向我请教问题，因此宝函也和我要好，常常邀我到他家去坐。这老翁年约六十多岁，身体很健康，常常坐在一只小桌旁边的圆鼓凳上。我一到，他就请我坐在他对面的椅子上，站起身来，揭开鼓凳的盖，拿出一把大酒壶来，在桌上的杯子里满满地斟了两盅；又向鼓凳里摸出一把花生米来，就和我对酌。他的鼓凳里装着棉絮，酒壶裹在棉絮里，可以保暖，斟出来的两碗黄酒，热气腾腾。酒是自家酿的，色香味都上等。我们就用花生米下酒，一面闲谈。谈的大都是关于他的孙子贞谦的事。他只有这孙子，很疼爱他。说"这小人一天到晚望书，身体不好……"望书即看书，是桐庐土白。我用空话安慰他，骗他酒吃。骗得太多，不好意思，我准备后来报谢他。但我们住在河头上不到一个月，杭州沦陷，我们匆匆离去，终于没有报谢他的酒惠。现在，这老翁不知是否在世，贞谦已入中年，情况不得而知。

最后一种情境，见于杭州西湖之畔。那时我僦居在里西湖招贤寺隔壁的小平屋里，对门就是孤山，所以朋友送我一副对联，叫做"居邻葛岭招贤寺，门对孤山放鹤亭"。家居多暇，则闲坐在湖边的石凳上，欣赏湖光山色。每见一中年男子，蹲在岸上，向湖边垂钓。他钓的不是鱼，而是虾。钓钩上装一粒饭米，挂在岸石边。一会儿拉起线来，就有很大的一只虾。其人把它关在一个瓶子里。于是再装上饭米,挂下去钓。钓得了三四只大虾,他就把瓶子藏入藤篮里,起身走了。我问他:"何不再钓几只?"他笑着回答说:"下酒够了。"我跟他去,见他走进岳坟旁边的一家酒店里,拣一座头坐下了。我就在他旁边的桌上坐下,叫酒保来一斤酒,一盆花生米。他也叫一斤酒,却不叫菜,取出瓶子来,用钓丝缚住了这三四只虾,拿到酒保烫酒的开水里去一浸,不久取出,虾已经变成红色了。他向酒保要一小碟酱油,就用虾下酒。我看他吃菜很省,一只虾要吃很久,由此可知此人是个酒徒。

此人常到我家门前的岸边来钓虾。我被他引起酒兴,也常跟他到岳坟去吃酒。彼此相熟了,但不问姓名。我们都独酌无伴,就相与交谈。他知道我住在这里,问我何不钓虾。我说我不爱此物。他就向我劝诱,尽力宣扬虾的滋味鲜美,营养丰富。又教我钓虾的窍门。他说:"虾这东西,爱躲在湖岸石边。你倘到湖心去钓,是永远钓不着的。这东西爱吃饭粒和蚯蚓。但蚯蚓腥臊,它吃了,你就吃它,等于你吃蚯蚓。所以我总用饭粒。你看,它现在死了,还抱着饭粒呢。"他提起一只大虾来给我看,我果然看见那虾还抱着半粒饭。他继续说:"这东西比鱼好得多。鱼,你钓了来,要剖,要洗,要用油盐酱醋来烧,多少麻烦。这虾就便当得多:只要到开水里一煮,就好吃了。不须花钱,而且新鲜得很。"他这钓虾论讲得头头是道,我真心赞叹。

这钓虾人常来我家门前钓虾,我也好几次跟他到岳坟吃酒,彼此熟识了,然而不曾通过姓名。有一次,夏天,我带了扇子去吃酒。他借看我的扇子,看到了我的名字,吃惊地叫道:

"啊，我有眼不识泰山！"于是叙述他曾经读过我的随笔和漫画，说了许多仰慕的话。我也请教他姓名，知道他姓朱，名字现已忘记，是在湖滨旅馆门口摆刻字摊的。下午收了摊，常到里西湖来钓虾吃酒。此人自得其乐，甚可赞佩。

可惜不久我就离开杭州，远游他方，不再遇见这钓虾的酒徒了。

写这篇琐记时，我久病初愈，酒戒又开。回想上述情景，酒兴顿添。正是"昔年多病厌芳樽，今日芳樽唯恐浅"。

1972 年

养鸭

除了例假日有长长大大的四个学生（两大学，一高中，一专科）回家来热闹一番之外，经常住在家里的只有三个半人：我们老夫妇二人，一个男工，和一个五岁的男孩。但畜生倒有八口：两狗，两猫，两鸽，和两鸭。有一位朋友看见了说："人少畜生多。"

这许多畜生之中，我最喜欢的是两只鸭。狗是为了防窃贼设法讨来的；猫是为了抵抗老鼠出了四百多块钱买来的，都有实用性。并且狗的贪婪，无耻和势利，猫的凶狠和谄媚，根本不能使我喜欢。至于鸽子呢，新近友人送来的，养得不久；我虽久仰他们的敏捷和信义，但是交情还浅，尚未领教，也只得排在不欢喜之列。唯有两只鸭，我觉得有意思。

这一对鸭不是原配，是一个寡妇和一个第二后夫。来由是这样的：今年暮春，一吟（就是那专科学生）从街上买了一对小鸭回来。小得很，两只可以并排站在手掌上。白天在后门外水田游泳，晚上共睡在一只小篮里，挂在梁上：为的是怕黄鼠狼拖去吃。鸭子长得很快，不久小篮嫌挤，就改睡在一个字纸篓里，还是挂在梁上。有一天半夜里，我半睡中听见室内哗啦哗啦地响，后来是鸭子叫。连忙起身，拿电筒一照，只见字纸篓正在摇荡中，下面地上，一只小雄鸭仰卧在血泊中。仔细一看，头颈已被咬断，血如泉涌了。连忙探望字纸篓，小雌鸭幸而还在。环视室内，凶手早已不知去向了。这件血案闹得全家的人都起来。看看残生的小雌鸭，各人叹了好几口气。

后来一吟又买了一只小雄鸭来。大小和小雌鸭仿佛。几日来，小雌鸭形单影只，如今又鹣鹣鲽鲽了。自从那件血案发生以后，我们每晚戒备很严，这一对续弦的小鸭，安全地长大起来，直到七月初我们迁居新屋的时候，已经长成一对中鸭了。新屋四周没有邻居，却有篱笆围着一大块空地。我们在篱笆内掘一个小塘，就称为乳鸭池塘。一对鸭子尽日在篱笆内仰观俯察，逡巡游泳，在我的岑寂的闲居生活上增添了一种生趣。不知不觉之间，它们已长成大鸭，全身雪白，两脚大黄[1]，翅膀上几根羽毛，黑色里透着金光，很是美观。它们晚上睡在屋檐下一只箩子底下。箩子上面压上一块石板，也是为防黄鼠狼。谁知有一天的破晓，我睡醒来，听见连新——我们的男工，在叫喊。起来探问，才知道一只雄鸭又被拖去了，一道血迹从箩子边洒到篱笆的一个洞口，洞外也有些点滴，迤逦向荒山而去。查问根由，原来昨夜连新忘记在箩子上压石板，黄鼠狼就来启箩偷鸭了。既经的疏忽也不必责咎。只是以后的情景着实可怜。那雌鸭放出箩来，东寻西找，仰天长鸣，"轧轧"之声，竟日不绝。其声慌张，焦躁，而似乎含有痛楚，使闻者大为不安。所

---

[1] 大黄，即橙黄。

谓"行人驻足听，寡妇起彷徨"者，大约是类乎此的鸣声吧。以前小雄鸭被害了，她满不在乎，照旧吃食游水，我曾经笑她"她毕竟是禽兽！"但照如今看来，毕竟是人的同类，也是含识的，有情的众生。傍晚我偶然走到箩子旁边，看见早上喂的饭全没有动。

雌鸭"丧其所天"之后，一连三四日"轧轧"地哀鸣，东张西望地寻觅。后来也就沉静了。但样子很异常，时时俯在地上叩头，同时"咯咯"地叫。从前的邻人周婆婆来，看见了，说她是需要雄鸭。我们就托周婆婆做媒，过了几天，周婆婆果然提了一只雄鸭来，身材同她一样大小，毛色比她更加鲜美。雄鸭一到地上，立刻跟着雌鸭悠然而逝，直到屋后篱角，花阴深处盘桓了。他们好像是旧相识的。

这一对鸭就是我现在所喜欢的畜生。我喜欢他们，不仅为了上述的一段哀史，大半也是为了鸭这种动物的性行。从前意大利的辽巴第［列奥巴尔迪（Leopardi）］喜欢鸟，曾作"百鸟颂"。鸭也是鸟类，却没有被颂在里头，我实在要替鸭抱不平。许多人说，鸭步行的态度太难看。我以为不然，摇摇摆摆地走路，样子天真自然，另有一种"滑稽美"。狗走起路来皇皇如也，好像去赶公事；猫走起路来偷偷摸摸，好像去干暗杀，这才是真难看。但我之所以喜欢鸭子，主要是为了它们的廉耻。人去喂食的时候，鸭一定远远地避开。直到人去远了才慢慢地走近来吃。正在吃的时候，倘有人远远地走过来，一定立刻舍食而去，绝不留恋。虽然鸭子终吃了人们的饭，但其态度非常漂亮，绝不摇尾乞怜，绝不贪婪争食，颇有"履霜坚冰"之操，

"不食嗟来"之志，比较之下，狗和猫实在可耻：狗之贪食，恐怕动物中无出其右了。喂食的时候，人还没有走到食盆边，狗已摇头摆尾地先到，而且把头向空盆里乱钻。所以倒下去的食物往往都倒在狗头上。猫是上桌子的畜生，其贪吃更属可怕。不管是灶头上，柜子里，乘人不备，到处偷吃。甚至于人们吃饭的时候，会跳上人膝，向人的饭碗里抢东西吃。一旦抢到了美味的食物，若有人追打，便发出一种吼声，其声的凶狠，可以使人想象老虎或雷电。足证它是用尽全身之力，为食物而拼命了。凡此种种丑态在我们的鸭子全然没有。鸭子，即使人们忘了喂食，仍是摇摇摆摆地自得其乐。这不是最可爱的动物吗？

　　这两只鸭，我决定养它们到老死。我想准备一只笼子，将来好关进笼里，带它们坐轮船，穿过巴峡巫峡，经过汉口南京，一同回到我的故乡。

1943年11月17日

沙坪小屋的鹅

抗战胜利后八个月零十天,我卖脱了三年前在重庆沙坪坝庙湾地方自建的小屋,迁居城中去等候归舟。

除了托庇三年的情感以外,我对这小屋实在毫无留恋。因为这屋太简陋了,这环境太荒凉了;我去屋如弃敝屣。倒是屋里养的一只白鹅,使我恋恋不忘。

这白鹅,是一位将要远行的朋友送给我的。这朋友住在北碚,特地从北碚把这鹅带到重庆来送给我。我亲自抱了这雪白的大鸟回家,放在院子内。它伸长了头颈,左顾右盼。我一看这姿态,想道:"好一个高傲的动物!"凡动物,头是最主要部分。这部分的形状,最能表明动物的性格。例如狮子、老虎,头都是大的,表示其力强。麒麟、骆驼,头都是高的,表示其高超。狼、狐、狗等,头都是尖的,表示其刁奸狡鄙。猪猡、乌龟等,头都是缩的,表示其冥顽愚蠢。鹅的头在比例上比骆驼更高,与麒麟相似,正是高超的性格的表示。而在它的叫声、步态、吃相中,更表示出一种傲慢之气。

鹅的叫声,与鸭的叫声大体相似,都是"轧轧"然的。但音调上大不相同。鸭的"轧轧",其音调琐碎而愉快,有小心翼翼的意味；鹅的"轧轧"，其音调严肃郑重，有似厉声呵斥。它的旧主人告诉我：养鹅等于养狗，它也能看守门户。后来我看到果然：凡有生客进来，鹅必然厉声叫嚣；甚至篱笆外有人走路，也要它引吭大叫，其叫声的严厉，不亚于狗的狂吠。狗的狂吠，是专对生客或宵小用的；见了主人，狗会摇头摆尾，呜呜地乞怜。鹅则对无论何人，都是厉声呵斥；要求饲食时的叫声，也好像大爷嫌饭迟而怒骂小使一样。

鹅的步态，更是傲慢了。这在大体上也与鸭相似。但鸭的步调急速，有局促不安之相。鹅的步调从容，大模大样的，颇像平剧里的净角出场。这正是它的傲慢的性格的表现。我们走近鸡或鸭，这鸡或鸭一定让步逃走。这是表示对人惧怕。所以我们要捉住鸡或鸭，颇不容易。那鹅就不然：它傲然地站着，看见人走来简直不让；有时非但不让，竟伸过颈子来咬你一口。这表示它不怕人，看不起人。但这傲慢终归是狂妄的。我们一伸手，就可一把抓住它的项颈，而任意处置它。家畜之中，最傲人的无过于鹅，同时最容易捉住的也无过于鹅。

鹅的吃饭，常常使我们发笑。我们的鹅是吃冷饭的，一日三餐。它需要三样东西下饭：一样是水，一样是泥，一样是草。先吃一口冷饭，次吃一口水，然后再到某地方去吃一口泥及草。这地方是它自己选定的，选的目标，我们做人的无法知道。大约泥和草也有各种滋味，它是依着它的胃口而选定的。这食料并不奢侈；但它的吃法，三眼一板，丝毫不苟。譬如吃了一口饭，倘水盆偶然放在远处，它一定从容不迫地踏大步走上前去，饮水一口。再踏大步走到一定的地方去吃泥，吃草。吃过泥和草再回来吃饭。这样从容不迫地吃饭，必须有一个人在旁侍候，像饭馆里的侍者一样。因为附近的狗，都知道我们这位鹅老爷的脾气，每逢它吃饭的时候，狗就躲在篱边窥伺。等它吃过一口饭，踱着方步去吃水、吃泥、吃草的当儿，狗就敏捷地跑上来，努力地吃它的饭。没有吃完，鹅老爷偶然早归，伸颈去咬狗，并且厉声叫骂，狗立刻逃往篱边，蹲着静候；看它再吃了一口饭，再走开去吃水、吃草、吃泥的时候，狗又敏捷地跑上来，这回就把它的饭吃完，扬长而去了。等到鹅再来吃饭的时候，饭罐已经空空如也。鹅便昂首大叫，似乎责备人们供养不周。这时我们便替它添饭，并且站着侍候。因为邻近狗很多，一狗方去，一狗又来蹲着窥伺了。邻近的鸡也很多，也常蹑手蹑脚地来偷鹅的饭吃。我们不胜其烦，以后便将饭罐和水盆放在一起，免得它走远去，让鸡、狗偷饭吃。然而它所必需的盛馔泥和草，所在的地点远近无定。为了找这盛馔，它仍是要走远去的。因此鹅的吃饭，非有一人侍候不可。真是架子十足的！

　　鹅，不拘它如何高傲，我们始终要养它，直到房子卖脱为止。因为它对我们，物质上和精神上都有贡献，使主母和主人都欢喜它。物质上的贡献，是生蛋。它每天或隔天生一个蛋，篱边特设一堆稻草，鹅蹲伏在稻草中了，便是要生蛋了。家里的小孩子更兴奋，站在它旁边等候。它分娩毕，就起身，大踏步走进屋里去，大声叫开饭。这时候孩子们把热热的蛋捡起，藏在背后拿进屋子来，说是怕鹅看见了要生气。鹅蛋真是大，有鸡蛋的四倍呢！主母的蛋篓子内积得多了，就拿来制盐蛋，炖一个盐鹅蛋，一家人吃不了！工友上街买菜回来说："今天菜市上有卖鹅蛋的，要四百元一个，我们的鹅每天挣四百元，一个月挣一万二，比我们做工还好呢，哈哈哈哈。"大家陪他"哈哈哈哈"。望望那鹅，它正吃饱了饭，昂胸凸肚地，在院子里踱方步，看野景，似乎更加神气活现了。但我觉得，比吃鹅蛋更好的，还是它的精神的贡献。因为我们这屋实在太简陋，环境实在太荒凉，生活实在太岑寂了。赖有这一只白鹅，点缀庭院，增加生气，慰我寂寥。

且说我这屋子，真是简陋极了：篱笆之内，地皮二十方丈，屋所占的只六方丈，其余算是庭院。这六方丈上，建着三间"抗建式"平屋，每间前后划分为二室，共得六室，每室平均一方丈。中央一间，前室特别大些，约有一方丈半弱，算是食堂兼客堂；后室就只有半方丈强，比公共汽车还小，作为家人的卧室。西边一间，平均划分为二，算是厨房及工友室。东边一间，也平均划分为二，后室也是家人的卧室，前室便是我的书房兼卧房。三年以来，我坐卧写作，都在这一方丈内。归熙甫《项脊轩记》中说："室仅方丈，可容一人居。"又说："雨泽下注，每移案，顾视无可置者。"我只有想起这些话的时候，感觉得自己满足。我的屋虽不上漏，可是墙是竹制的，单薄得很。夏天九点钟以后，东墙上炙手可热，室内好比开放了热水汀。这时候反教人希望警报，可到六七丈深的地下室去凉快一下呢。

竹篱之内的院子，薄薄的泥层下面尽是岩石，只能种些番茄、蚕豆、芭蕉之类，却不能种树木。竹篱之外，坡岩起伏，尽是荒郊。因此这小屋赤裸裸的，孤零零的，毫无依蔽；远远望来，正像一个亭子。我长年坐守其中，就好比一个亭长。这地点离街约有里许，小径迂回，不易寻找，来客极稀。杜诗"幽栖地僻经过少"一句,这屋可以受之无愧。风雨之日,泥泞载途,狗也懒得走过,环境荒凉更甚。这些日子的岑寂的滋味,至今回想还觉得可怕。

自从这小屋落成之后,我就辞绝了教职,恢复了战前的闲居生活。我对外间绝少往来,每日只是读书作画,饮酒闲谈而已。我的时间全部是我自己的。这是我的性格的要求,这在我是认为幸福的。然而这幸福必须两个条件:在太平时,在都会里。如今在抗战期,在荒村里,这幸福就伴着一种苦闷——岑寂。为避免这苦闷,我便在读书、作画之余,在院子里种豆、种菜、养鸽、养鹅。而鹅给我的印象最深。因为它有那么庞大的身体,那么雪白的颜色,那么雄壮的叫声,那么轩昂的态度,那么高傲的脾气,和那么可笑的行为。在这荒凉岑寂的环境中,这鹅竟成了一个焦点。凄风苦雨之日,手酸意倦之时,推窗一望,死气沉沉;唯有这伟大的雪白的东西,高擎着琥珀色的喙,在雨中昂然独步,好像一个武装的守卫,使得这小屋有了保障,这院子有了主宰,这环境有了生气。

我的小屋易主的前几天,我把这鹅送给住在小龙坎的朋友人家。送出之后的几天内,颇有异样的感觉。这感觉与诀别一个人的时候所发生的感觉完全相同,不过分量较为轻微而已。原来一切众生,本是同根,凡属血气,皆有共感。所以这禽鸟比这房屋更是牵惹人情,更能使人留恋。现在我写这篇短文,就好比为一个永诀的朋友立传、写照。

这鹅的旧主人姓夏名宗禹,现在与我邻居着。

1946 年 4 月 25 日于重庆

白象

　　白象是我家的爱猫，本来是我的次女林先家的爱猫，再本来是段老太太家的爱猫。

　　抗战初，段老太太带了白象逃难到大后方。胜利后，又带了它复员到上海，与我的次女林先及吾婿宋慕法邻居。不知为了什么原因，段老太太把白象和它的独子小白象寄交林先、慕法家，变成了他们的爱猫。我到上海，林先、慕法又把白象寄交我，关在一只无锡面筋的笼里，上火车，带回杭州，住在西湖边上的小屋里，变成了我家的爱猫。

　　白象真是可爱的猫！不但为了它浑身雪白，伟大如象，又为了它的眼睛一黄一蓝，叫做"日月眼"。它从太阳光里走来的时候，瞳孔细得几乎没有，两眼竟像话剧舞台上所装置的两只光色不同的电灯，见者无不惊奇赞叹。收电灯费的人看见了它，几乎忘记拿钞票；查户口的警察看见了它，也暂时不查了。

　　白象到我家后，慕法、林先常写信来，说段老太太已迁居他处，但常常来他们家访问小白象，目的是探问白象的近况。我的幼女一吟，同情于段老太太的离愁，常常给白象拍照，寄交林先转交段老太太，以慰其相思。同时对于白象，更增爱护。

每天一吟读书回家，或她的大姐陈宝教课回家，一坐倒，白象就跳到她们的膝上，老实不客气地睡了。她们不忍拒绝，就坐着不动，向人要茶，要水，要换鞋，要报看。有时工人不在身边，我同老妻就当听差，送茶，送水，送鞋，送报。我们是间接服侍白象。

有一天，白象不见了。我们侦骑四出，遍寻不得。正在担忧，它偕同一只斑花猫，悄悄地回来了，大家惊喜。女工秀英说，这是招贤寺里的雄猫，说过笑起来。经过一个短促的休止符，大家都笑起来。原来它是到和尚寺里去找恋人去了，害得我们急死。

此后斑花猫常来，它也常去，大家不以为奇。我觉得白象更可爱了。因为它不像鲁迅先生的猫，恋爱时在屋顶上怪声怪气，吵得他不能读书写稿，而用长竹竿来打。后来它的肚皮渐渐大起来了。约莫两三个月之后，它的肚皮大得特别，竟像一只白象了。我们用一只旧箱子，把盖拿去，作为它的产床。有一天，它临盆了，一胎五子，三只雪白的，两只斑花的。大家称庆，连忙叫男工樟鸿到岳坟去买新鲜鱼来给它调将。女孩子们天天冲克宁奶粉给它吃。

小猫日长夜大，两星期之后，都会爬动。白象育儿耐苦得很，日夜躺卧，让五个孩子纠缠。它的身体庞大，在五只小猫看来，好比一个丘陵。它们恣意爬上爬下，好像西湖上的游客爬孤山一样。这光景真是好看！

不料有一天，一只小花猫死了。我的幼儿新枚，哭了一场，拿一条美丽牌香烟的匣子，当做棺材，给它成殓，葬在西湖边的草地中。余下的四只,就特别爱惜。我家有七个孩子,三个在外,四个在杭州,他们就把四只小猫分领,各认一只。长女陈宝领了花猫,三女宁馨、幼女一吟、幼儿新枚,各领一只白猫。这就好比乡下人把孩子过房给庙里的菩萨一样,有了"保佑","长命富贵"。大约因为他们不是菩萨,不能保佑;过一会,一只小白猫又死了。剩下三只,一花二白,都很健康,看看已能吃鱼吃饭,不必全靠吃奶了。白象的母氏劬劳,也渐渐减省。它不必日夜躺着喂奶,可以随时出去散步,或跳到女孩子们的膝上去睡觉了。女孩子们笑它:"做了母亲还要别人抱?"它不理,管自睡在人家怀里。

有一天,白象不回来吃中饭。"难道又到和尚寺里去找恋人了?"大家疑问。等到天黑,终于不回来。秀英当夜到寺里去寻,不见。明天,又不回来。问题严重起来,我就写二张海报:"寻猫:敝处走失日月眼大白猫一只。如有仁人君子觅得送还,奉酬法币十万元。储款以待,决不食言。××路××号谨启。"过了两天,有邻人来言,"前几天看见一大白猫死在地藏庵与复性书院之间的水沼里,恐怕是你们的。"我们闻耗奔丧,找不到尸体。问地藏庵里的警察,也说不知;又说,大概清道夫取去了。我们回家,大家沉默志哀,接着就讨论它的死因。有的说是它自己失脚落水,有的说是顽童推它下水,莫衷一是。后来新枚来报告,邻家的孩子曾经看见一只大白猫死在水沼上的大柳树根上。后来被人踢到水沼里。孩子不会说谎,此说大约可靠。且我听说,猫不肯死在家里,自知临命终了,必远行至无人处,然后辞世。故此说更觉可靠。我觉得这点"猫性",颇可赞美。这有壮士风,不愿死户牖下儿女之手中,而情愿战死沙场,马革裹尸。这又有高士风。不愿病死在床上,而情愿遁迹深山,不知所终。总之,白象确已不在"猫间"了!

白象失踪的第二天,林先从上海来杭。一到,先问白象。骤闻噩耗,惊惶失色。因为她原是受了段老太太之托,此番来杭将把白象带回上海,重归旧主的。相差一天,天缘何悭!然而天实为之,谓之何哉。所幸它还有三个遗孤,虽非日月眼,而壮健活泼,足以承继血统。为防损失,特把一匹小花猫寄交我的好友家。其余两匹小白猫,常在我的身边。每逢我架起了脚看报或吃酒的时候,它们爬到我的两只脚上,一高一低,一动一静,别人看见了都要笑。我倒已经习以为常,似觉一坐下来,脚上天生成有两只小猫的。

1947年5月27日于杭州

阿咪

阿咪者，小白猫也。十五年前我曾为大白猫"白象"写文。白象死后又曾养一黄猫，并未为它写文。最近来了这阿咪，似觉非写不可了。盖在黄猫时代我早有所感，想再度替猫写照。但念此种文章，无益于世道人心，不写也罢。黄猫短命而死之后，写文之念遂消。直至最近，友人送了我这阿咪，此念复萌，不可遏止。率尔命笔，也顾不得世道人心了。

阿咪之父是中国猫，之母是外国猫。故阿咪毛甚长，有似兔子。想是秉承母教之故，态度异常活泼，除睡觉外，竟无片刻静止。地上倘有一物，便是它的游戏伴侣，百玩不厌。人倘理睬它一下，它就用姿态动作代替言语，和你大打交道。此时你即使有要事在身，也只得暂时撇开，与它应酬一下；即使有懊恼在心，也自会忘怀一切，笑逐颜开。哭的孩子看见了阿咪，会破涕为笑呢。

我家平日只有四个大人和半个小孩。半个小孩者，便是我女儿的干女儿，住在隔壁，每星期三天宿在家里，四天宿在这里，但白天总是上学。因此，我家白昼往往岑寂，写作的埋头写作，做家务的专心做家务，肃静无声，有时竟像修道院。自从来了阿咪,家中忽然热闹了。厨房里常有保姆的话声或骂声,其对象便是阿咪。室中常有陌生的笑谈声,是送信人或邮递员在欣赏阿咪。来客之中,送信人及邮递员最是枯燥,往往交了信件就走,绝少开口谈话。自从家里有了阿咪,这些客人亲昵得多了。常常因猫而问长问短,有说有笑,送出了信件还是流连不忍遽去。

访客之中,有的也很枯燥无味。他们是为公事或私事或礼貌而来的,谈话有的规矩严肃,有的啰苏疙瘩,有的虚空无聊,谈完了天气之后只得默守冷场。然而自从来了阿咪,我们的谈话有了插曲,有了调节,主客都舒畅了。有一个为正经而来的客人,正在侃侃而谈之时,看见阿咪姗姗而来,注意力便被吸引,不能再谈下去,甚至我问他也不回答了。又有一个客人向我叙述一件颇伤脑筋之事,谈话冗长曲折,连听者也很吃力。谈至中途,阿咪蹦跳而来,无端地仰卧在我面前了。这客人正在愤慨之际,忽然转怒为喜,停止发言,赞道:"这猫很有趣!"便欣赏它,抚弄它,获得了片时的休息与调节。有一个客人带了个孩子来。我们谈话,孩子不感兴味,在旁枯坐。我家此时没有小主人可陪小客人,我正抱歉,忽然阿咪从沙发下钻出,抱住了我的脚。于是大小客人共同欣赏阿咪,三人就团结一气了。后来我应酬大客人,阿咪替我招待小客人,我这主人就放心了。原来小朋友最爱猫,和它厮伴半天,也不厌倦,甚至被它抓出了血也情愿。因为他们有一共通性:活泼好动。女孩子更喜欢猫,逗它玩它,抱它喂它,劳而不怨。因为她们也有个共通性:娇痴亲昵。

写到这里，我回想起已故的黄猫来了。这猫名叫"猫伯伯"。在我们故乡，伯伯不一定是尊称。我们称鬼为"鬼伯伯"，称贼为"贼伯伯"。故猫也不妨称为"猫伯伯"。大约对于特殊而引人注目的人物，都可讥讽地称之为伯伯。这猫的确是特殊而引人注目的。我的女儿最喜欢它。有时她正在写稿，忽然猫伯伯跳上书桌来，面对着她，端端正正地坐在稿纸上了。她不忍驱逐，就放下了笔，和它玩耍一会。有时它竟盘拢身体，就在稿纸上睡觉了，身体仿佛一堆牛粪，正好装满了一张稿纸。有一天，来了一位难得光临的贵客。我正襟危坐，专心应对。"久仰久仰""岂敢岂敢"，有似演剧。忽然猫伯伯跳上矮桌来，嗅嗅贵客的衣袖。我觉得太唐突，想赶走它。贵客却抚它的背，极口称赞："这猫真好！"话头转向了猫，紧张的演剧就变成了和乐的闲谈。后来我把猫伯伯抱开，放在地上，希望它去了，好让我们演完这一幕。岂知过得不久，忽然猫伯伯跳到沙发背后，迅速地爬上贵客的背脊，端端正正地坐在他的后颈上了！这贵客身体魁梧奇伟，背脊颇有些驼，坐着喝茶时，猫伯伯看来是个小山坡，爬上去很不吃力。此时我但见贵客的天官赐福的面孔上方，露出一个威风凛凛的猫头，画出来真好看呢！我以主人口气呵斥猫伯伯的无礼，一面起身捉猫。但贵客摇手阻止，把头低下，使山坡平坦些，让猫伯伯坐得舒服。如此甚好，我也何必做煞风景的主人呢？于是主客关系亲密起来，交情深入了一步。

可知猫是男女老幼一切人民大家喜爱的动物。猫的可爱，可说是群众意见。而实际上，如上所述，猫的确能化岑寂为热闹，变枯燥为生趣，转懊恼为欢笑；能助人亲善，教人团结。即使不捕老鼠，也有功于人生。那么我今为猫写照，恐是未可厚非之事吧？猫伯伯行年四岁，短命而死。这阿咪青春尚只三个月。希望它长寿健康，像我老家的老猫一样，活到十八岁。这老猫是我的父亲的爱物。父亲晚酌时，它总是端坐在酒壶边。父亲常常摘些豆腐干喂它。六十年前之事，今犹历历在目呢。

1962年仲夏于上海

蜜蜂

正在写稿的时候，耳朵近旁觉得有"嗡嗡"之声，间以"得得"之声。因为文思正畅快，只管看着笔底下，无暇抬头来探究这是什么声音。然而"嗡嗡""得得"，也只管在我耳旁继续作声，不稍间断。过了几分钟之后，它们已把我的耳鼓刺得麻木，在我似觉这是写稿时耳旁应有的声音，或者一种天籁，无须去探究了。

等到文章告一段落，我放下自来水笔，照例伸手向罐中取香烟的时候，我才举头看见这"嗡嗡""得得"之声的来源。原来有一只蜜蜂，向我案旁的玻璃窗上求出路，正在那里乱撞乱叫。

我以前只管自己的工作，不起来为它谋出路，任它乱撞乱叫到这许久时光，心中觉得有些抱歉。然而已经挨到现在，况且一时我也想不出怎样可以使它钻得出去的方法，也就再停一会儿，等到点着了香烟再说。

我一边点香烟，一边旁观它的乱撞乱叫。我看它每一次钻，先飞到离玻璃一二寸的地方，然后直冲过去，把它的小头在玻璃上"得得"地撞两下，然后沿着玻璃"嗡嗡"地向四处飞鸣。

其意思是想在那里找一个出身的洞。也许不是找洞，为的是玻璃上很光滑，使它立脚不住，只得向四处乱舞。乱舞了一回之后，大概它悟到了此路不通，于是再飞开来，飞到离玻璃一二寸的地方，重整旗鼓，向玻璃的另一处地方直撞过去。因此"嗡嗡""得得"，一直继续到现在。

我看了这模样，觉得非常可怜。求生活真不容易，只做一只小小的蜜蜂，为了生活也须碰到这许多钉子。我诅咒那玻璃，它一面使它清楚地看见窗外花台里含着许多蜜汁的花，以及天空中自由翱翔的同类，一面又周密地拦阻它，永远使它可望而不可即。这真是何等恶毒的东西！它又仿佛是一个骗子，把窗外的广大的天地和灿烂的春色给蜜蜂看，诱它飞来。等到它飞来了，却用一种无形的阻力拦住它，永不使它出头，或竟可使它撞死在这种阻力之下。

因了诅咒玻璃，我又羡慕起物质文明未兴时的幼年生活的诗趣来。我家祖母年年养蚕。每当蚕宝宝上山的时候，堂前装纸窗以防风。为了一双燕子常要出入，特地在纸窗上开一个碗来大的洞，当做燕子的门，那双燕子似乎通人意的，来去时自会把翼稍稍敛住，穿过这洞。这般情景，现在回想了使我何等憧憬！假如我案旁的窗不用玻璃而换了从前的纸窗，我们这蜜蜂总可钻得出去。即使撞两下，也是软软地，没有什么苦痛。求生活在从前容易得多，不但人类社会如此，连虫类社会也如此。

我点着了香烟之后就开始为它谋出路。但这是一件很不容易的事。叫它不要在这里钻，应该回头来从门里出去，它听不懂我的话。用手硬把它捉住了到门外去放，它一定误会我要害它，会用螯反害我，使我的手肿痛得不能工作。除非给它开窗；但是这扇窗不容易开，窗外堆叠着许多笨重的东西，须得先把这些东西除去，方可开窗。这些笨重的东西不是我一人之力所能除去的。

于是我起身来请同室的人帮忙，大家合力除去窗外的笨重的东西，好把窗开了，让我们这蜜蜂得到出路。但是同室的人大家不肯，他们说："我们做工都很疲倦了，哪有余力去搬重物而救蜜蜂呢？"我顿觉自己也很疲倦，没有搬这些重物的余力。救蜜蜂的事就成了问题。

忽然门里走进一个人来和我说话。为了不能避免的事，我立刻被他拉了一同出门去，就把蜜蜂的事忘却了。等到我回来的时候，这蜜蜂已不见。不知道是飞去了，被救了，还是撞杀了。

1935年3月7日于杭州

第二章

这些人，那些事

宇宙间人的生灭,犹如大海中的波涛的起伏。大波小波,无非海的变幻,无不归元于海,世间一切现象,皆是宇宙的大生命的显示。

阿难!你我的情缘并不淡薄,你就是我,我就是你;无所谓你我了!

我的母亲

中国文化馆要我写一篇《我的母亲》，并寄我母亲的照片一张。照片我有一张四寸的肖像，一向挂在我的书桌的对面。已有放大的挂在堂上，这一张小的不妨送人。但是《我的母亲》一文从何处说起呢？看看母亲的肖像，想起了母亲的坐姿。母亲生前没有摄取坐像的照片，但这姿态清楚地摄入在我脑海中的底片上，不过没有晒出。现在就用笔墨代替显影液和定影液，把我母亲的坐像晒出来吧：

我的母亲坐在我家老屋的西北角里的八仙椅子上，眼睛里发出严肃的光辉，口角上表出慈爱的笑容。

老屋的西北角里的八仙椅子，是母亲的老位子。从我小时候直到她逝世前数月，母亲空下来总是坐在这把椅子上，这是很不舒服的一个座位：我家的老屋是一所三开间的楼厅，右边是我的堂兄家，左边一间是我的堂叔家，中央一间是我家。但是没有板壁隔开，只拿在左右的两排八仙椅子当做三份人家的界限。所以母亲坐的椅子，背后凌空。若是沙发椅子，三面有柔软的厚壁，凌空原无妨碍。但我家的八仙椅子是木造的，坐板和靠背成九十度角，靠背只是疏疏的几根木条，其高只及人的肩膀。母亲坐着没处搁头,很不安稳。母亲又防椅子的脚摆在泥土上要霉烂,用二三寸高的木座子衬在椅子脚下,因此这只八仙椅子特别高,母亲坐上去两脚须得挂空,很不便利。所谓西北角,就是左边最里面的一只椅子。这椅子的里面就是通过退堂的门。退堂里就是灶间。母亲坐在椅子上向里面顾,可以看见灶头。风从里面吹出的时候,烟灰和油气都吹在母亲身上,很不卫生。堂前隔着三四尺阔的一条天井便是墙门。墙外面便是我们的染坊店。母亲坐在椅子里向外面望,可以看见杂沓往来的顾客,听到沸反盈天的市井声,很不清静。但我的母亲一向坐在我家老屋西北角里的这样不安稳,不便利,不卫生,不清静的一只八仙椅子上,眼睛发出严肃的光辉,口角上表出慈爱的笑容。母亲为什么老是坐在这样不舒服的椅子里呢?因为这位子在我家中最为冲要。母亲坐在这位子里可以顾到灶上,又可以顾到店里。母亲为要兼顾内外,便顾不到座位的安稳不安稳,便利不便利,卫生不卫生,和清静不清静了。

我四岁时,父亲中了举人,同年祖母逝世,父亲丁艰在家,郁郁不乐,以诗酒自娱,不管家事,丁艰终而科举废,父亲就从此隐遁。这期间家事店事,内外都归母亲一人兼理。我从书堂出来,照例走向坐在西北角里的椅子上的母亲的身边,向她讨点东西吃吃。母亲口角上表出亲爱的笑容,伸手除下挂在椅子头顶的"饿杀猫篮"[1],拿起饼饵给我吃;同时眼睛里发出严肃

---

[1] "饿杀猫篮",一种用细篾制、四周有孔的有盖竹篮,菜碗放此篮中,猫吃不到,故名。

的光辉，给我几句勉励。

我九岁的时候，父亲遗下了母亲和我们姐弟六人，薄田数亩和染坊店一间而逝世。我家内外一切责任全部归母亲负担。此后她坐在那椅子上的时间愈加多了。工人们常来坐在里面的凳子上，同母亲谈家事；店伙们常来坐在外面的椅子上，同母亲谈店事；父亲的朋友和亲戚邻人常来坐在对面的椅子上，同母亲交涉或应酬。我从学堂里放假回家，又照例走向西北角里的椅子边，同母亲讨个铜板。有时这四班人同时来到，使得母亲招架不住，于是她用了眼睛的严肃的光辉来命令，警戒，或交涉；同时又用了口角上的慈爱的笑容来劝勉，抚爱，或应酬。当时的我看惯了这种光景，以为母亲是天生成坐在这只椅子上的，而且天生成有四班人向她缠绕不清的。

我十七岁离开母亲，到远方求学。临行的时候，母亲眼睛里发出严肃的光辉，诫告我待人接物求学立身的大道；口角上表出慈爱的笑容，关照我起居饮食一切的细事。她给我准备学费，她给我置备行李，她给我制一罐猪油炒米粉，放在我的网篮里；她给我做一个小线板，上面插两只引线放在我的箱子里，然后送我出门。放假归来的时候，我一进店门，就望见母亲坐在西北角里的八仙椅子上。她欢迎我归家，口角上表出慈爱的笑容，她探问我的学业，眼睛里发出严肃的光辉。晚上她亲自上灶，烧些我所爱吃的菜蔬给我吃，灯下她详询我的学校生活，加以勉励，教训，或责备。

我廿二岁毕业后，赴远方服务，不克依居母亲膝下，唯假期归省。每次归家，依然看见母亲坐在西北角里的椅子上，眼睛里发出严肃的光辉，口角上表现出慈爱的笑容。她像贤主一般招待我，又像良师一般教训我。

> 我三十岁时，弃职归家，读书著述奉母。母亲还是每天坐在西北角里的八仙椅子上，眼睛里发出严肃的光辉，口角上表出慈爱的笑容。只是她的头发已由灰白渐渐转成银白了。

我三十三岁时，母亲逝世。我家老屋西北角里的八仙椅子上，从此不再有我母亲坐着了。然而我每逢看见这只椅子的时候，脑际一定浮出母亲的坐像——眼睛里发出严肃的光辉，口角上表出慈爱的笑容。她是我的母亲，同时又是我的父亲。她以一身任严父兼慈母之职而训诲我抚养我，我从呱呱坠地的时候直到三十三岁，不，直到现在。陶渊明诗云："昔闻长者言，掩耳每不喜。"我也犯这个毛病；我曾经全部接受了母亲的慈爱，但不会全部接受她的训诲。所以现在我每次在想象中瞻望母亲的坐像，对于她口角上的慈爱的笑容觉得十分感谢，对于她眼睛里的严肃的光辉，觉得十分恐惧。这光辉每次给我以深刻的警惕和有力的勉励。

1937 年 2 月 28 日

阿难

往年我妻曾经遭逢小产的苦难。在半夜里,六寸长的小孩辞了母体而默默地出世了。医生把他裹在纱布里,托出来给我看,说着:

"很端正的一个男孩!指爪都已完全了,可惜来得早了一点!"我正在惊奇地从医生手里窥看的时候,这块肉忽然动起来,胸部一跳,四肢同时一撑,宛如垂死的青蛙的挣扎。我与医生大家吃惊,屏息守视了良久,这块肉不再跳动,后来渐渐发冷了。

唉!这不是一块肉,这是一个生灵,一个人。他是我的一个儿子,我要给他起名字:因为在前有阿宝,阿先,阿瞻,又他母亲为他而受难,故名曰"阿难"。阿难的尸体给医生拿去装在防腐剂的玻璃瓶中;阿难的一跳印在我的心头。

阿难!一跳是你的一生!你的一生何其草草?你的寿命何其短促?我与你的父子的情缘何其浅薄呢?

然而这等都是我的妄念。我比起你来,没有什么大差异。数千万光年中的七尺之躯,与无穷的浩劫中的数十年,叫做"人生"。自有生以来,这"人生"已被反复了数千万遍,都像昙花泡影地倏现倏灭，现在轮到我在反复了。所以我即使活了百岁，在浩劫中，与你的一跳没有什么差异。今我嗟伤你的短命，真是九十九步的笑百步！

阿难！我不再为你嗟伤，我反要赞美你的一生的天真与明慧。原来这个我，早已不是真的我了。人类所造作的世间的种种现象，迷塞了我的心眼，隐蔽了我的本性，使我对于扰攘奔逐的地球上的生活，渐渐习惯，视为人生的当然而恬不为怪。实则坠地时的我的本性，已经斫丧无余了。《西青散记》里史震林的《自序》中的这样的话：

"余初生时，怖夫天之乍明乍暗。家人曰：昼夜也。怪夫人之乍有乍无，曰：生死也。教余别星，曰：孰箕斗；别禽，曰：孰乌鹊。识所始也。生以长，乍明乍暗，乍有乍无者，渐不为异。间于纷纷混混之时，自提其神于太虚而俯之，觉明暗有无之乍乍者，微可悲也。"

我读到这一段，非常感动，为之掩卷悲伤，仰天太息。以前我常常赞美你的宝姐姐与瞻哥哥，说他们的儿童生活何等的天真，自然，他们的心眼何等的清白，明净，为我所万不敢望。然而他们哪里比得上你？他们的视你，亦犹我的视他们。他们的生活虽说天真，自然，他们的眼虽说清白，明净；然他们终究已经有了这世间的知识，受了这世间的种种诱惑，染了这世间的色彩，一层薄薄的雾障已经笼罩了他们的天真与明净了。你的一生完全不着这世间的尘埃。你是完全的天真，自然，清白，明净的生命。世间的人，本来都有像你那样的天真明净的生命，一入人世，便如入了乱梦，得了狂疾，颠倒迷离，直到困顿疲惫，始仓皇地逃回生命的故乡。这是何等昏昧的痴态！你的一生只有一跳，你在一秒间干净地了结你在人世间的一生，你坠地立刻解脱。正在中风狂走的我，更何敢企望你的天真与明慧呢？

我以前看了你的宝姐姐瞻哥哥的天真烂漫的儿童生活，惋惜他们的黄金时代的将逝，常常作这样的异想："小孩子长到十岁左右无病地自己死去，岂不完成了极有意义与价值的一生呢？"但现在想想，所谓"儿童的天国""儿童的乐园"，其实贫乏而低小得很，只值得颠倒困疲的浮世苦者的艳羡而已，又何足挂齿？像你的以一跳了生死，绝不撄浮生之苦，不更好吗？在浩劫中，人生原只是一跳。我在你的一跳中，瞥见一切的人生了。

然而这仍是我的妄念。宇宙间人的生灭，犹如大海中的波涛的起伏。大波小波，无非海的变幻，无不归元于海，世间一切现象，皆是宇宙的大生命的显示。阿难！你我的情缘并不淡薄，你就是我，我就是你；无所谓你我了！

1927年9月17日

忆弟

突然外面走进一个人来，立停在我面前咫尺之地，向我深深地作揖。我连忙拔出口中的卷烟而答礼，烟灰正擦在他的手背上，卷烟熄灭了，连我也觉得颇有些烫痛。

等他仰起头来，我看见一个衰老憔悴的面孔，下面穿一身褴褛的衣裤，伛偻地站着。我的回想在脑中曲曲折折地转了好几个弯，才寻出这人的来历。起先认识他是太，后来记得他姓朱，我便说道：

"啊！你是朱家大伯！长久不见了。近来……"

他不等我说完就装出笑脸接上去说：

"少爷，长久不见了，我现在住在土地庵里，全靠化点香钱过活。少爷现在上海发财？几位官官了？真是前世修的好福气！"

我没有逐一答复他在不在上海，发不发财，和生了几个儿子；只是唯唯否否。他也不要求一一答复，接连地说过便坐下在旁边的凳子上。

我摸出烟包，抽出一支烟来请他吸，同时忙碌地回想过去。

二十余年之前，我十三四岁的时候，和满姐、慧弟[1]跟着母亲住在染坊店里面的老屋里。同住的是我们的族叔一家。这位朱家大伯便是叔母的娘家的亲戚而寄居在叔母家的。他年纪与叔母仿佛。也许比叔母小，但叔母叫他"外公"，叔母的儿子叫他"外公太太"（石门湾方言，称曾祖为太）。论理我们也该叫他"外公太太"；但我们不论。一则因为他不是叔母的嫡亲外公，听说是她娘家同村人的外公；且这叔母也不是我们的嫡亲叔母，而是远房的。我们倘对他攀亲，正如我乡俗语所说："攀了三日三夜，光绪皇帝是我表兄"了。二则因为他虽然识字，但是挑水果担的，而且年纪并不大，叫他"太太"有些可笑。所以我们都跟染坊店里的人叫他朱家大伯。而在背后谈他的笑话时，简称他为"太"。这是尊称的反用法。

太的笑话很多，发现他的笑话的是慧弟。理解而赏识这些笑话的只有我和满姐。譬如吃夜饭的时候，慧弟忽然用饭碗接住了他的尖而长的下巴，独自吃吃地笑个不住。我们便知道他是想起了今天所发见的太的笑话了，就用"太今天怎么样？"一句话来催他讲。他笑完了便讲：

"太今天躺在店里的榻上看《康熙字典》。竺官[2]坐在他旁边，也拿起一册来翻。翻了好久，把书一掷叫道：'竺字在哪里？你这部字典翻不出的！'太一面看字典，一面随口回答：'蛮好翻的！'竺官另取一册来翻了好久，又把书一掷叫道：

---

1 满姐，即作者的三姐丰满（梦忍）。慧弟，即作者的大弟丰浚（慧珠）。
2 竺官，即店里的伙计。

'翻不出的！你这部字典很难翻！'他又随口回答'蛮好翻的！再要好翻没有了！'"

讲到这里，我们三人都笑不可抑了。母亲催我们吃饭。我们吃了几口饭又笑了起来。母亲说出两句陈语来："食不言，寝不语。你们父亲前头……"但下文大都被我们的笑声淹没了。从此以后，我们要说事体的容易做，便套用太的语法，说"再要好做没有了"。后来更进一步。便说"同太的字典一样"了。现在慧弟的墓木早已拱了，我同满姐二人有时也还在谈话中应用这句古话以取笑乐。——虽然我们的笑声枯燥冷淡，远不及二十余年前夜饭桌上的热烈了。

有时他用手按住了嘴巴从店里笑进来，又是发见了太的笑话了。"太今天怎么样？"一问，他便又讲出一个来。

"竺官问太香瓜几钱一个，太说三钱一个，竺官说：'一钱三个？'太说：'勿要假来假去！'竺官向他担子里捧了三个香瓜就走，一面说着：'一个铜元欠一欠，大年夜里有月亮，还你。'太追上去夺回香瓜。一个一个地还到担子里去，口里唱一般地说：'别的事情可假来假去，做生意勿可假来假去！'"

讲到"别的事情都可假来假去"一句，我们又都笑不可抑了。

慧弟所发见的趣话，大都是这一类的。现在回想起来，他真是一个很别致的人。他能在寻常的谈话中随处发见笑的资料。例如嫌冷的人叫一声"天为什么这样冷！"装穷的人说了一声"我哪里有钱！"表明不赌的人说了一声"我几时弄牌！"又如怪人多事的人说了一句"谁要你讨好！"虽然他明知道这是借疑问词来加强语气的,并不真个要求对手的解答,但他故意捉住了话中的"为什么""哪里""几时""谁"等疑问词而作可笑的解答。倘有人说"我马上去",他便捉住他问"你的马在哪里?"倘有人说"轮船马上开",他就笑得满座皆笑了。母亲常说他"吃了笑药",但我们这孤儿寡妇的家庭幸有这吃笑药的人,天天不缺乏和乐而温暖的空气。我和满姐虽然不能自动发见笑的资料,但颇能欣赏他的发现,尤其是关于太的笑话,在我们脑中留下不朽的印象。所以我和他虽已阔别二十余年,今天一见立刻认识,而且立刻想起他那部"再要好翻没有了"的字典。

但他今天不讲字典,只说要买一只甏缸,向我化一点钱。他说:

"我今年七十五岁了,近来一年不如一年。今年三月里在桑树根上绊一绊跌了一交,险险乎病死。靠菩萨,还能走出来。但是还有几时活在世上呢?庵里毫无出息。化化香钱呢,大字号店家也只给一两个小钱,初一月半两次,每次最多得到三角钱,连一口白饭也吃不饱。店里先生还嫌我来得太勤。饿死了也干净,只怕这几根骨头没有人收拾,所以想买一只缸。缸价要七八块钱,汪恒泰里已答应我出两块钱,请少爷也做个好事。钱呢,买好了缸来领。"

我和满姐立刻答应他每人出一块钱。又请他喝一杯茶,留他再坐。我们想从他那里找寻自己童年的心情,但终于找不出,即使找出了也笑不出。因为主要的赏识者已不在人世,而被赏识的人已在预备买缸收拾自己的骨头,残生的我们也没有心思再作这种闲情的游戏了。我默默地吸卷烟,直到他的辞去。

1933年6月24日于石门湾

乐生

乐生是我的远房堂兄。他的父亲叫亚卿，我们叫他亚卿三大伯，或麻子三大伯。亚卿曾在我们的染店里当管账，乐生就在店里当学徒。因此我和乐生很熟悉，下午店里空了，乐生就陪我玩。

乐生的玩法，异想天开，与众不同，还带些恶毒性，但实际上并不怎么危害人。我对他有些向往，就因为爱好这种恶毒性。例如：他看到一条百脚[1]，诱它出来，用剪刀把它的两只钳剪去。百脚是以钳为武器的，如今被剪去了，就如缴了械，解除了武装，不可怕了。乐生便把它藏在衣袖里，任他在身上爬来爬去。他突然把百脚丢在别人身上，那人吓了一大跳。有几个小孩，竟被他吓得大哭。有一次，我母亲出来，在店门口坐坐。乐生乘其不备，把这条百脚放在她肩上了。我母亲见了，大吃一惊，乐生立刻走过去把百脚捉了，藏入袋里，使得我母亲又吃一惊。又有一次，他向他的父亲麻子三大伯讨零用钱，他父亲不给。他便拿出百脚来，丢在他臂上。麻子三大伯吓了一跳，连忙用手来掸，岂知那百脚落在他背脊上了，没有离身。他向门角落里拿起一根

---

1 百脚，即蜈蚣。

门闩，要打乐生。乐生在前面逃，他背着百脚拿着门闩在后面追，街上的人大笑。乐生转一个弯，不见了，麻子三大伯背着百脚拿着门闩站着喘气。有人替他掸脱了百脚。一只鸡看见了，跑过来啄了两三口，把百脚全部吞下去了。这鸡照旧仰起了头踱来踱去，若无其事。可知鸡的胃消化力很强。这百脚已无钳无毒。倘是有钳有毒的，它照样会消化，把毒当做营养品。记得我的大姐扎珠花，嫌珠子不圆，把它灌进鸡嘴巴里。过了一会，把鸡杀了，取出珠子来，已浑圆了。可见其消化力之强。闲话少讲。

乐生对于百脚，特别感兴趣。上述的办法玩腻之后，他又另想办法。把一根竹，两头削尖，弯成弓形，钉住百脚的头和尾，两手一放，百脚就成了弓弦。这叫做百脚弓。他把百脚弓挂在墙上，到第三日，那百脚还不曾死，脚还在抖动。所以说：百足之虫，死而不僵。但这办法太残忍了。百脚原是害虫，应该杀死。但何必用这等残酷的刑罚呢。但这是我现在的想法，当时我也木知木觉。且说百脚干燥之后，居然非常坚韧，可作弓弦，用竹签子射箭，见者无不惊叹乐生这种杰作。

乐生另有一种杰作，实在恶毒得可以。有一天晚上，我同他两人在店堂里，他悄悄地拿出一包头发来，不知是从哪里弄来的，用剪刀剪得很细，像黑粉末。我问他做什么用，他说你明天自会知道。到了明天下午，店里空了，隔壁的道士先生顾芷塘来坐在店门口，和人谈闲天。乐生乘其不备，拿一把头发粉末来撒在他的后头骨下面的项颈里了。这顾芷塘的项颈生得很长，人们说他是吹笙的，笙是吸的，便把项颈吸得很长了。因为项颈长，所以衣领后头很宽，可容许多头发粉末。顾芷塘起先不觉得什么，后来觉得痒了，伸手去搔，越搔越痒。那些头发粉末落下去，粘在背脊上，顾芷塘只得撩起衣服来，弯进手臂去搔。同时自言自语："背脊上痒得很，难道生虱子了？我家没有虱子的呀。"终于痒得熬不住，便回家去换衣裳了。

管账先生何昌熙也着过这道儿。何昌熙坐在账桌边写账，乐生假作用鸡毛帚掸灰尘，把一把头发粉末撒在他项颈里了。何昌熙是个大块头，一时木知木觉，后来牵动衣裳，越牵越痒，嘴里不住地骂人。乐生和我却在暗笑。丫头红英吃过不少次数。因为红英常常坐在店门口阶沿上剖鱼或洗衣服，乐生凭在柜台上，居高临下，撒下去正好落在项颈里。此外，乐生拿了这包宝贝上街去，谁吃他亏，不得而知了。这些都是顽皮孩子的恶作剧，算不得作恶为非，但他还有招摇撞骗行径呢。

上午，街上正闹的时候，乐生拿了一碗水在人丛中走。看到一个比较阔绰的人，有意去碰他一下，那碗水倒翻在地上了。乐生惊喊起来："啊呀！我这两角洋钱烧酒被你碰翻了！奈末[1]我的爷要打杀我了！要你赔！要你赔！"他竟哭出眼泪来了。那人没奈何，只得赔他两角洋钱。

乐生早死。他的儿子叫舜华，听说在肉店经商，现在不知怎样，几十年没消息了。

---

[1] 奈末，江南一带方言，意即这下子。

五爹爹

五爹爹[1]是我的一个远房叔父，但因同住在一个老屋里，天天见面，所以很亲近。他姓丰，名铭，字云滨。子女甚多，但因无力抚养，送给别人的有三四个，家中只留二男二女。

五爹爹终身失意，而达观长寿，真是一个值得记录的人物。最初的失意是考秀才。科举时代，我们石门湾人，考秀才到嘉兴府，叫做小考，每年一次；考举人到杭州省城，叫做大考，三年一次。五爹爹从十来岁起，每年到嘉兴应小考，年年不第。直到三十多岁，方才考取，捞得一个秀才。闲人看见他年年考不取，便揶揄他。有一年深秋雨夜，有一个闲人来哄他："五伯，秀才出榜了，你的名字写在前头呢。"五爹爹信以为真，立刻穿上钉鞋，撑了雨伞，到东高桥头去看。结果垂头丧气而归。后来好容易考取了。但他有自知之明，不再去应大考，以秀才终其身。地方上人都叫他"五相公"，他已经满意了。但秀才两字不好当饭吃，他只得设塾授徒。坐冷板凳是清苦生涯，七八个学生，每年送点脩敬，为数有限，难于糊口。他的五妈妈非

---

[1] 五爹爹，是按儿女们的称呼。作者家乡一带称爷爷为爹爹。

常能干,烧饭时将米先炒一下,涨性好些。青黄不接之时,常来向我母亲掇一借二。但总是如期归还,从不失信。真所谓秀才方正也。

后来,地方上人照顾他,给他在接待寺楼上办一个初等小学,向县政府请得相当的经费。他的进益就比设塾好得多了。然而学生多起来,一人教书来不及,势必另请人帮助,这就分了他的肥。物价年年上涨,经费决不增加。他的生活还是很清苦的。然而他很达观。每天散课后,在镇上闲步,东看西望,回家来与妻子评东说西,谈笑风生,自得其乐。上茶馆,出五个大钱泡一碗茶,吃了一会,叫茶博士"摆一摆",等一会再来吃。第二次来时,带一把茶壶来,吃好之后将茶叶倒入壶中,回家去吃。

这时候我在杭州租了一间房子,在那里做寓公。五爹爹每逢寒假暑假,总是到我家来做客。他到杭州来住一两个月,只花一块银元,还用不了呢。因为他从石门湾步行到长安,从长安乘四等车到杭州,只需二角半,来回五角。到了杭州,当然不坐人力车,步行到我家。于是每天在杭州城里和西湖边上巡游,东看西望,回来向我们报告一天的见闻,花样自比石门湾丰富得多了。我欢迎他来,爱听他的报告。因为我不大出门,天天在家写作,晚上和他闲谈,作为消遣。他在杭州也上茶馆,也常"摆一摆",但不带茶壶去,因为我家里有茶。有时他要远行,例如到六和塔、云栖等处去玩,不能回来吃中饭,他就买二只粽子,作为午饭。我叫人买几个烧饼,给他带去,于是连粽子钱也可以省了。

这样的生活，过了好几年。后来发生变化了。当小学教师收入太少，口食难度。亲友帮他起一个会，收得一笔钱，一部分安家，一部分带了到离乡数十里外的曲尺湾去跟一位名医潘申甫当学徒。医生收学徒是不取学费的，因为学生帮他工作。他只出些饭钱。学了两三年，回家挂招牌当医生。起初生意还好，颇有些收入。但此人太老实，不会做广告，以致后来生意日渐清淡，终于无人问津。他只得再当小学教师。幸而地方上人照顾他，仍请他办接待寺里初等小学。这是我父亲帮他忙。父亲是当地唯一的举人老爷，替他说话是有力的[1]。

五爹爹家里有二男二女。大男在羊毛行学生意，染上了一种习气，满师以后出外经商，有钱尽情使用，……生意失败了，钱用光了，就回家来吃父亲的老米饭。在外吸上等香烟，回家后就吸父亲的水烟筒，可谓能屈能伸。大女嫁附近富绅，遇人不淑，打官司，离婚，也来吃父亲的老米饭。后来托人介绍到上海走单帮，终于溺水而死。次男和次女都很像人。次男由我带到上海入艺术师范，毕业后到宁波当教师，每月收入四十元，大半寄家。五爹爹庆幸无限。但是不到一年，生了重病，由宁波送回家，不久一命呜呼。次女在本地当小学教师，收入也尚佳，全部交与父亲。岂知不到一年，也一病不起了。真是天道无知啊！

五爹爹一生如此辙轲失意，全靠达观，竟得长寿，享年八十六岁。他长寿的原因，我看主要是达观。但有人说是全靠

---

[1] 从年代上看，作者父亲出力帮忙的可能是另一件事。

吃大黄。他从小有痔疮病，大便出血。这出血是由于大便坚硬，擦破肛门之故。倘每天吃三四分大黄，则大便稀烂，不会擦破肛门而流血。而大黄的副作用是清补。五爹爹一生茹苦含辛，粗衣糠食，而得享长年，恐是常年服食大黄之力。

邻人

前年我曾画了这样的一幅画：两间相邻的都市式的住家楼屋，前楼外面是走廊和栏杆。栏杆交界处，装着一把很大的铁条制的扇骨，仿佛一个大车轮，半个埋在两屋交界的墙里，半个露出在檐下。两屋的栏杆内各有一个男子，隔着那铁扇骨一坐一立，各不相干。画题叫做"邻人"。

这是我从上海回江湾时，在天通庵附近所见的实景。这铁扇骨每根头上尖锐，好像一把枪。这是预防邻人的逾墙而设的。若在邻人面前，可说这是预防窃贼的蔓延而设的。譬如一个窃贼钻进了张家的楼上，界墙外有了这把尖头的铁扇骨，他就无法逾墙到隔壁的李家去行窃。但在五方杂处，良莠不齐的上海地方，它的作用一半原可说是防邻人的。住在上海的人有些儿太古风，"打牌猜拳之声相闻，至老死不相往来。"这样，邻人的身家性行全不知道，这铁扇骨的防备原是必要的了。

我经过天通庵的时候，觉得眼前一片形形色色的都市的光景中，这把铁扇骨最为触目惊心。这是人类社会的丑恶的最具体，最明显，最庞大的表象。人类社会的设备中，像法律，刑罚等，都是为了防范人的罪恶而设的；但那种都不显露形迹。

从社会的表面上看，我们只见锦绣河山，衣冠文物之邦，一时不会想到其间包藏着人类的种种丑恶。又如城、郭、门、墙，也是为防盗贼而设的。这虽然是具体而又庞大的东西，但形状还文雅，暗藏。我们看了似觉这是与山岭、树木等同类的东西，不会明显地想见人类中的盗贼。更进一步，例如锁，具体而又明显地表示着人类互相防备的用意，可说是人类的丑恶的证据，羞耻的象征了。但它的形象太小，不容易使人注意；用处太多，混迹在箱笼门窗的装饰纹样中，看惯了一时还不容易使人明显地联想到偷窃。只有那把铁扇骨，又具体，又明显，又庞大地表示着它的用意，赤裸裸地宣示着人类的丑恶与羞耻。所以我每次经过天通庵，这件东西总是强力地牵惹我的注意，使我发生种种的感想。造物主赋人类以最高的智慧，使他们做了万物之灵，而建设这庄严灿烂的世界。在自称文明进步的今日，假如造物主降临世间，一一地检点人类的建设，看到锁和那把铁扇骨而查问它们的用途与来历时，人类的回答将何以为颜？对称的形状，均齐的角度，秀美的曲线，是人类文化最上乘的艺术的样式。把这等样式应用在建筑上，家具上，汽车上，飞机上，原足以夸耀现代人生活的进步；但应用在锁和这铁扇骨上，真有些儿可惜。上海的五金店里，陈列着各式各样的"四不灵"[1]锁。有德国制的，有美国制的；有几块钱一把的，有几十块钱一把的；有方的，有圆的，有作各种玲珑的形状的。工料都很精，形式都很美，好像一种徽章。这确是一种徽章，这是人类的丑恶与羞耻的徽章！人类似嫌

---

[1] "四不灵"，英文 spring（弹簧）的音译，指弹簧锁。

这种徽章太小，所以又在屋上装起很大的铁扇骨来，以表扬其羞耻。使人一见就可想起世间有着须用这大铁扇骨来防御的人，以及这种人的产生的原因。

我在画上题了"邻人"两字，联想起了"肯与邻翁相对饮，隔篱呼取尽余杯"的诗句。虽然自己不喝酒，但想象诗句所咏的那种生活，悠然神往，几乎把画中的铁扇骨误认为篱了。

1932 年 12 月 14 日

四轩柱

我的故乡石门湾，是运河打弯的地方，又是春秋时候越国造石门的地方，故名石门湾。运河里面还有条支流，叫做后河。我家就在后河旁边。沿着运河都是商店，整天骚闹，只有男人们在活动；后河则较为清静，女人们也出场，就中有四个老太婆，最为出名，叫做四轩柱。

以我家为中心，左面两个轩柱，右面两个轩柱。先从左面说起。住在凉棚底下的一个老太婆叫做莫五娘娘。这莫五娘娘有三个儿子，大儿子叫莫福荃，在市内开一爿杂货店，生活裕如。中儿子叫莫明荃，是个游民，有人说他暗中做贼，但也不曾破过案。小儿子叫木铳阿三，是个戆大[1]，不会工作，只会吃饭。莫五娘娘打木铳阿三，是一出好戏，大家要看。莫五娘娘手里拿了一根棍子，要打木铳阿三。木铳阿三逃，莫五娘娘追。快要追上了，木铳阿三忽然回头，向莫五娘娘背后逃走。莫五娘娘回转身来再追，木铳阿三又忽然回头，向莫五娘娘背后逃走。这样地表演了三五遍，莫五娘娘吃不消了，坐在地上

---

[1] 木铳和戆大都是指戆头戆脑的人。

大哭。看的人大笑。此时木铳阿三逃之杳杳了。这个把戏,每个月总要表演一两次。有一天,我同豆腐店王囡囡坐在门口竹榻上闲谈。王囡囡说:"莫五娘娘长久不打木铳阿三了,好打了。"没有说完,果然看见木铳阿三从屋里逃出来,莫五娘娘拿了那根棍子追出来了。木铳阿三看见我们在笑,他心生一计,连忙逃过来抱住了王囡囡。我乘势逃开。莫五娘娘举起棍子来打木铳阿三,一半打在王囡囡身上。王囡囡大哭喊痛。他的祖母定四娘娘赶出来,大骂莫五娘娘:"这怪老太婆!我的孙子要你打?"就伸手去夺她手里的棒。莫五娘娘身躯肥大,周转不灵,被矫健灵活的定四娘娘一推,竟跌到了河里。木铳阿三毕竟有孝心,连忙下水去救,把娘像落汤鸡一样驮了起来,幸而是夏天,单衣薄裳的,没有受冻,只是受了些惊。莫五娘娘从此有好些时不出门。

第二个轩柱,便是定四娘娘。她自从把莫五娘娘打落水之后,名望更高,大家见她怕了。她推销生意的本领最大。上午,乡下来的航船停埠的时候,定四娘娘便大声推销货物。她熟悉人头,见农民大都叫得出:"张家大伯!今天的千张格外厚,多买点去。李家大伯,豆腐干是新鲜的,拿十块去!"就把货塞在他们的篮里。附近另有一家豆腐店,是陈老五开的,生意远不及王囡囡豆腐店,就因为缺少像定四娘娘的一个推销员。定四娘娘对附近的人家都熟悉,常常穿门入户,进去说三话四。我家是她的贴邻,她来得更勤。我家除母亲以外,大家不爱吃肉,桌上都是素菜。而定四娘娘来的时候,大都是吃饭时候。幸而她像《红楼梦》里的凤姐一样,人没有进来,声音先听到了。我母亲听到了她的声音,立刻到橱里去拿出一碗肉来,放在桌上,免得她说我们"吃得寡薄"。她一面看我们吃,一面同我母亲闲谈,报告她各种新闻:哪里吊死了一个人;哪里新开了一爿什么店;汪宏泰的酥糖比徐宝禄的好,徐家的重四两,汪家的有四两五;哪家的姑娘同哪家的儿子对了亲,分送的茶枣讲究得很,都装锡罐头;哪家的姑娘养了个私生子,等等。我母亲爱听她这种新闻,所以也很欢迎她。

第三个轩柱,是盆子三娘娘。她是包酒馆里永林阿四的祖母。他的已死的祖父叫做盆子三阿爹,因为他的性情很坦,像盆子一样[1];于是他的妻子就也叫做盆子三娘娘。其实,三娘娘的性情并不坦,她很健谈。而且消息灵通,远胜于定四娘娘。定四娘娘报道消息,加的油盐酱醋较少;而盆子三娘娘的报道消息,加入多量的油盐酱醋,叫它变味走样。所以有人说:"盆子三娘娘坐着讲,只能听一半;立着讲,一句也听不得。"她出门,看见一个人,只要是她所认识的,就和他谈。她从家里出门,到街上买物,不到一二百步路,她来往要走两三个钟头。因为到处勾留,一勾留就是几十分钟。她指手画脚地说:"桐家桥头的草棚着了火了,烧杀了三个人!"后来一探听,原来一个人也没有烧杀,只是一个老头子烧掉了些胡子。"塘河里一只火轮船撞沉了一只米船,几十担米全部沉在河里!"其实是米船为了避开火轮船,在石埠子上撞了一下,船头里漏了水,打湿了几包米,拿到岸上来晒。她出门买物,一路上这样地讲过

---

[1] 坦,按作者家乡方言是慢的意思。与盆子(即盘子)平坦的坦谐音。

去，有时竟忘记了买物，空手回家。盆子三娘娘在后河一带确是一个有名人物。但自从她家打了一次官司，她的名望更大了。

事情是这样：她有一个孙子，年纪二十多岁，做医生的，名叫陆李王。因为他幼时为了要保证健康长寿，过继给含山寺里的菩萨太君娘娘，太君娘娘姓陆。他又过继给另外一个人，姓李。他自己姓王。把三个姓连起来，就叫他"陆李王"。这陆李王生得眉清目秀，皮肤雪白。有一个女子看上了他，和他私通。但陆李王早已娶妻，这私通是违法的。女子的父亲便去告官。官要逮捕陆李王。盆子三娘娘着急了，去同附近有名的沈四相公商量，送他些礼物。沈四相公就替她作证，说他们没有私通。但女的已经招认。于是县官逮捕沈四相公，把他关进三厢堂。（是秀才坐的牢监，比普通牢监舒服些。）盆子三娘娘更着急了，挽出她包酒馆里的伙计阿二来，叫他去顶替沈四相公。允许他"养杀你"[1]。阿二上堂，被县官打了三百板子，腿打烂了。官司便结束。阿二就在这包酒馆里受供养，因为腿烂，人们叫他"烂膀[2]阿二"。这事件轰动了全石门湾。盆子三娘娘的名望由此增大。就有人把这事编成评弹，到处演唱卖钱。我家附近有一个乞丐模样的汉子，叫做"毒头[3]阿三"。他编的最出色，人们都爱听他唱。我还记得唱词中有几句："陆李王的面孔白来有看头，厚底鞋子寸半头，直罗[4]汗巾三转头。……"描写

---

1 养杀你，意即供养你一辈子直到老死。
2 烂膀，意即烂腿。
3 毒头，意即神经病或傻瓜。
4 直罗，即有直的隐条的丝织品。

盆子三娘娘去请托沈四相公，唱道："水鸡[1]烧肉一碗头，拍拍胸脯点点头。……"全部都用"头"字，编得非常自然而动听。欧洲中世纪的游唱诗人（troubadour，minnesinger），想来也不过如此吧。毒头阿三唱时，要求把大门关好。因为盆子三娘娘看到了要打他。

第四个轩柱是何三娘娘。她家住在我家的染作场隔壁。她的丈夫叫做何老三。何三娘娘生得短小精悍，喉咙又尖又响，骂起人来像怪鸟叫。她养几只鸡，放在门口街路上。有时鸡蛋被人拾了去，她就要骂半天。有一次，她的一双弓鞋晒在门口阶沿石上，不见了。这回她骂得特别起劲："穿了这双鞋子，马上要困棺材！""偷我鞋子的人，世世代代做小娘（妓女）！"何三娘娘的骂人，远近闻名。大家听惯了，便不当一回事，说一声"何三娘娘又在骂人了"，置之不理。有一次，何三娘娘正站在阶沿石上大骂其人，何老三喝醉了酒从街上回来，他的身子高大，力气又好，不问青红皂白，把这瘦小的何三娘娘一把抱住，走进门去。何三娘娘的两只小脚乱抖乱撑，大骂"杀千刀！"旁人哈哈大笑。

何三娘娘常常生病，生的病总是肚痛。这时候，何老三便上街去买一个猪头，扛在肩上，在街上走一转。看见人便说："老太婆生病，今天谢菩萨。"谢菩萨又名拜三牲，就是买一个猪头，一条鱼，杀一只鸡，供起菩萨像来，点起香烛，请一个道士来拜祷。主人跟着道士跪拜，恭请菩萨醉饱之后快快离去，

---

[1] 水鸡，即甲鱼。

勿再同我们的何三娘娘为难。拜罢之后，须得请邻居和亲友吃"谢菩萨夜饭"。这些邻居和亲友，都是送过份子的。份子者，就是钱。婚丧大事，送的叫做"人情"，有送数十元的，有送数元的，至少得送四角。至于谢菩萨，送的叫做"份子"，大都是一角或至多两角。菩萨谢过之后，主人叫人去请送份子的人家来吃夜饭。然而大多数不来吃。所以谢菩萨大有好处。何老三掮了一个猪头到街上去走一转，目的就是要大家送份子。谢菩萨之风，在当时盛行。有人生病，郎中看不好，就谢菩萨。有好些人家，外面在吃谢菩萨夜饭，里面的病人断气了。再者，谢菩萨夜饭的猪头肉烧得半生不熟，吃的人回家去就生病，亦复不少。我家也曾谢过几次菩萨，是谁生病，记不清了。总之，要我跟着道士跪拜。我家幸而没有为谢菩萨而死人。我在这环境中，侥幸没有早死，竟能活到七十多岁，在这里写这篇随笔，也是一个奇迹。

1972 年

三娘娘

我的船停泊在小桥堍的小杂货店的门口，已经三天了。每次从船舱的玻璃窗中向岸上眺望，必然看见那小杂货店里有一位中年以上的妇人坐在凳子上"打绵线"。后来看得烂熟，不须写生，拿着铅笔便能随时背摹其状。我从她的样子上推想她的名字大约是三娘娘。就这样假定。

从船舱的玻璃窗中望去，三娘娘家的杂货店只有一个板橱和一只板桌。板橱内陈列着草纸、蚊虫香和香烟等。板桌上排列着四五个玻璃瓶，瓶内盛着花生米糖果等。还有一只黑猫，有时也并列在玻璃瓶旁。难得有一个老人或一个青年在这店里出现，常见的只有三娘娘一人。但我从未见过有人来三娘娘的店里买物。每次眺望，总见她坐在板桌旁边的独人凳上，打绵线。

午后天下雨。我暂不上岸，靠在船窗上吃枇杷。假如我平生也有四恨，枇杷有核该是我的四恨之一。我说水果中枇杷顶好吃。可惜吃的手续麻烦。推了半桌子的皮和核，弄脏了两手。同吃蟹相似，善后甚是吃力。但靠在船窗上吃，省力得多。皮和核可随时抛在水里，绝没有卫生警察来干涉。即使来干涉，我可想出理由来辩解：枇杷叶是药，枇杷核和皮或者也有药力。近来水面上浮着死猪、死羊、死狗、死猫很多，加了这药力或者可以消毒，有益于公众卫生。这般说过之后，卫生警察一定"马马虎虎"。

以前我只是向窗中探首一望，瞥见三娘娘的刹那间的姿态而已。这回因吃枇杷，久凭窗际，方才看见三娘娘的打绵线的能干，其技法的敏捷，态度的坚忍，可以使人吃惊。都会里的摩青与摩女[1]，恐怕没有知道"打绵线"为何物；看了我这幅画，将误认为打弹子，放风筝，抽陀螺，亦未可知。我生长在穷乡，见惯这种苦工，现在可为不知者略道之：这是一架人制的纺丝机器。在一根三四尺长的手指粗细的木棒上，装一个铜叉头，名曰"绵叉梗"，再用一根约一尺长的筷子粗细的竹棒，上端雕刻极疏的螺旋纹，下端装顺治铜钿（康熙，乾隆铜钿亦可）十余枚，中间套一芦管，名曰"锤子"。纺丝的工具，就是绵叉梗和锤子这两件。应用之法，取不能缫丝的坏茧子或茧子上剥下来的东西，并作绵絮似的一团，顶在绵叉梗上的铜叉头上。左手持绵叉梗，右手扭那绵絮，使成为线。将线头卷在锤子的芦管上，嵌在螺旋纹里。然后右手指用力将竹棒一旋，使锤子一边旋转，一边靠了顺治铜钱的重力而挂下去。上面扭，下面挂，线便长起来。挂到将要碰着地了，右手停止扭线而捉取锤子，将线卷在芦管上。卷了再挂，挂了再卷，锤子上的线球渐渐大起来。大到像上海水果店里的芒果一般了，便可连芦管拔脱，

---

1 日本人略称 modern boy（男性摩登青年）为 moba，略称 modern girl（摩登女郎）为 moga，今仿此。

另将新芦管换上，如法再制。这种芒果般的线球，名曰绵线。用绵线织成的绸，名曰绵绸：像我现在身上所穿的衣服，正是由三娘娘之类的人的左手一寸一寸地扭出来而一寸一寸地卷上去的绵线所织成的。近来绵绸大贱，每尺只卖一角多钱。据说，照这价钱合算起工资来，像三娘娘这样勤劳地一天扭到晚，所得不到十个铜板。但我想，假如用"勤劳"的国土里的金钱来定起工价来，这样纯熟的技能，这样忍苦的劳作，定他每天十个金镑，也不算过多呢。三娘娘的操持绵叉梗的手，比闲人们打弹子的手更为稳固；扭绵线的手，比闲人们放风筝的手更为敏捷；旋锤子的手，比闲人们抽陀螺的手更为有力。打一个弹子可赢得不少的洋钱，打一天绵线赚不到十个铜板。如使三娘娘欲富，应该不打绵线打弹子。

三娘娘为求工作的速成，扭的绵线特别长，要两手向上攀得无可再高，锤子向下挂得比她的小脚尖还低，方才收卷。线长了，收卷的时候两臂非极度向左右张开不可。看她一挂一卷，手臂的动作非常辛苦！一挂一卷，费时不到一分钟；假定她每天打绵线八小时，统计起来，她的手臂每天要攀高五六百次。张开五六百次。就算她每天赚得十个铜板，她的手臂要攀五六十次，张五六十次，还要扭五六十通，方得一个铜板的酬报。

黑猫端坐在她面前，静悄悄地注视她的工作，好像在那里留心计数她的手臂的动作的次数。

1934 年 6 月 16 日

阿庆

我的故乡石门湾虽然是一个人口不满一万的小镇，但是附近村落甚多，每日上午，农民出街做买卖，非常热闹，两条大街上肩摩踵接，推一步走一步，真是一个商贾辐辏的市场。我家住在后河，是农民出入的大道之一。多数农民都是乘航船来的，只有卖柴的人，不便乘船，挑着一担柴步行入市。

卖柴，要称斤两，要找买主。农民自己不带秤，又不熟悉哪家要买柴。于是必须有一个"柴主人"。他肩上扛着一支大秤，给每担柴称好分量，然后介绍他去卖给哪一家。柴主人熟悉情况，知道哪家要硬柴，哪家要软柴，分配各得其所。卖得的钱，农民九五扣到手，其余百分之五是柴主人的佣钱。农民情愿九五扣到手，因为方便得多，他得了钱，就好扛着空扁担入市去买物或喝酒了。

我家一带的柴主人，名叫阿庆。此人姓什么，一向不传，人都叫他阿庆。阿庆是一个独身汉，住在大井头的一间小屋里，上午忙着称柴，所得佣钱，足够一人衣食，下午空下来，就拉胡琴。他不喝酒，不吸烟，唯一的嗜好是拉胡琴。他拉胡琴手法纯熟，各种京戏他都会拉。当时留声机还不普遍流行，就有一种人背一架有喇叭的留声机来卖唱,听一出戏,收几个钱。商店里的人下午空闲,出几个钱买些精神享乐,都不吝惜。这是不能独享的,许多人旁听,在出钱的人并无损失。阿庆便是旁听者之一。但他的旁听,不仅是享乐,竟是学习。他听了几遍之后,就会在胡琴上拉出来。足见他在音乐方面,天赋独厚。

夏天晚上,许多人坐在河沿上乘凉。皓月当空,万籁无声。阿庆就在此时大显身手。琴声宛转悠扬,引人入胜。浔阳江头的琵琶,恐怕不及阿庆的胡琴。因为琵琶是弹弦乐器,胡琴是摩擦弦乐器。摩擦弦乐器接近于肉声,容易动人。钢琴不及小提琴好听,就是为此。中国的胡琴,构造比小提琴简单得多。但阿庆演奏起来,效果不亚于小提琴,这完全是心灵手巧之故。有一个青年羡慕阿庆的演奏,请他教授。阿庆只能把内外两弦上的字眼——上尺工凡六五乙仕——教给他。此人按字眼拉奏乐曲,生硬乖异,不成腔调。他怪怨胡琴不好,拿阿庆的胡琴来拉奏,依旧不成腔调,只得废然而罢。记得西洋音乐史上有一段插话:有一个非常高明的小提琴家,在一只皮鞋底上装四根弦线,照样会奏出美妙的音乐。阿庆的胡琴并非特制,他的心手是特制的。

笔者曰:阿庆孑然一身,无家庭之乐。他的生活乐趣完全寄托在胡琴上。可见音乐感人之深,又可见精神生活有时可以代替物质生活。感悟佛法而出家为僧者,亦犹是也。

1950 年

歪鲈婆阿三

歪鲈婆阿三不知何许人也，亦不详其姓氏。只因他的嘴巴像鲈鱼的嘴巴，又有些歪，因以为号也。他是我家贴邻王囡囡豆腐店里的司务。每天穿着褴褛的衣服，坐在店门口包豆腐干。人们简称他为"阿三"。阿三独身无家。

那时盛行彩票，又名白鸽票。这是一种大骗局。例如：印制三万张彩票，每张一元。每张分十条，每条一角。每张每条都有号码，从一到三万。把这三万张彩票分发全国通都大邑。卖完时可得三万元。于是选定一个日子，在上海某剧场当众开彩。开彩的方法，是用一个大球，摆在舞台中央，三四个人都穿紧身短衣，袖口用带扎住，表示不得作弊。然后把十个骰子放进大球的洞内，把大球摇转来。摇了一会，大球里落出一只骰子来，就把这骰子上的数字公布出来。这便是头彩的号码的第一个字。台下的观众连忙看自己所买的彩票，如果第一个数字与此相符，就有一线中头彩的希望。笑声、叹声、叫声，充满了剧场。这样地表演了五次，头彩的五个数目字完全出现了。五个字完全对的，是头彩，得五千元；四个字对的，是二彩，得四千元；三个字对的，是三彩，得三千元……这样付出之后，办彩票的所收的三万元，净余一半，即一万五千元。这是一个很巧妙的骗局。因为买一张的人是少数，普通都只买一条，一角钱，牺牲了也有限。这一角钱往往像白鸽一样一去不回，所以又称为"白鸽票"。

只有我们的歪鲈婆阿三，出一角钱买一条彩票，竟中了头彩。事情是这样：发卖彩票时，我们镇上有许多商店担任代售。这些商店，大概是得到一点报酬的，我不详悉了。这些商店门口都贴一张红纸，上写"头彩在此"四个字。有一天，歪鲈婆阿三走到一家糕饼店门口，店员对他说："阿三！头彩在此！买一张去吧。"对面咸鲞店里的小麻子对阿三说："阿三，我这一条让给你吧。我这一角洋钱情愿买香烟吃。"小麻子便取了阿三的一角洋钱，把一条彩票塞在他手里了。阿三将彩票夹在破毡帽的帽圈里，走了。

大年夜前几天，大家准备过年的时候，上海传来消息，白鸽票开彩了。歪鲈婆阿三的一条，正中头彩。他立刻到手了五百元大洋（那时米价每担二元半，五百元等于二百担米），变成了一个富翁。咸鲞店里的小麻子听到了这消息，用手在自己的麻脸上重重地打了三下，骂了几声："穷鬼！"歪鲈婆阿三没有家，此时立刻有人来要他去"招亲"了。这便是镇上有名的私娼俞秀英。俞秀英年二十余岁，一张鹅蛋脸生得白嫩，常常站在门口卖俏，勾引那些游蜂浪蝶。她所接待的客人全都是有钱的公子哥儿，豆腐司务是轮不到的，但此时阿三忽然被看中了。俞秀英立刻在她家里雇起四个裁缝司务来，替阿三做花缎袍子和马褂。限定年初一要穿。四个裁缝司务日夜动工，工钱加倍。

到了年初一，歪鲈婆阿三穿了一身花缎皮袍皮褂，卷起了衣袖,在街上东来西去,大吃大喝,滥赌滥用。几个穷汉追随他,问他要钱,他一摸总是两三块银洋。有的人称他"三兄""三先生""三相公",他的赏赐更丰。那天我也上街,看到这情况,回来告诉我母亲。正好豆腐店的主妇定四娘娘在我家闲谈。母亲对定四娘娘说:"把阿三脱下来的旧衣裳保存好,过几天他还是要穿的。"

果然,到了正月底边,歪鲈婆阿三又穿着原来的旧衣裳,坐在店门口包豆腐干了。只是一个崭新的皮帽子还戴在头上。把作司务[1]钟老七衔着一支旱烟筒,对阿三笑着说:"五百只大洋!正好开爿小店,讨个老婆,成家立业。现在哪里去了?这真叫做没淘剩[2]!"阿三管自包豆腐干,如同不听见一样。我现在想想,这个人真明达!货悖而入者,亦悖而出;来路不明,去路不白。他深深地懂得这个至理。我年逾七十,阅人多矣。凡是不费劳力而得来的钱,一定不受用。要举起例子来,不知多少。歪鲈婆阿三是一个突出的例子。他可给千古的人们作借鉴。自古以来,荣华难于久居。大观园不过十年,金谷园更为短促。我们的阿三把它浓缩到一个月,对于人世可说是一声响亮的警钟,一种生动的现身说法。

1972年

---

[1] 把作是"把持作坊"的意思。把作司务就是在作坊中负责技术的司务。
[2] 没淘剩,作者家乡话,意即没出息。

癞六伯

癞六伯,是离石门湾五六里的六塔村里的一个农民。这六塔村很小,一共不过十几户人家,癞六伯是其中之一。我童年时候,看见他约有五十多岁,身材瘦小,头上有许多癞疮疤。因此人都叫他癞六伯。此人姓甚名谁,一向不传,也没有人去请教他。只知道他家中只有他一人,并无家属。既然称为"六伯",他上面一定还有五个兄或姐,但也一向不传。总之,癞六伯是孑然一身。

癞六伯孑然一身,自耕自食,自得其乐。他每日早上挽了一只篮步行上街,走到木场桥边,先到我家找奶奶,即我母亲。"奶奶,这几个鸡蛋是新鲜的,两支笋今天早上才掘起来,也很新鲜。"我母亲很欢迎他的东西,因为的确都很新鲜。但他不肯讨价,总说"随你给吧"。我母亲为难,叫店里的人代为定价。店里人说多少,癞六伯无不同意。但我母亲总是多给些,不肯欺负这老实人。于是癞六伯道谢而去。他先到街上"做生意",即卖东西。大约九点多钟,他就坐在对河的汤裕和酒店门前的板桌上吃酒了。这汤裕和是一家酱园,但兼卖热酒。门前搭着一个大凉棚,凉棚底下,靠河口,设着好几张板桌。癞六伯就占据了一张，从容不迫地吃时酒。时酒，是一种白色的米酒，酒力不大，不过二十度，远非烧酒可比，价钱也很便宜，但颇能醉人。因为做酒的时候，酒缸底上用砒霜画一个"十"字，酒中含有极少量的砒霜。砒霜少量原是无害而有益的，它能养筋活血，使酒力遍达全身，因此这时酒颇能醉人，但也醒得很快，喝过之后一两个钟头，酒便完全醒了。农民大都爱吃时酒，就为了它价钱便宜，醉得很透，醒得很快。农民都要工作，长醉是不相宜的。我也爱吃这种酒，后来客居杭州上海，常常从故乡买时酒来喝。因为我要写作，宜饮此酒。李太白"但愿长醉不愿醒"，我不愿。

且说癞六伯喝时酒，喝到饱和程度，还了酒钱，提着篮子起身回家了。此时他头上的癞疮疤变成通红，走步有些摇摇晃晃。走到桥上，便开始骂人了。他站在桥顶上，指手划脚地骂："皇帝万万岁，小人日日醉！""你老子不怕！""你算有钱？千年田地八百主！""你老子一条裤子一根绳，皇帝看见让三分！"骂的内容大概就是这些，反复地骂到十来分钟。旁人久已看惯，不当一回事。癞六伯在桥上骂人，似乎是一种自然现象，仿佛鸡啼之类。我母亲听见了，就对陈妈妈说："好烧饭了，癞六伯骂过了。"时间大约在十点钟光景，很准确的。

有一次，我到南沈浜亲戚家做客。下午出去散步，走过一爿小桥，一只狗声势汹汹地赶过来。我大吃一惊，想拾石子来抵抗，忽然一个人从屋后走出来，把狗赶走了。一看，这人正是癞六伯，这里原来是六塔村了。这屋子便是癞六伯的家。他邀我进去坐，一面告诉我："这狗不怕。叫狗勿咬，咬狗勿叫。"

我走进他家，看见环堵萧然，一床、一桌、两条板凳、一只行灶之外，别无长物。墙上有一个搁板，堆着许多东西，碗盏、茶壶、罐头，连衣服也堆在那里。他要在行灶上烧茶给我吃，我阻止了。他就向搁板上的罐头里摸出一把花生来请我吃："乡下地方没有好东西，这花生是自己种的，燥倒还燥。"我看见墙上贴着几张花纸，即新年里买来的年画，有《马浪荡》《大闹天宫》《水没金山》等，倒很好看。他就开开后门来给我欣赏他的竹园。这里有许多枝竹，一群鸡，还种着些菜。我现在回想，癞六伯自耕自食，自得其乐，很可羡慕。但他毕竟孑然一身，孤苦伶仃，不免身世之感。他的喝酒骂人，大约是泄愤的一种方法吧。

不久，亲戚家的五阿爹来找我了。癞六伯又抓一把花生来塞在我的袋里。我道谢告别，癞六伯送我过桥，喊走那只狗。他目送我回南沈浜。我去得很远了，他还在喊："小阿官[1]！明天再来玩！"

1972 年

---

1 小阿官，作者家乡一带对小主人的称呼。

白采

今年正月初六的上午，忽然白采君冒雨到我家来道别。说即晚要上船赴厦门集美学校，又讲了许多客气的话。我和白采君虽然在立达同事半年，因为我有无事不到别人房间里或家里的癖，他也沉默不大讲话，每天在教务室会见时只是点头一笑，或竟不打招呼，故我对他很生疏。这一天他突然冒雨来道别，使我发生异常的感觉：我懊恼从前不去望望他，同他谈谈，如今他要去了，我又感激他对我的厚意，惭愧我对他的冷淡。他穿着浑身装点小水晶球似的雨点的呢大衣，弯着背坐在藤椅上。我觉得在教务室中寻常见惯的白采君的姿态，今日忽然异常地可亲可爱了！我的热情涌了起来，立刻叫人去沽酒办肴，为他饯别。他起初不允，我留之再三，他才答允。他自己说不大会喝酒，但这一次总算尽量，喝了一满碗。我送他出门时，他用他的通红的老鹰式的大鼻头向我点了好几次而去。

暑假中的某日，我在从故乡到上海的火车中坐得气闷了，偶然买一份《申报》来翻。素不看报的我，无心去读专电或时评，只是看看本埠小新闻，就不要了。已把报纸丢在对座的椅子下面，偶然视线落在那报纸上的"白采家族戚友鉴"的几个大字上。重番拾起来看，才知是白采君死在从广东来的轮船上，立达学园为他料理后事，登报通知他的家族戚友。我不肯立刻相信这就是我所认识的白采！仔细再读，到无可疑议了的时候，我半晌如入梦中，感到了无限的惊讶与悲哀。我偶然认识白采君，偶然与他同事，偶然为他饯别，今又从偶然中得到他的最后的消息！

我回学园后，检阅他的遗稿，见油印的讲义上有一段日记："元宵初六，醉别于丰子恺家，雨中登舰……"他记念着我家的饯别。我觉得回想中的白采比前日坐在藤椅上的愈加可亲爱了！我的热情又涌起来。就写了这篇短文，以代永远的饯别。

1926 年

怀太虚法师

我和太虚法师是小同乡,同是浙江崇德县人。但我们相见很晚,是三十二三(1943,1944)年间在重庆的长安寺里第一次会面的。一见之后,我很亲近他,因为他虽然幼小离乡,而嘴上操着一口崇德土白,和我谈话,很是入木。我每次入城,必然去长安寺望望他。那时我常常感到未见面时的太虚法师,与见面后的太虚法师,竟判若两人。

未见面之前,我听别人的传说,甚是惊奇。有人说他是交际和尚,又有人说他是官僚和尚,还有人说他是出风头和尚。我不相信,亲去访问他。一见之后,果然证明了外间的传说都是误解。他是正信、慈悲,而又勇猛精进的,真正的和尚。我这话绝不是随便说的。正信者,他对佛法有很正确的认识与信仰。慈悲者,他的态度中绝无贪嗔痴的痕迹。勇猛精进者,他对弘法事业有很大的热心。真正的和尚者,正信,慈悲,勇猛精进之外,又恪守僧戒,数十年如一日,俱足比丘的资格。我每次访问他之后,走出长安寺,下坡的时候,心中叹羡不置。我诧异:"崇德怎么会出这样的一个人?"

外间对他的误解,实在是他的对世间的勇猛精进所招来的。

凡对于佛法，佛教，僧人有利的事业，他都关心；不避艰难，不怕麻烦，他都要尽心竭力去计划、维持，或发起。凡和社会发生关系，总难免有招摇、议论，或谣诼。太虚法师受一部分人的误解，全是他的护法的热心所招来的。但他对于这些误解，绝不关心，始终勇猛精进，直到圆寂。

我在重庆与太虚法师最后的会面，是复员前几天在紫竹林素菜馆。那天我请客，邀在家、出家的七八位好友叙晤，作为对重庆的惜别。我不能忘记的，是我几乎教他开了酒戒。紫竹林的酒杯与茶杯是同样的。酒壶也就用茶壶。席上在家人都喝酒，而出家人之中也有一二人喝酒。我不知道太虚法师喝不喝酒，敬他一杯，看他是否同弘伞法师一样谢绝。大约他那时正和邻席的人谈得热心，没有注意我的敬酒，并不谢绝。我心中纳罕："太虚法师不戒酒的！"既而献樽，太虚法师端起杯子，尽量吸一口，连忙吐出，微笑地说道："原来是酒，我当是茶。"满座大笑起来。我倒觉得十分抱歉，我有侮蔑这位老法师的罪过。倘换了印光法师，我说不定要大受呵斥。但太虚法师微笑置之而已。太虚法师已经不在人间了，这点抱歉还存在我的心头。我只有祝他往生极乐，早证菩提。

1947年5月9日于杭州

再访梅兰芳

去年梅花时节，我从重庆回上海不久，就去访梅博士，曾有照片及文章刊登《申报》。今年清明过后，我同长女陈宝、四女一吟，两个爱平剧的女儿，到上海看梅博士演剧，深恐在演出期内添他应酬之劳，原想不去访他。但看了一本《洛神》之后，次日到底又去访了。因为陈宝和一吟渴望瞻仰伶王的真面目。预备看过真面目后，再看这天晚上的《贩马记》。

这回不告诉外人，不邀摄影记者同去，但托他的二胡师倪秋平君先去通知，然后于下午四时，同了两女儿悄悄地去访。刚要上车，偏偏会在四马路上遇见我的次女的夫婿宋慕法。他正坐在路旁的藤椅里叫人擦皮鞋，久寇侵石门湾，用迂回战，从后面突至。我不及携带书物，率家人及亲戚老幼十余人仓皇逃出，只携铺盖两担，其余书物，尽被焚毁。我迤逦西行，由长沙而桂林，任桂林师范国文教师。次年郑晓沧兄邀我入浙大任课。廿九年南宁失守，随浙大迁贵州遵义。住三年，迁居重庆。辞浙大课，恢复闲居生活。时陈宝，宁馨，华瞻已入大学，元草入高中，一吟入艺专，林先已与宋慕法结婚。而在桂林所生之幼子新枚，已五岁，依之膝下，慰我闲居之寂寥。回思杭州时代，宛如隔世。卅四年夏陈宝，宁馨，华瞻同时毕业于大学，开始当公教人员。不久胜利忽至。后一年，全家东归。除"去日儿童皆长大"外，又添得幼儿新枚一人。我家的复员，良可庆幸。唯见"昔年亲友半凋零"，感慨无量！我离浙大已四年，到上海后，竺可桢、张其昀二先生来函邀我返校。我爱杭州，遂应其聘。此后又须暂作教师生活了。刘狮先生，嘱写自传。草草书平生事实，以告知我者而已，不足称为自传也。卅五年十月十七日于上海鲍寓。听见我们要去访梅先生，擦了半双就钻进我们的车子里，一同前去了。陈宝和一吟说他，"天外飞来的好运气！"因为他也爱好平剧，不过不及陈宝、一吟之迷。在戏迷者看来，得识伶王的真面目，比"瞻仰天颜"更为光荣，比"面见如来"更多法悦。所以我们在梅家门前下车，叩门，门内跑出两只小洋狗来的时候，慕法就取笑她们，说："你们但愿一人做一只吧？"

坐在去春曾经来坐过的客室里，我看看室中的陈设，与去春无甚差异。回味我自己的心情，也与去春无甚差异。"青春永驻"，正好拿这四字来祝福我们所访问的主人。主人尚未下楼，琴师倪秋平先来相陪。这位琴师也颇不寻常：他在台上用二胡拉皮黄，在台下却非常爱好西洋音乐，对朔拿大[1]，交响乐的蓄音片[2]，爱逾拱璧。他的女儿因有此家学，在国立音乐院为高才生。他的爱好西洋音乐，据他自己说是由于读了我的旧著《音

1　即奏鸣曲。

2　即唱片。

乐的常识》（亚东图书馆版）。因此他常和我通信，这回方始见面。我住在天蟾舞台斜对面的振华旅馆里。他每夜拉完二胡，就抱了琴囊到旅馆来和我谈天，谈到后半夜。谈的半是平剧，半是西乐。我学西乐而爱好皮黄，他拉皮黄而爱好西乐，形相反而实相成，所以话谈不完。这下午他先到梅家来等我们。我白天看见倪秋平，这还是第一次。我和他闲谈了几句，主人就下来了。

握手寒暄之间，我看见梅博士比去春更加年轻了。脸面更加丰满，头发更加青黑，态度更加和悦了。又瞥见陈宝、一吟和慕法，目不转睛地注视他，一句话也不说，一动也不动，好像城隍庙里的三个菩萨，我觉得好笑。不料他们的视线忽从主人身上转到我身上，都笑起来。我明白这笑的意思了：我年龄比这位主人小四岁，而苍颜白发，老相十足；比我大四岁的这位老兄，却青发常青，做我的弟弟还不够。何况晚上又能在舞台表演美妙的姿态！上帝如此造人，真是欠通欠通！怎不令人发笑呢？

我提出关于《洛神》的舞台面的话，希望能摄制有声有色的电影，使它永远地普遍地流传。梅先生说有种种困难，一时未能实现。关于制电影，去春我也向他劝请过。我觉得这事在他是最重要的急务。我们弄书画的人，把原稿制版精印，便可永远地普遍地流传；唱戏的人虽有蓄音片，但只能保留唱功；要保留做工，非制电影不可。科学发达到这原子时代，能用萝卜大小的一颗东西来在顷刻之间杀死千万生灵，却不肯替我们的"旷世天才"制几个影片。这又是欠通欠通，怎不令人长叹呢！

话头转入了象征表现的方面。梅先生说起他在莫斯科所见投水的表演：一大块白布，四角叫人扯住，动荡起来，赛是水波；布上开洞，人跳入洞中，又钻出来，赛是投水。他说，我们的《打渔杀家》则不然，不需要布，就用身子的上下表示波浪的起伏。说这话时，他就坐在沙发里穿着西装而略作桂英儿的身段，大家发出特殊的笑声。这使我回想起以前我在某处讲演时，无意中在黑板上画了一个人头而在听众中所引起的笑声。对于平剧的象征的表现，我很赞赏，为的是与我的漫画的省略的笔法相似之故。我画人像，脸孔上大都只画一只嘴巴，而不画眉目。或竟连嘴巴都不画，相貌全让看者自己想象出来。（因此去年有某小报拿我取笑，大字标题曰"丰子恺不要脸"，文章内容，先把我恭维一顿，末了说，他的画独创一格，寥寥数笔，神气活现，画人头不画脸孔云云。只看标题而没有工夫看文章的人，一定以为我做了不要脸的事。这小报真是虐谑！）这正与平剧的表现相似：开门，骑马，摇船，都没有真的门、马，与船，全让观者自己想象出来。想象出来的门、马，与船，比实际的美丽得多。倘有实际的背景，反而不讨好了。好比我有时偶把眉目口鼻一一画出；相貌确定了，往往觉得不过如此，一览无余，反比不画而任人自由想象的笨拙得多。

想起他晚上的《贩马记》，我觉得要让他休息，不该多烦扰他了，就起身告辞。但照一个相是少不得的。我就请他依旧到外面的空地上去。这空地也与去年一样，不过多了一只小山羊。这小山羊向人依依，怪可爱的。因为不邀摄影记者，由陈宝，一吟自己来拍。因为不带三脚架，不能用自动开关，只得由二人轮流司机,各人分别与伶王合摄一影。这两个戏迷的女孩子,不能同时与伶王合摄一影,过后她们引为憾事。在辞别出门的路上,她们絮絮叨叨地说了许多"悔不该"。

我却耽入沉思。我这样想:

我去春带了宗教的心情而去访梅兰芳,觉得在无常的人生中,他的事业是戏里戏,梦中梦;昙花一现,可惜得很!今春我带了艺术的心情而去访梅兰芳,又觉得他的艺术具有最高的社会的价值,是最应该提倡的。艺术种类繁多,不下一打:绘画,书法,金石,雕塑,建筑,工艺,音乐,舞蹈,文学,戏剧,电影,照相。这一打艺术之中,最深入民心的,莫如戏剧中的平剧!山农野老,竖子村童,字都不识,画都不懂,电影都没有看见过的,却都会哼几声皮黄,都懂得曹操的奸,关公的忠,三娘的贞,窦娥的冤……而出神地欣赏,热诚地评论。足证平剧(或类似平剧的地方剧)在我国历史悠久,根深柢固,无孔不入,故其社会的效果最高。书画也是具有数千年历史的古艺术,何以远不及平剧的普遍呢?这又足证平剧不但历史悠久,而且在其本质上具有一种吸引人情,深入人心的魔力,故能如此普遍,如此大众化的。只可惜过去流传的平剧,有几出在内容意义上不无含有毒素,例如封建思想,重男轻女,迷信鬼神等。诚能取去这种毒素,而易以增进人心健康的维他命,则平剧的社会的效能,不可限量,拿它来治国平天下,也是容易的事。那时我们的伶王,就成为王天下的明王了!

前面忘记讲了:我去访梅先生的时候,还送他一把亲自书画的扇子。画的是曼殊上人的诗句"满山红叶女郎樵"。写的是弘一上人在俗时赠歌郎金娃娃的《金缕曲》。其词曰：

"秋老江南矣。忒匆匆，春余梦影，樽前眉底。陶写中年丝竹耳，走马胭脂队里。怎到眼都成余子？片玉昆山神朗朗，紫樱桃漫把红情系。愁万斛，来收起。

"泥他粉墨登场地。领略那英雄气宇，秋娘情味。雏凤声清清几许，销尽填胸荡气。笑我亦布衣而已。奔走天涯无一事，问何如声色将情寄？休怒骂，且游戏。"

书画都是在一个精神很饱满的清晨用心写成的。因为这个人对于这样广大普遍的艺术负有这样丰富的天才，又在抗战时代表示这样高尚的人格，——我对他真心的敬爱，不得不"拜倒石榴裙下"。（别人讥笑我的话。）我其实应该拜倒。"名满天下"，"妇孺皆知"（别人夸奖我的话）的丰子恺，振华旅馆的茶房和账房就不认识。直到第二天梅先生到旅馆来还访了我，茶房和账房们吃惊之下，方始纷纷去买纪念册来求我题字。

1948 年 5 月 22 日
梅兰芳停演之日于杭州

我与弘一法师——
厦门佛学会讲稿

弘一法师是我学艺术的教师,又是我信宗教的导师。我的一生,受法师影响很大。厦门是法师近年经行之地,据我到此三天内所见,厦门人士受法师的影响也很大;故我与厦门人士不啻都是同窗弟兄。今天佛学会要我演讲,我惭愧修养浅薄,不能讲弘法利生的大义,只能把我从弘一法师学习艺术宗教时的旧事,向诸位同窗弟兄谈谈,还请赐我指教。

我十七岁入杭州浙江第一师范,廿岁[1]毕业以后没有升学。我受中等学校以上学校教育,只此五年。这五年间,弘一法师,那时称为李叔同先生,便是我的图画音乐教师。图画音乐两科,在现在的学校里是不很看重的;但是奇怪得很,在当时我们的那间浙江第一师范里,看得比英、国、算还重。我们有两个图画专用的教室,许多石膏模型,两架钢琴,五十几架风琴。我们每天要花一小时去练习图画,花一小时以上去练习弹琴。大家认为当然,恬不为怪,这是什么原故呢?因为李先生的人格和学问,统制了我们的感情,折服了我们的心。他从来不骂人,

---

1 作者22岁毕业于浙江省立第一师范学校。

从来不责备人，态度谦恭，同出家后完全一样；然而个个学生真心地怕他，真心地学习他，真心地崇拜他。我便是其中之一人。因为就人格讲，他的当教师不为名利，为当教师而当教师，用全副精力去当教师。就学问讲，他博学多能，其国文比国文先生更高，其英文比英文先生更高，其历史比历史先生更高，其常识比博物先生更富，又是书法金石的专家，中国话剧的鼻祖。他不是只能教图画音乐，他是拿许多别的学问为背景而教他的图画音乐。夏丏尊先生曾经说："李先生的教师，是有后光的。"像佛菩萨那样有后光，怎不教人崇拜呢？而我的崇拜他，更甚于他人。大约是我的气质与李先生有一点相似，凡他所欢喜的，我都欢喜。我在师范学校，一二年级都考第一名；三年级以后忽然降到第二十名，因为我旷废了许多师范生的功课，而专心于李先生所喜的文学艺术，一直到毕业。毕业后我无力升大学，借了些钱到日本去游玩，没有进学校，看了许多画展，听了许多音乐会，买了许多文艺书，一年后回国，一方面当教师，一方面埋头自习，一直自习到现在，对李先生的艺术还是迷恋不舍。李先生早已由艺术而升华到宗教而成正果，而我还彷徨在艺术宗教的十字街头，自己想想，真是一个不肖的学生。

他怎么由艺术升华到宗教呢？当时人都诧异，以为李先生受了什么刺激，忽然"遁入空门"了。我却能理解他的心，我认为他的出家是当然的。我以为人的生活，可以分作三层：一是物质生活，二是精神生活，三是灵魂生活。物质生活就是衣食。精神生活就是学术文艺。灵魂生活就是宗教。"人生"就是这样的一个三层楼。懒得（或无力）走楼梯的，就住在第一层，即把物质生活弄得很好，锦衣玉食，尊荣富贵，孝子慈孙，这样就满足了。这也是一种人生观。抱这样的人生观的人，在世间占大多数。其次，高兴（或有力）走楼梯的，就爬上二层楼去玩玩，或者久居在里头。这就是专心学术文艺的人。他们把全力贡献于学问的研究，把全心寄托于文艺的创作和欣赏。这样的人，在世间也很多，即所谓"知识分子""学者""艺术家"。还有一种人，"人生欲"很强，脚力很大，对二层楼还不满足，就再走楼梯，爬上三层楼去。这就是宗教徒了。他们做人很认真，满足了"物质欲"还不够，满足了"精神欲"还不够，必须探求人生的究竟。他们以为财产子孙都是身外之物，学术文艺都是暂时的美景，连自己的身体都是虚幻的存在。他们不肯做本能的奴隶，必须追究灵魂的来源、宇宙的根本，这才能满足他们的"人生欲"。这就是宗教徒。世间就不过这三种人。我虽用三层楼为比喻，但并非必须从第一层到第二层，然后得到第三层。有很多人，从第一层直上第三层，并不需要在第二层勾留。还有许多人连第一层也不住，一口气跑上三层楼。不过我们的弘一法师，是一层一层地走上去的。弘一法师的"人生欲"非常之强！他的做人，一定要做得彻底。他早年对母尽孝，对妻子尽爱，安住在第一层楼中。中年专心研究艺术，发挥多方面的天才，便是迁居在二层楼了。强大的"人生欲"不能使他满足于二层楼，于是爬上三层楼去，做和尚，修净土，研戒律，这是当然的事，毫不足怪的。做人好比喝酒：酒量小的，喝一杯花雕酒已经醉了，酒量大的，喝花雕嫌淡，必须喝高粱酒才能过瘾。文艺好比是花雕，宗教好比是高粱。弘一法师酒量很大，喝花雕不能过瘾，必须喝高粱。我酒量很小，只能喝花雕，难得喝一口高粱而已。但喝花雕的人，颇能理解喝高粱者的心。故我对于弘一法师的由艺术升华到宗教，一向认为当然，毫不足怪的。

艺术的最高点与宗教相接近。二层楼的扶梯的最后顶点就是三层楼，所以弘一法师由艺术升华到宗教，是必然的事。弘一法师在闽中，留下不少的墨宝。这些墨宝，在内容上是宗教的，在形式上是艺术的——书法。闽中人士久受弘一法师的熏陶，大都富有宗教信仰及艺术修养。我这初次入闽的人，看见这情形，非常歆羡，十分钦佩！

前天参拜南普陀寺，承广洽法师的指示，瞻观弘一法师的故居及其手种杨柳，又看到他所创办的佛教养正院。广义法师要我为养正院书联，我就集唐人诗句："须知诸相皆非相，能使无情尽有情"，写了一副。这对联挂在弘一法师所创办的佛教养正院里，我觉得很适当。因为上联说佛经，下联说艺术，很可表明弘一法师由艺术升华到宗教的意义。艺术家看见花笑，听见鸟语，举杯邀明月，开门迎白云，能把自然当做人看，能化无情为有情，这便是"物我一体"的境界。更进一步，便是"万法从心""诸相非相"的佛教真谛了。故艺术的最高点与宗教相通。最高的艺术家有言："无声之诗无一字，无形之画无一笔。"可知吟诗描画，平平仄仄，红红绿绿，原不过是雕虫小技，艺术的皮毛而已。艺术的精神，正是宗教的。古人云："文章一小技，于道未为尊。"又曰："太上立德，其次立言。"弘一法师教人，亦常引用儒家语："士先器识而后文艺。"所谓"文章""言""文艺",便是艺术;所谓"道""德""器识",正是宗教的修养。宗教与艺术的高下重轻,在此已经明示;三层楼当然在二层楼之上的。

我脚力小,不能追随弘一法师上三层楼,现在还停留在二层楼上,斤斤于一字一笔的小技,自己觉得很惭愧。但亦常常勉力爬上扶梯,向三层楼上望望。故我希望:学宗教的人,不须多花精神去学艺术的技巧,因为宗教已经包括艺术了。而学艺术的人,必须进而体会宗教的精神,其艺术方有进步。久驻闽中的高僧,我所知道的还有一位太虚法师。他是我的小同乡,从小出家的。他并没有弄艺术,是一口气跑上三层楼的。但他与弘一法师,同样地是旷世的高僧,同样地为世人所景仰。可知在世间,宗教高于一切。在人的修身上,器识重于一切。太虚法师与弘一法师,异途同归,各成正果。文艺小技的能不能,在大人格上是毫不足道的。我愿与闽中人士以二法师为模范而共同勉励。

1948年11月28日

悼夏丏尊先生

我从重庆郊外迁居城中，候船返沪。刚才迁到，接得夏丏尊老师逝世的消息。记得三年前，我从遵义迁重庆，临行时接得弘一法师往生的电报。我所敬爱的两位教师的最后消息，都在我行旅倥偬的时候传到。这偶然的事，在我觉得很是蹊跷。因为这两位老师同样的可敬可爱，昔年曾经给我同样宝贵的教诲；如今噩耗传来，也好比给我同样的最后训示。这使我感到分外的哀悼与警惕。

我早已确信夏先生是要死的，同确信任何人都要死的一样。但料不到如此其速。八年违教，快要再见，而终于不得再见！真是天实为之，谓之何哉！

犹忆二十六年秋，卢沟桥事变之际，我从南京回杭州，中途在上海下车，到梧州路去看夏先生。先生满面忧愁，说一句话，叹一口气。我因为要乘当天的夜车返杭，匆匆告别。我说："夏先生再见。"夏先生好像骂我一般愤然地答道："不晓得能不能再见！"同时又用凝注的眼光，站立在门口目送我。我回头对他发笑。因为夏先生老是善愁，而我总是笑他多忧。岂知这一次正是我们的最后一面，果然这一别"不能再见"了！

后来我扶老携幼，仓皇出奔，辗转长沙、桂林、宜山、遵义、重庆各地。夏先生始终住在上海。初年还常通信。自从夏先生被敌人捉去监禁了一回之后，我就不敢写信给他，免得使他受累。胜利一到，我写了一封长信给他。见他回信的笔迹依旧遒劲挺秀，我很高兴。字是精神的象征，足证夏先生精神依旧。当时以为马上可以再见了；岂知交通与生活日益困难，使我不能早归；终于在胜利后八个半月的今日，在这山城客寓中接到他的噩耗，也可说是"抱恨终天"的事！

夏先生之死，使"文坛少了一位老将"，"青年失了一位导师"，这些话一定有许多人说，用不着我再讲。我现在只就我们的师弟情缘上表示哀悼之情。

夏先生与李叔同先生（弘一法师），具有同样的才调，同样的胸怀。不过表面上一位做和尚，一位是居士而已。

犹忆三十余年前，我当学生的时候，李先生教我们图画、音乐，夏先生教我们国文。我觉得这三种学科同样的严肃而有兴趣。就为了他们二人同样的深解文艺的真谛，故能引人入胜。夏先生常说："李先生教图画、音乐，学生对图画、音乐，看得比国文、数学等更重。这是有人格作背景的原故。因为他教图画、音乐，而他所懂得的不仅是图画、音乐；他的诗文比国文先生的更好，他的书法比习字先生的更好，他的英文比英文先生的更好……这好比一尊佛像，有灵光，故能令人敬仰。"这话也可说是"夫子自道"。夏先生初任舍监，后来教国文。但他也是博学多能，只除不弄音乐以外，其他诗文、绘画（鉴赏）、金石、书法、理学、佛典，以至外国文、科学等，他都懂得。因此能和李先生交游，因此能得学生的心悦诚服。

他当舍监的时候，学生们私下给他起个诨名，叫夏木瓜。但这并非恶意，却是好心。因为他对学生如对子女，率直开导，不用敷衍、欺蒙、压迫等手段。学生们最初觉得忠言逆耳，看见他的头大而圆，就给他起这个诨名。但后来大家都知道夏先生是真爱我们，这绰号就变成了爱称而沿用下去。凡学生有所请愿，大家都说："同夏木瓜讲，这才成功。"他听到请愿，也许喑呜叱咤地骂你一顿；但如果你的请愿合乎情理，他就当做自己的请愿，而替你设法了。

他教国文的时候，正是"五四"将近。我们做惯了"太王留别父老书""黄花主人致无肠公予书"之类的文题之后，他突然叫我们做一篇"自述"。而且说："不准讲空话，要老实写。"有一位同学，写他父亲客死他乡，他"星夜匍匐奔丧"。夏先生苦笑着问他："你那天晚上真个是在地上爬去的？"引得大家发笑，那位同学脸孔绯红。又有一位同学发牢骚，赞隐遁，说要"乐琴书以消忧，抚孤松而盘桓"。夏先生厉声问他："你为什么来考师范学校？"弄得那人无言可对。这样的教法，最初被顽固守旧的青年所反对。他们以为文章不用古典，不发牢骚，就不高雅。竟有人说："他自己不会做古文（其实做得很好），所以不许学生做。"但这样的人，毕竟是少数。多数学生，对夏先生这种从来未有的、大胆的革命主张，觉得惊奇与折服，好似长梦猛醒，恍悟今是昨非。这正是五四运动的初步。

李先生做教师，以身作则，不多讲话，使学生衷心感动，自然诚服。譬如上课，他一定先到教室，黑板上应写的，都先写好（用另一黑板遮住，用到的时候推开来）。然后端坐在讲台上等学生到齐。譬如学生还琴时弹错了，他举目对你一看，但说："下次再还。"有时他没有说，学生吃了他一眼，自己请求下次再还了。他话很少，说时总是和颜悦色的。但学生非常怕他，敬爱他。夏先生则不然，毫无矜持，有话直说。学生便嘻皮笑脸，同他亲近。偶然电过校庭，看见年纪小的学生弄狗，他也要管："为啥同狗为难！"放假日子，学生出门，夏先生看见了便喊："早些回来，勿可吃酒啊！"学生笑着连说："不吃，不吃！"赶快走路。走得远了，夏先生还要大喊："铜钿少用些！"学生一方面笑他，一方面实在感激他，敬爱他。

夏先生与李先生对学生的态度，完全不同。而学生对他们的敬爱，则完全相同。这两位导师同父母一样。李先生的是"爸爸的教育"，夏先生的是"妈妈的教育"。夏先生后来翻译的《爱的教育》，风行国内，深入人心，甚至被取作国文教材。这不是偶然的事。

我师范毕业后，就赴日本。从日本回来就同夏先生共事，当教师，当编辑。我遭母丧后辞职闲居，直至逃难。但其间与书店关系仍多，常到上海与夏先生相晤。故自我离开夏先生的绛帐，直到抗战前数日的诀别，二十年间，常与夏先生接近，不断地受他的教诲。其时李先生已经做了和尚，芒鞋破钵，云游四方，和夏先生仿佛是两个世界的人。但在我觉得仍是以前的两位导师，不过所导的范围由学校扩大为人世罢了。

李先生不是"走投无路，遁入空门"的，是为了人生根本问题而做和尚的。他是真正做和尚，他是痛感于众生疾苦而

"行大丈夫事"的。夏先生虽然没有做和尚，但也是完全理解李先生的胸怀的：他是赞善李先生的行大丈夫事的。只因种种尘缘的牵阻，使夏先生没有勇气行大丈夫事。夏先生一生的忧愁苦闷，由此发生。

凡熟识夏先生的人，没有一个不晓得夏先生是个多忧善愁的人。他看见世间的一切不快、不安、不真、不善、不美的状态，都要皱眉，叹气。他不但忧自家，又忧友，忧校，忧店，忧国，忧世。朋友中有人生病了，夏先生就皱着眉头替他担忧；有人失业了，夏先生又皱着眉头替他着急；有人吵架了，有人吃醉了，甚至朋友的太太要生产了，小孩子跌跤了……夏先生都要皱着眉头替他们忧愁。学校的问题，公司的问题，别人都当做例行公事处理的，夏先生却当做自家的问题，真心地担忧。国家的事，世界的事，别人当做历史小说看的，在夏先生都是切身问题，真心地忧愁，皱眉，叹气。故我和他共事的时候，对夏先生凡事都要讲得乐观些，有时竟瞒过他，免得使他增忧。他和李先生一样的痛感众生的疾苦。但他不能和李先生一样行大丈夫事；他只能忧伤终老。在"人世"这个大学校里，这二位导师所施的仍是"爸爸的教育"与"妈妈的教育"。

朋友的太太生产，小孩子跌跤等事，都要夏先生担忧。那么，八年来水深火热的上海生活，不知为夏先生增添了几十万斛的忧愁！忧能伤人，夏先生之死，是供给忧愁材料的社会所致使，日本侵略者所促成的！

以往我每逢写一篇文章，写完之后总要想："不知这篇东西夏先生看了怎么说。"因为我的写文，是在夏先生的指导鼓励之下学起来的。今天写完了这篇文章,我又本能地想:"不知这篇东西夏先生看了怎么说。"两行热泪,一齐沉重地落在这原稿纸上。

1946年5月1日于重庆客寓

第三章

山水间的生活

爱一物,是兼爱它的阴暗两方面。否,没有暗的明是不明的,是不可爱的。我往往觉得山水间的生活,因为需要不便而菜根更香,豆腐更肥。因为寂寥而邻人更亲。

自然界终古如斯,人世间变幻无常。我希望文明的人世间,摹仿自然之美,永远保住和平、博爱、光明、美丽的生活!

山水间的生活

我家迁住白马湖上后三天，我在火车中遇见一个朋友，对我这样说："山水间虽然清静，但物质的需要不便之外，住家不免寂寞，办学校不免闭门造车，有利亦有弊。"我当时对于这话就起一种感想，后来忙中就忘却了。

现在春晖在山水间已生活了近一年了，我的家庭在山水间已生活了一月多了。我对于山水间的生活，觉得有意义，又想起了火车中的友人的话。写出我的几种感想在下面。

我曾经住过上海，觉得上海住家，邻人都是不相往来，而且敌视的。我也曾做过上海的学校教师，觉得上海的繁华和文明，能使聪明的明白人得到暗示和觉悟，而使悟力薄弱的人收到很恶的影响。我觉得上海虽热闹，实在寂寞，山中虽冷静，实在热闹，不觉得寂寞。就是上海是骚扰的寂寞，山中是清静的热闹。

在火车里的几小时，是在这社会里四五十年的人生的缩图。座位被占，提包被偷等恐慌，就是生活恐慌的缩形。倘嫌山水间的生活的寂寞，而慕都会的热闹，犹之在只乘四五个相熟的人的火车里嫌寂寞，要望别的拥挤着的车子里去。如果有这样的人，他定是要描写拥挤的车子而去观察的小说家，否则是想图利去的pickpocket（扒手）。

我在教授图画唱歌的时候，觉得以前曾在别处学过图画唱歌的人最难教授，全然没有学过的人容易指导。同样，我觉得在社会里最感到困难的是"因袭的打破难"。许多学校风潮，许多家庭悲剧，许多恶劣的人类分子，都是"因袭的罪恶"，何尝是人间本身的不良。因袭好比遗传，永不断绝。新文化一次输入因袭旧恶的社会里，仿佛注些花露水在粪里，气味更难当。再输入一次，仿佛在这花露水和粪里再注入些香油，又变一种臭气。我觉得无论什么改造，非先除去因袭的恶弊终归越弄越坏。在山水间的学校和家庭，不拘何等孤僻，何等少见闻，何等寂寥，"因袭的传染的隔远"和"改造的容易入手"是实实在在的事实。

我从前往往听见人讲到子弟求学或职业等问题，都说："总要出上海[1]！"听者带着一种对于将来生活的恐慌的自警的态度默应着。把这等话的心理解剖起来，里面含着这样的几个要素：（一）上海确是文明地，冠盖之区，要路津。（二）少年应当策高足，先据这要路津。（三）这就是吾人应走的前途。所谓闭门造车，也是具有这样的内容的话。怀着这样的思想的人，是因袭的奴隶，是因袭的维持者。

闭门造车，是指说不符合门外的轨道的大小，造了不能在门外的轨道上运行的车。行车一定要在已成的轨道上吗？这已

---

[1] 出上海，指到上海去。

成的轨道确是引导我们走正路的吗?有了车不能造轨道的吗?在这"闭门造车"一句话里,分明表示着人们的依赖、因袭,和创造力多么薄弱。

不造则已,如果要造车,一定非闭门造不可。如果依照已成的轨道而造,所造出的车子和以前已有的车子一样,就在已成的轨道上随波逐流地去了。即使已有的车子是好的,已成的轨道是正的,造车的效力也不过加多了车,不是造车的进步。何况已有的车子或者不好,已成的轨道或者不正呢。

"好久不到都会了,好久不看报了,退步了。"这样说的人也有。实在,进步是前进的意思,进步越快,离社会越远,离社会越远,进步越深(这是厨川白村说的)。子路说道:"吾过矣,吾离群而索居,亦已久矣。"这便是子路所以为子路。

"山水间生活,有利亦有弊",这大概是指清静、空气新鲜、生活程度低等是利。需要不便、寂寞、闭门造车等是弊。这是要计较两方的利弊长短而取舍的意思。这话的内容和"新思想并不恶、时势变更了不得已而然的。但从前的习惯一概不好,也不能说"的话同是乡愿的话。

这话的变形,就是"凡物都有明暗两方面的"。这话固然不错。但我觉得明暗是一体的。非但如此,明是因为有暗而益明的。仿佛绘画,明调子因暗调子而益美,暗调子因明调子而也美了。断不是明面好,暗面不好。如果取明而弃暗,就是Ruskin(罗斯金)所谓:"自然像日光和阴影相交一般混合着优劣两种要素,使双方相互地供给效用和势力的。所以除去阴影的画家,定要在他自己造出来的无荫的沙漠里烧死!"

爱一物，是兼爱它的阴暗两方面。否，没有暗的明是不明的，是不可爱的。我往往觉得山水间的生活，因为需要不便而菜根更香，豆腐更肥。因为寂寥而邻人更亲。

且勿论都会的生活与山水间的生活孰优孰劣，孰利孰弊。人生随处皆不满，欲图解脱，唯于艺术中求之。

1923年5月14日在小杨柳屋

黄山松

没有到过黄山之前，常常听人说黄山的松树有特色。特色是什么呢？听别人描摹，总不得要领。所谓"黄山松"，一向在我脑际留下一个模糊的概念而已。这次我亲自上黄山，亲眼看到黄山松，这概念方才明确起来。据我所看到的，黄山松有三种特色：

第一个，黄山的松树大都生在石上。虽然也有生在较平的地上的，然而大多数是长在石山上的。我的黄山诗中有一句："苍松石上生。"石上生，原是诗中的话；散文地说，该是石罅生，或石缝生。石头如果是囫囵的，上面总长不出松树来，一定有一条缝，松树才能扎根在石缝里。石缝里有没有养料呢？我觉得很奇怪。生物学家一定有科学的解说，我却只有臆测：《本草纲目》里有一种药叫做"石髓"。李时珍说："《列仙传》言邛疏煮石髓。"可知石头也有养分。黄山的松树也许是吃石髓而长大起来的吧？长得那么苍翠，那么坚劲，那么窈窕，真是不可思议啊！更有不可思议的呢：文殊院窗前有一株松树，由于石头崩裂，松根一大半长在空中，像须蔓一般摇曳着。而这株松树照样长得郁郁苍苍，娉娉婷婷。这样看来，黄山的松树不一定要餐石髓,似乎呼吸空气,呼吸雨露和阳光,也会长大的。这真是一种生命力顽强的生物啊!

第二个特色,黄山松的枝条大都向左右平伸,或向下倒生,极少有向上生的。一般树枝,绝大多数是向上生的,除非柳条挂下去。然而柳条是软弱的,地心吸力强迫它挂下去,不是它自己发心向下挂的。黄山松的枝条挺秀坚劲,然而绝大多数像电线木上的横木一般向左右生,或者像人的手臂一般向下生。黄山松更有一种奇特的姿态:如果这株松树长在悬崖旁边,一面靠近岩壁,一面向着空中,那么它的枝条就全部向空中生长,靠岩壁的一面一根枝条也不生。这姿态就很奇特,好像一个很疏的木梳,又像学习的"习"字。显然,它不肯面壁,不肯置身丘壑中,而一心倾向着阳光。

第三个特色,黄山松的枝条具有异常强大的团结力。狮子林附近有一株松树,叫做"团结松"。五六根枝条从近根的地方生出来,密切地偎傍着向上生长,到了高处才向四面分散,长出松针来。因此这一束树枝就变成了树干,形似希腊殿堂的一种柱子。我谛视这树干,想象它们初生时的状态:五六根枝条怎么会合伙呢?大概它们知道团结就是力量,可以抵抗高山上的风吹、雨打和雪压,所以生成这个样子。如今这株团结松已经长得很粗、很高。我伸手摸摸它的树干,觉得像铁铸的一般。即使十二级台风,漫天大雪,也动弹它不了。更有团结力强得不可思议的松树呢:从文殊院到光明顶的途中,有一株松树,叫做"蒲团松"。这株松树长在山间的一小块平坡上,前面的砂土上筑着石围墙,足见这株树是一向被人重视的。树干不是很高，不过一二丈，粗细不过合抱光景。上面的枝条向四面八方水平放射，每根都伸得极长，足有树干的高度的两倍。这就是说：全体像个"丁"字，但上面一划的长度大约相当于下面一竖的长度的四倍。这一划上面长着丛密的松针，软绵绵的好像一个大蒲团，上面可以坐四五个人。靠近山的一面的枝条，梢头略微向下。下面正好有一个小阜，和枝条的梢头相距不过一二尺。人要坐这蒲团，可以走到这小阜上，攀着枝条，慢慢地爬上去。陪我上山的向导告诉我："上面可以睡觉的，同沙发床一样。"我不愿坐轿，单请一个向导和一个服务员陪伴着，步行上山，两腿走得相当吃力了，很想爬到这蒲团上去睡一觉。然而我们这一天要上光明顶，赴狮子林，前程远大，不宜耽搁；只得想象地在这蒲团上坐坐，躺躺，就鼓起干劲，向光明顶迈步前进了。

1961 年 5 月 10 日

黄山印象

看山，普通总是仰起头来看的。然而黄山不同，常常要低头去看。因为黄山是群山，登上一个高峰，就可俯瞰群山。这教人想起杜甫的诗句"会当凌绝顶，一览众山小！"而精神为之兴奋，胸襟为之开朗。我在黄山盘桓了十多天，登过紫云峰、立马峰、天都峰、玉屏峰、光明顶、狮子林、眉毛峰等山，常常爬到绝顶，有如苏东坡游赤壁的"履巉岩，披蒙茸，踞虎豹，登虬龙，攀栖鹘之危巢，俯冯夷之幽宫"。

在黄山中，不但要低头看山，还要面面看山。因为方向一改变，山的样子就不同，有时竟完全两样。例如从玉屏峰望天都峰，看见旁边一个峰顶上有一块石头很像一只松鼠，正在向天都峰跳过去的样子。这景致就叫"松鼠跳天都"。然而爬到天都峰上望去，这松鼠却变成了一双鞋子。又如手掌峰，从某角度望去竟像一个手掌，五根手指很分明。然而峰回路转，这手掌就变成了一个拳头。他如"罗汉拜观音""仙人下棋""喜鹊登梅""梦笔生花""鳌鱼驮金龟"等景致，也都随时改样，变幻无定。如果我是个好事者，不难替这些石山新造出几十个名目来，让导游人增加些讲解资料。然而我没有这种雅兴，却听到别人新起了两个很好的名目：有一次我们从西海门凭栏俯瞰，但见无数石山拔地而起，真像万笏朝天；其中有一个石山由许多方形石块堆积起来，竟同玩具中的积木一样，使人不相信是天生的，而疑心是人工的。导游人告诉我：有一个上海来的游客，替这石山起个名目，叫做"国际饭店"。我一看，果然很像上海南京路上的国际饭店。有人说这名目太俗气，欠古雅。我却觉得有一种现实的美感，比古雅更美。又有一次，我们登光明顶，望见东海（这海是指云海）上有一个高峰，腰间有一个缺口，缺口里有一块石头，很像一只蹲着的青蛙。气象台里有一个青年工作人员告诉我：他们自己替这景致起一个名目，叫做"青蛙跳东海"。我一看，果然很像一只青蛙将要跳到东海里去的样子。这名目取得很适当。

翻山过岭了好几天，最后迤逦下山，到云谷寺投宿。这云谷寺位在群山之间的一个谷中。由此再爬过一个眉毛峰，就可以回到黄山宾馆而结束游程了。我这天傍晚到达了云谷寺，发生了一种特殊的感觉，觉得心情和过去几天完全不同。起初想不出其所以然，后来仔细探索，方才明白原因：原来云谷寺位在较低的山谷中，开门见山，而这山高得很，用"万丈""插云"等语来形容似乎还嫌不够，简直可用"凌霄""通天"等字眼。因此我看山必须仰起头来。古语云："高山仰止"，可见仰起头来看山是正常的，而低下头去看山是异常的。我一到云谷寺就发生一种特殊的感觉，便是因为在好几天异常之后突然恢复正常的原故。这时候我觉得异常固然可喜，但是正常更为可爱。我躺在云谷寺宿舍门前的藤椅里，卧看山景，但见一向异常地躺在我脚下的白云,现在正常地浮在我头上了,觉得很自然。它们无心出岫,随意来往;有时冉冉而降,似乎要闯进寺里来访问我的样子。我便想起某古人的诗句:"白云无事常来往,莫怪山僧不送迎。"好诗句啊!然而叫我做这山僧,一定闭门不纳,因为白云这东西是很潮湿的。

此外也许还有一个原因:云谷寺是旧式房子,三开间的楼屋。我们住在楼下左右两间里,中央一间作为客堂;廊下很宽,布设桌椅,可以随意起卧,品茗谈话,饮酒看山,比过去所住的文殊院、北海宾馆、黄山宾馆趣味好得多。文殊院是石造二层楼屋,房间像轮船里的房舱或火车里的卧车:约一方丈大小的房间,中央开门,左右两床相对,中间靠窗设一小桌,每间都是如此。北海宾馆建筑宏壮,房间较大,但也是集体宿舍式的:中央一条走廊,两旁两排房间,间间相似。黄山宾馆建筑尤为富丽堂皇,同上海的国际饭店、锦江饭店等差不多。两宾馆都有同上海一样的卫生设备。这些房屋居住固然舒服,然而太刻板,太洋化;住得长久了,觉得仿佛关在笼子里。云谷寺就没有这种感觉,不像旅馆,却像人家家里,有亲切温暖之感和自然之趣。因此我一到云谷寺就发生一种特殊的感觉。云谷寺倘能添置卫生设备,采用些西式建筑的优点:两宾馆的建筑倘能采用中国方式,而加西洋设备,使外为中用,那才是我所理想的旅舍了。

这又使我回想起杭州的一家西菜馆的事,附说在此:此次我游黄山,道经杭州,曾经到一个西菜馆里去吃一餐午饭。这菜馆采用西式的分食办法,但不用刀叉而用中国的筷子。这办法好极。原来中国的合食是不好的办法,各人的唾液都可能由筷子带进菜碗里,拌匀了请大家吃。西洋的分食办法就没有这弊端,很应该采用。然而西洋的刀叉,中国人实在用不惯,我们还是用筷子便当。这西菜馆能采取中西之长,创造新办法,非常合理,很可赞佩。当时我看见座上多半是农民,就恍然大悟:农民最不惯用刀叉,这合理的新办法显然是农民教他们创造的。

1961年5月20日于上海

庐山面目

"咫尺愁风雨,匡庐不可登。只疑云雾里,犹有六朝僧。"钱起这位唐朝诗人教我们"不可登",我们没有听他的话,竟在两小时内乘汽车登上了匡庐。这两小时内气候由盛夏迅速进入了深秋。上汽车的时候九十五度,在汽车中先藏扇子,后添衣服,下汽车的时候不过七十几度了。赶第三招待所的汽车驶过正街闹市的时候,庐山给我的最初印象竟是桃源仙境:土地平旷,屋舍俨然;有茶馆、酒楼、百货之属;黄发垂髫,并怡然自乐。不过他们看见了我们没有"乃大惊",因为上山避暑休养的人很多,招待所满坑满谷,好容易留两个房间给我们住。庐山避暑胜地,果然名不虚传。这一天天气晴朗。凭窗远眺,但见近处古木参天,绿荫蔽日;远处岗峦起伏,白云出没。有时一带树林忽然不见,变成了一片云海;有时一片白云忽然消散,变成了许多楼台。正在凝望之间,一朵白云冉冉而来,钻进了我们的房间里。倘是幽人雅士,一定大开窗户,欢迎它进来共住;但我犹未免为俗人,连忙关窗谢客。我想,庐山真面目的不容易窥见,就因为了这些白云在那里作怪。

庐山的名胜古迹很多,据说共有两百多处。但我们十天内游踪所到的地方，主要的就是小天池、花径、天桥、仙人洞、含鄱口、黄龙潭、乌龙潭等处而已。夏禹治水的时候曾经登大汉阳峰，周朝的匡俗曾经在这里隐居，晋朝的慧远法师曾经在东林寺门口种松树，王羲之曾经在归宗寺洗墨，陶渊明曾经在温泉附近的栗里村住家，李白曾经在五老峰下读书，白居易曾经在花径咏桃花，朱熹曾经在白鹿洞讲学，王阳明曾经在舍身岩散步，朱元璋和陈友谅曾经在天桥作战……古迹不可胜计。然而凭吊也颇伤脑筋，况且我又不是诗人，这些古迹不能激发我的灵感，跑去访寻也是枉然，所以除了乘便之外，大都没有专诚拜访。有时我的太太跟着孩子们去寻幽探险了，我独自高卧在海拔一千五百公尺的山楼上看看庐山风景照片和导游之类的书，山光照槛，云树满窗，尘嚣绝迹，凉生枕簟，倒是真正的避暑。我看到天桥的照片，游兴发动起来，有一天就跟着孩子们去寻访。爬上断崖去的时候，一位挂着南京大学徽章的教授告诉我："上面路很难走，老先生不必去吧。天桥的那条石头大概已经跌落，就只是这么一个断崖。"我抬头一看，果然和照片中所见不同：照片上是两个断崖相对，右面的断崖上伸出一根大石条来，伸向左面的断崖，但是没有达到，相距数尺，仿佛一脚可以跨过似的。然而实景中并没有石条，只是相距若干丈的两个断崖，我们所登的便是左面的断崖。我想：这地方叫做天桥，大概那根石条就是桥，如今桥已经跌落了。我们在断崖上坐看云起，卧听鸟鸣，又拍了几张照片，逍遥地步行回寓。晚餐的时候，我向管理局的同志探问这座桥何时跌落，他回答我说，本来没有桥，那照相是从某角度望去所见的光景，啊，我恍然大悟了：那位南京大学教授和我谈话的地方，即离开左面的断崖数十丈的地方，我的确看到有一根不很大的石条伸出在空中，照相镜头放在石条附近适当的地方，透视法就把石条和断崖之间的距离取消，拍下来的就是我所欣赏的照片。我略感不快，仿佛上了资本主义社会的商业广告的当。然而就照相术而论，我不能说它虚伪，只是"太"巧妙了些。天桥这个名字也古怪，没有桥为什么叫天桥？

含鄱口左望扬子江，右瞰鄱阳湖，天下壮观，不可不看。有一天我们果然爬上了最高峰的亭子里，然而白云作怪，密密层层地遮盖了江和湖，不肯给我们看。我们在亭子里吃茶，等候了好久，白云始终不散，望下去白茫茫的，一无所见。这时候有一个人手里拿一把芭蕉扇，走进亭子来。他听见我们五个人讲土白，就和我招呼，说是同乡。原来他是湖州人，我们石门湾靠近湖州边界，语音相似。我们就用土白同他谈起天来。土白实在痛快，个个字入木三分，极细致的思想感情也充分表达得出。这位湖州客也实在不俗，句句话都动听。他说他住在上海，到汉口去望儿子，归途在九江上岸，乘便一游庐山。我问他为什么带芭蕉扇，他回答说，这东西妙用无穷：热的时候扇风，太阳大的时候遮阴，下雨的时候代伞，休息的时候当坐垫，这好比济公活佛的芭蕉扇。因此后来我们谈起他的时候就称他为"济公活佛"。互相叙述游览经过的时候，他说他昨天上午才上山，知道正街上的馆子规定时间卖饭票。他就在十一点钟先买了饭票，然后买一瓶酒，跑到小天池，在革命烈士墓前奠了酒，浏览了一番，然后拿了酒瓶回到馆子里来吃午饭，这顿午饭吃得真开心。这番话我也听得真开心。白云只管把扬子江和鄱阳湖封锁，死不肯给我们看。时候不早，汽车在山下等候，我们只得别了济公活佛回招待所去。此后济公佛就变成了我们的谈话资料。姓名地址都没有问，再见的希望绝少，我们已经把他当做小说里的人物看待了。谁知天地之间事有凑巧：几天之后我们下山，在九江的浔庐餐厅吃饭的时候，济公活佛忽然又拿着芭蕉扇出现了。原来他也在九江候船返沪。我们又互相叙述别后游览经过。此公单枪匹马，深入不毛，所到的地方比我们多。我只记得他说有一次独自走到一个古塔的顶上，那里面跳出一只黄鼠狼来，他打湖州白说："渠被吾吓了一吓，吾也被渠吓了一吓！"我觉得这简直是诗，不过没有叶韵。宋杨万里诗云："意行偶到无人处，惊起山禽我亦惊。"岂不就是这种体验吗？现在有些白话诗不讲叶韵，就把白话写成每句一行，一个"但"字占一行，一个"不"字也占一行，内容不知道说些什么，我真不懂。这时候我想：倘能说得像我们的济公活佛那样富有诗趣，不叶韵倒也没有什么。

在九江的浔庐餐厅吃饭，似乎同在上海差不多。山上的吃饭情况就不同：我们住的第三招待所离开正街有三四里路，四周毫无供给，吃饭势必包在招待所里。价钱很便宜，饭菜也很丰富。只是听凭配给，不能点菜，而且吃饭时间限定。原来这不是菜馆，是一个膳堂，仿佛学校的饭厅。我有四十年不过饭厅生活了，颇有返老还童之感。跑三四里路，正街上有一所菜馆。然而这菜馆也限定时间，而且供应量有限，若非趁早买票，难免枵腹游山。我们在轮船里的时候，吃饭分五六班，每班限定二十分钟，必须预先买票。膳厅里写明请勿喝酒。有一个乘客说："吃饭是一件任务。"我想：轮船里地方小，人多，倒也难怪；山上游览之区，饮食一定便当。岂知山上的菜馆不见得比轮船里好些。我很希望下年这种办法加以改善。为什么呢，这到底是游览之区！并不是学校或学习班！人们长年劳动，难得游山玩水，游兴好的时候难免把吃饭延迟些，跑得肚饥的时候难免想吃些点心。名胜之区的饮食供应倘能满足游客的愿望，使大家能够畅游，岂不是美上加美呢？然而庐山给我的总是好感，在饮食方面也有好感：青岛啤酒开瓶的时候，白沫四散喷射，飞溅到几尺之外。我想，我在上海一向喝光明啤酒，原来青岛啤酒气足得多。回家赶快去买青岛啤酒，岂知开出来同光明啤酒一样，并无白沫飞溅。啊，原来是海拔一千五百公尺的气压的关系！庐山上的啤酒真好！

1956 年 9 月于上海

不肯去观音院

普陀山，是舟山群岛中的一个岛，岛上寺院甚多，自古以来是佛教胜地，香火不绝。浙江人有一句老话："行一善事，比南海普陀去烧香更好。"可知南海普陀去烧香是一大功德。因为古代没有汽船，只有帆船；而渡海到普陀岛，风浪甚大，旅途艰苦，所以功德很大。现在有了汽船，交通很方便了，但一般信佛的老太太依旧认为一大功德。

我赴宁波旅行写生，因见春光明媚，又觉身体健好，游兴浓厚，便不肯回上海，却转赴普陀去"借佛游春"了。我童年时到过普陀，屈指计算，已有五十年不曾重游了。事隔半个世纪，加之以新中国成立后普陀寺庙都修理得崭新，所以重游竟同初游一样，印象非常新鲜。

我从宁波乘船到定海，行程三小时；从定海坐汽车到沈家门，五十分钟；再从沈家门乘轮船到普陀，只费半小时。其时正值二月十九观世音菩萨生日，香客非常热闹，买香烛要排队，各寺院客房客满。但我不住寺院，住在定海专署所办的招待所中，倒很清静。

我游了四个主要的寺院：前寺、后寺、佛顶山、紫竹林。

前寺是普陀的领导寺院，殿宇最为高大。后寺略小而设备庄严，千年以上的古木甚多。佛顶山有一千多石级，山顶常没在云雾中，登楼可以俯瞰普陀全岛，遥望东洋大海。紫竹林位于海边，屋宇较小，内供观音，住居者尽是尼僧；近旁有潮音洞，每逢潮涨，涛声异常宏亮。寺后有竹林，竹竿皆紫色。我曾折了一根细枝，藏在衣袋里，带回去作纪念品。这四个寺院都有悠久的历史，都有名贵的古物。我曾经参观两只极大的饭锅，每锅可容八九担米，可供千人吃饭，故名曰"千人锅"。我用手杖量量，其直径约有两手杖。我又参观了一只七千斤重的钟，其声宏大悠久，全山可以听见。

这四个主要寺院中，紫竹林比较的最为低小；然而它的历史在全山最为悠久，是普陀最初的一个寺院。而且这开国元勋与日本人有关。有一个故事，是紫竹林的一个尼僧告诉我的，她还有一篇记载挂在客厅里呢。这故事是这样：

千余年前，后梁时代，即公历九百年左右，日本有一位高僧，名叫慧锷的，乘帆船来华，到五台山请得了一位观世音菩萨像，将载回日本去供养。那帆船开到莲花洋地方，忽然开不动了。这慧锷法师就向观音菩萨祷告："菩萨如果不肯到日本去，随便菩萨要到哪里，我和尚就跟到哪里，终身供养。"祷告毕，帆船果然开动了。随风飘泊，一直来到了普陀岛的潮音洞旁边。慧锷法师便捧菩萨像登陆。此时普陀全无寺院，只有居民。有一个姓张的居民，知道日本僧人从五台山请观音来此，就捐献几间房屋，给他供养观音像。又替这房屋取个名字，叫做"不肯去观音院"。慧锷法师就在这不肯去观音院内终老。这不肯去观音院是普陀第一所寺院，是紫竹林的前身。紫竹林这名字是后来改的。有一个人为不肯去观音院题一首诗："借问观世音，因何不肯去？为渡大中华，有缘来此地。"

如此看来，普陀这千余年来的佛教名胜之地，是由日本人创始的。可见中日两国人民自古就互相交往，具有密切的关系。我此次出游，在宁波天童寺想起了五百年前在此寺作画的雪舟，在普陀又听到了创造寺院的慧锷。一次旅行，遇到了两件与日本有关的事情，这也可证明中日两国人民关系之多了。不仅古代而已，现在也是如此。我经过定海，参观渔场时，听见渔民说起：近年来海面常有飓风暴发，将渔船吹到日本，日本的渔民就招待这些中国渔民，等到风息之后护送他们回到定海。有时日本的渔船也被飓风吹到中国来，中国的渔民也招待他们，护送他们回国。劳动人民本来是一家人。

不肯去观音院左旁，海边上有很长、很广、很平的沙滩。较小的一处叫做"百步沙"，较大的一处叫做"千步沙"。潮水不来时，我们就在沙上行走。脚踏到沙上，软绵绵的，比踏在芳草地上更加舒服。走了一阵，回头望望，看见自己的足迹连成一根长长的线，把平净如镜的沙面划破，似觉很可惜的。沙地上常有各种各样的贝壳，同游的人大家寻找拾集，我也拾了一个藏在衣袋里，带回去作纪念品。为了拾贝壳，把一片平沙踩得破破烂烂，很对不起它。然而第二天再来看看，依旧平净如镜，一点伤痕也没有了。我对这些沙滩颇感兴趣，不亚于四大寺院。

离开普陀山，我在路途中作了两首诗，记录在下面：

一别名山五十春,重游佛顶喜新晴。
东风吹起千岩浪,好似长征奏凯声。

寺寺烧香拜跪勤,庄严宝岛气氤氲。
观音颔首弥陀笑,喜见群生乐太平。

回到家里,摸摸衣袋,发现一个贝壳和一根紫竹,联想起了普陀的不肯去观音院,便写这篇随笔。

1963年清明节于上海

杭州写生

我的老家在离开杭州约一百里的地方,然而我少年时代就到杭州读书,中年时代又在杭州作"寓公",因此杭州可说是我的第二故乡。

我从青年时代起就爱画画,特别喜欢画人物,画的时候一定要写生,写生的大部分是杭州的人物。我常常带了速写簿到湖滨去坐茶馆,一定要坐在靠窗的栏杆边,这才可以看了马路上的人物而写生。湖山喜雨台最常去,因为楼低路广,望到马路上同平视差不多。西园少去,因为楼高路狭,望下来看见的有些鸟瞰形,不宜于写生。茶楼上写生的主要好处,就是被写的人不得知,因而姿态很自然,可以入画。马路上的人,谁仰起头来看我呢?

为什么喜欢在茶馆楼上画呢?因为在路上画有种种不便:第一,被画的人看见我画他,他就戒备,姿态就不自然。如果其人是开通的,他就整一下衣服,装一个姿势,好像坐在照相馆里的镜头面前一样。那时画出来就像一尊菩萨,不是我所需要的画材。画好之后他还要走过来看,看见寥寥数笔就表示不满,仿佛损害了他的体面。如果其人是不开通的,看见我画他,他简直表示反对，或竟逃脱。因为那时（四五十年前）有一种迷信，说拍照伤人元气，使人倒霉。写生与拍照相似，也是这些顽固而愚昧的人所嫌忌的。当时我有一个画同志，到乡下去写生，据说曾经被夺去速写簿，并且赶出村子外，差一点儿没有被打。我没有碰到这种情况，然而类乎此的常常碰到。有一次我看见一老妇和一少妇坐在湖滨，姿态甚好，立刻摸出速写簿来写生。岂知被老妇瞥见，她一把拉住少妇就跑，同时嘴里喃喃地骂。少妇临去向我白一眼，并且"呸"地吐一口唾沫，仿佛我"调戏"了她。诸如此类……

第二种不方便，是在地上写生时，往往有许多闲人围着我看画。起初一二个人，后来越聚越多，同看戏法一样。而这些人有时也竟把我当做变戏法：有的站在我面前，挡住视线；有的挤在我左右，碰我的手臂；有的评长说短，向我提意见；有的小孩子大叫"看画菩萨头！"（他们称画人物为画菩萨头。）这些时候我往往没有画完就走，因为被画的人，看见一堆人吵吵闹闹，他也跑过来看了！我走了，还有几个小孩子或闲人跟着我走，希望我再"表演"，简直同看戏法一样。

为了有这种种不方便，所以我那时最喜欢在茶楼上写生。延龄大马路[1]上车水马龙，行人如织，都是很好的写生模特儿！——这是我青年时代的事。

最近，我很少写生。主要原因之一，是眼力差了，老花眼看近处必须戴眼镜，看远处必须除去眼镜。写生时必须远处看

---

[1] 延龄路，即今杭州延安路。

一眼，近处看一眼，这就使眼镜戴也不好，不戴也不好。有些老花眼镜是两用的，上面是平光，下面是老光。然而老光只有小小一部分，只能看一小块，不能看全面，而画画必须顾到纸张全面。这种眼镜只宜于写字，不宜于画画。因此，我老来很少写生了。一定要写，只有把眼镜搁在眼睛底下鼻孔上面，好像滑稽画中的老头子。但这很不舒服，并且要当心眼镜落地。

然而我最近到杭州游玩时，往往故态复萌，有时不免要摸出笔记簿子来画几笔。这一半是过去习惯所使然，好像一到杭州就"返老还童"了。

使我吃惊的，是新中国成立后在人民的西湖上写生，和从前在旧西湖上写生情形显然不同，上述的两种不方便大大地减少了。被画的人知道这是"写生"，不讨厌我，女人决不吐唾沫。反之，他们有的肯迁就我，给我方便。有一次我坐在湖滨的石凳上，看见一个老舟子坐在船头上吸烟，姿态甚佳，我就对他写生。他衔着旱烟筒悠悠然地看山水，似乎没有发觉我在画他。忽然一个女小孩子跑来，大叫一声"爷爷！"那老舟子并不向她回顾，却哼喝她："不要叫我！他在画我！"原来他早已发觉我画他了。这固然是一个特殊的例子，然而一般地说，人都开通了。这在写生者是一大方便。

围着看的人当然也有，然而态度和从前不同了。大都知道这是"写生"，就不用看戏法的态度对待我了。大都肃静地站在我后面，低声地互相说话："壁报上用的。""上海去登报的。"（他们从我同游的人身上看得出我们是上海来的。）有时几个青年还用"观摩"的态度看我作画，低声地说"内行"的话；倘有小孩子吵闹，他们代我阻止，给我方便。这些青年大概也会作画。现在作画的不一定是美术学校学生，一般机关团体里都有画家，壁报上和黑板报上不是常常有很好的画出现吗？

由此可知新中国成立后人民知识都增加了，思想都进步了，态度都变好了。在"写生"这一件小事情中，也可以分明地看出。

1959年6月9日于上海

西湖船

　　二十年来，西湖船的形式变了四次，我小时在杭州读书，曾经傍着西湖住过五年。毕业后供职上海，春秋佳日也常来游。现在蛰居家乡，离杭很近，更常到杭州小住。因此我亲眼看见西湖船的逐渐变形。每次坐到船里，必有一番感想。但每次上了岸就忘记，不再提起。今天又坐了西湖船回来，心绪殊恶，就拿起笔来，把感想记录一下。西湖船的形式，二十年来变了四次，但是愈变愈坏。

　　西湖船的基本形式，是有白篷的两头尖的扁舟。这至今还是不变。常变的是船舱里的客人的坐位。二十年前，西湖船的坐位是一条藤穿的长方形木框。背后有同样藤穿的长方形木框，当做靠背。这些木框涂着赭黄的油漆，与船身为同色或同类色，分明地表出它是这船的装置的一部分。木框上的藤，穿成冰梅花纹样。每一小孔都通风，一望而知为软软的坐垫与靠背，因此坐下去心地是很好的。靠背对坐垫的角度，比九十度稍大——大约一百度。既不像旧式厅堂上的太师椅子那么竖得笔直，使人坐了腰痛；也不像醉翁椅子那么放得平坦，使人坐了起不身来。靠背的木框，像括弧般微微向内弯曲，恰好切合坐者的背部的曲线。因此坐下去身体是很舒服的。原来游玩这件事体，说它近于旅行，又不愿像旅行那么肯吃苦；说不得它类似休养，又不愿像休养那么贪懒惰。故西湖船的原始的（姑且以我所见为主，假定二十年前的为原始的）形式，我认为是最合格的游船形式。倘然坐位再简陋，换了木板条，游人坐下去就嫌吃力；倘然坐位再舒服，索性换了醉翁椅，游人躺下去又嫌萎靡，不适于观赏山水了。只有那种藤穿的木框，使游人坐下去软软的，靠上去又软软的，而身体姿势又像坐在普通凳子上一般，可以自由转侧，可以左顾右盼。何况他们的形状，质料与颜色，又与船的全部十分调和，先给游人以恰好的心情呢！二十年前，当我正在求学的时候，西湖里的船统是这种形式的。早春晚秋，船价很便宜，学生的经济力也颇能胜任。每逢星期日，出三四毛钱雇一只船，载着二三同学，数册书，一壶茶，几包花生米与几个馒头，便可悠游湖中，尽一日之长。尤其是那时候的摇船人，生活很充裕，样子很写意，一面打桨，一面还有心情对我们闲谈自己的家庭，西湖的掌故，以及种种笑话。此情此景，现在回想了不但可以神往，还可以凭着追忆而写几幅画，吟几首诗呢。因为那种船的坐位好，坐船的人姿势也好；摇船人写意，坐船人更加写意，随时随地可以吟诗入画。"野航恰受两三人"。"恰受"两字的状态，在这种船上最充分地表出着。

我离杭后，某年春，到杭游西湖，忽然发现有许多船的坐位变了形式。藤式木框被撤去，改用了长的藤椅子，后面也有靠背，两旁又有靠手，不过全体是藤编的。这种藤椅子，坐的地方比以前的加阔，靠边背也比以前的加高，价值上固然比以前的舒服，但在形式上，殊不及以前的好看。成了船身全是木的，椅子全是藤的，二者配合不甚调和。在人家屋里，木的几桌旁边也常配着藤椅子，并不觉得很不调和。这是屋与船情形不同之故。屋子的场面大，其所要求的统一不甚严格。船的局面小，一望在目，全体浑成一个单位。其样式与质料，当然要求严格的统一。故在广大的房间里，木的几桌旁边放了藤椅子，不觉得十分异样，但在小小的一叶扁舟中放了藤椅，望去似觉这是临时暂置性质的东西，对于船身毫无有机的关系。此外还有一种更大的不快：摇船人为了这两张藤椅子花费浩大，常向游客诉苦，希望多给船钱。有的自己告白：为了同业竞争厉害，不得已，当了衣服置备这两张藤椅的。我们回头一看，见他果然穿一件破旧的夹衣，当着料峭的东风，坐在船头上很狭窄的尖角里，为了我们的赏心悦目劳动着。我们的衣服与他的衣服，我们的坐位与他的坐位，我们的生活与他的生活，同在一叶扁舟之中，相距咫尺之间，两两对比之下，怎不令人心情不快？即使我们力能多给他船钱，这种不快已在游湖时生受了。当时我想：这种藤椅虽然表面光洁平广，使游客的身体感到舒服；但其质料样式缺乏统一性，使游客的眼睛感到不舒服；其来源由于营业竞争的压迫，使游客的心情感到更大的不快。得不偿失，西湖船从此变坏了！

其后某年春，我又到杭州游西湖。忽然看见许多西湖船的坐位，又变了样式。前此的长藤椅已被撤去，改用了躺藤椅，其表面就同普通人家最常见的躺藤椅一样，这变化比前又进一步，即不但全变了椅的质料，又变了椅的角度。坐船的人若想靠背，非得仰躺下来，把眼睛看着船篷。船篷看厌了，或是想同对面的人谈谈，须得两臂使个劲道，支撑起来，四周悬空地危坐着，让藤靠背像尾巴一般拖在后面。这料想是船家营业竞争愈趋厉害，于是苦心窥察游客贪舒服的心理而创制的。他们看见游湖来的富绅、贵客、公子、小姐，大都脚不着地，手不着物，一味贪图安逸。他们为营生起见，就委曲迎合这种游客的心理，索性在船里放两把躺藤椅，让他们在湖面上躺来躺去，像浮尸一般。我在这里看见了世纪末的痼疾的影迹：十九世纪末的颓废主义的精神，得了近代科学与物质文明的助力，在所谓文明人之间长养了一种贪闲好逸的风习。起居饮食用器什物，处处力求便利；名曰增加工作能率，暗中难免汩没了耐劳习苦的美德，而助长了贪闲好逸的恶习。西湖上自从那种用躺藤椅的游船出现之后，不拘它们在游湖的实用上何等不适宜，在游船的形式上何等不美观，世间自有许多人欢迎它们，使它们风行一时。这不是颓废精神的遗毒所使然吗？正当的游玩，是辛苦的慰安，是工作的预备。这绝不是放逸，更不是养病。但那种西湖船载了仰天躺着的游客而来，我初见时认真当做载来的是一船病人呢。

最近某年春，我又到杭州游西湖，忽然看见许多西湖船的坐位又变了形式。前此的藤躺椅已被撤去，改用了沙发。厚得"木老老"[1]的两块弹簧垫，有的装着雪白的或淡黄的布套；有的装着紫酱色的皮，皮面上划着斜方形的格子，好像头等火车中的坐位。沙发这种东西，不必真坐，看看已够舒服之至了。但在健康人，也许真坐不及看看的舒服。它那脸皮半软半硬，对

---

[1] "木老老"，杭州方言，意即"很""十分"。

人迎合得十分周到，体贴得无微不至，有时使人肉麻。它那些弹簧能屈能伸，似抵抗又不抵抗，有时使人难过。这又好似一个陷阱，翻了进去一时爬不起来。故我只有十分疲劳或者生病的时候，懂得沙发的好处；若在健康时，我常觉得看别人坐比自己坐更舒服。但西湖船里装沙发，情形就与室内不同。在实用上说，当然是舒服的：坐上去感觉很温软，与西湖春景给人的感觉相一致。靠背的角度又不像躺藤椅那么大，坐着闲看闲谈也很自然。然而倘把西湖船当做一件工艺品而审察它的形式，这配合就不免唐突。因为这些船身还是旧式的，还是二十年前装藤穿木框的船身，只有坐位的部分奇迹地换了新式的弹簧坐垫，使人看了发生"时代错误"之感。若以弹簧坐垫为标准，则船身的形式应该还要造得精密，材料应该还选得细致，油漆应该还要配得美观，船篷应该还要张得整齐，摇船人的脸孔应该还要有血气，不应该如此憔悴；摇船人的衣服应该还要楚楚，不应该叫他穿得叫花子一般褴褛。我今天就坐了这样的一只西湖船回来，在船中起了上述的种种感想，上岸后不能忘却。现在就把它们记录在这里。总之西湖船的形式，二十年来，变了四次。但是愈变愈坏，变坏的主要原因，是游客的坐位愈变愈舒服，愈变愈奢华；而船身愈变愈旧，摇船人的脸孔愈变愈憔悴，摇船人的衣服愈变愈褴褛。因此形成了许多不调和的可悲的现象，点缀在西湖的骀荡春光之下，明山秀水之中。

1936 年 2 月 27 日

山中避雨

前天同了两个女孩到西湖山中游玩,天忽下雨。我们仓皇奔走,看见前方有一小庙,庙门口有三家村,其中一家是开小茶店而带卖香烛的。我们趋之如归。茶店虽小,茶也要一角钱一壶。但在这时候,即使两角钱一壶,我们也不嫌贵了。

茶越冲越淡,雨越落越大。最初因游山遇雨,觉得扫兴,这时候山中阻雨的一种寂寥而深沉的趣味牵引了我的感兴,反觉得比晴天游山趣味更好。所谓"山色空蒙雨亦奇",我于此体会了这种境界的好处。然而两个女孩子不解这种趣味,她们坐在这小茶店里躲雨,只是怨天尤人,苦闷万状。我无法把我所体验的境界为她们说明,也不愿使她们"大人化"而体验我所感的趣味。

茶博士坐在门口拉胡琴。除雨声外,这是我们当时所闻的唯一的声音。拉的是《梅花三弄》,虽然音阶摸得不大正确,拍子还拉得不错。这好像是因为顾客稀少,他坐在门口拉这曲胡琴来代替收音机做广告的。可惜他拉了一会儿就罢,使我们所闻的只是嘈杂而冗长的雨声。为了安慰两个女孩子,我就去向茶博士借胡琴。"你的胡琴借我弄弄好不好?"他很客气地把胡琴递给我。

我借了胡琴回茶店,两个女孩很欢喜。"你会拉的?你会拉的?"我就拉给她们看。手法虽生,音阶还摸得准。因为我小时候曾经请我家邻近的柴主人[1]阿庆教过《梅花三弄》,又请对面弄内一个裁缝司务大汉教过胡琴上的工尺。阿庆的教法很特别,他只是拉《梅花三弄》给你听,却不教你工尺的曲谱。他拉得很熟,但他不知工尺。我对他的拉奏望洋兴叹,始终学他不来。后来知道大汉识字,就请教他。他把小工调、正工调的音阶位置写了一张纸给我,我的胡琴拉奏由此入门。现在所以能够摸出正确的音阶,一半由于以前略有摸violin(小提琴)的经验,一半仍是根基于大汉的教授的。在山中小茶店里的雨窗下,我用胡琴从容地(因为快了要拉错)拉了种种西洋小曲。两女孩和着了歌唱,好像是西湖上卖唱的,引得三家村里的人都来看。一个女孩唱着《渔光曲》,要我用胡琴去和她。我和着她拉,三家村里的青年们也齐唱起来,一时把这苦雨荒山闹得十分温暖。我曾经吃过七八年音乐教师饭,曾经用piano(钢琴)伴奏过混声四部合唱,曾经弹过Beethoven(贝多芬)的Sonata(奏鸣曲)。但是有生以来,没有尝过今日般的音乐的趣味。

两部空黄包车拉过,被我们雇定了。我付了茶钱,还了胡琴,辞别三家村的青年们,坐上车子。油布遮盖我面前,看不见雨景。我回味刚才的经验,觉得胡琴这种乐器很有意思。piano笨重如棺材,violin要数十百元一具,制造虽精,世间有

---

[1] 柴主人,在作者家乡指替农民称柴并介绍顾主、从中收取少量佣金的人。

几人能够享用呢？胡琴只要两三角钱一把，虽然音域没有 violin 之广，也尽够演奏寻常小曲。虽然音色不比 violin 优美，装配得法，其发音也还可听。这种乐器在我国民间很流行，剃头店里有之，裁缝店里有之，江北船上有之，三家村里有之。倘能多造几个简易而高尚的胡琴曲，使像《渔光曲》一般流行于民间，其艺术陶冶的效果，恐比学校的音乐课广大得多呢。我离去三家村时，村里的青年们都送我上车，表示惜别。我也觉得有些儿依依。（曾经搪塞他们说："下星期再来！"其实恐怕我此生不会再到这三家村里去吃茶且拉胡琴了。）若没有胡琴的因缘，三家村里的青年对我这路人有何惜别之情，而我又有何依依于这些萍水相逢的人呢？古语云："乐以教和。"我做了七八年音乐教师没有实证过这句话，不料这天在这荒村中实证了。

1935 年秋日

钱江看潮记

阴历八月十八，我客居杭州。这一天恰好是星期日，寓中来了两位亲友，和两个例假返寓的儿女。上午，天色阴而不雨，凉而不寒。有一个人说起今天是潮辰，大家兴致勃勃起来，提议到海宁看潮。但是我左足趾上患着湿毒，行步维艰还在其次；鞋跟拔不起来，拖了鞋子出门，违背新生活运动，将受警察干涉。但为此使众人扫兴，我也不愿意。于是大家商议，修改办法：借了一只大鞋子给我左足穿了，又改变看潮的地点为钱塘江边，三廊庙。我们明知道钱塘江边潮水不及海宁的大，真是"没啥看头"的。但凡事轮到自己去做时，无论如何总要想出它一点好处来，一以鼓励勇气，一以安慰人心。就有人说："今年潮水比往年大，钱塘江潮也很可观。""今天的报上说，昨天江边车站的铁栏都被潮水冲去，二十几个人爬在铁栏上看潮，一时淹没，幸为房屋所阻，不致与波臣为伍，但有四人头破血流。"听了这样的话，大家觉得江干不亚于海宁，此行一定不虚。我就结伴了我的两位亲友，带了我的女儿和一个小孩子，一行六人，就于上午十时动身赴江边。我两脚穿了一大一小的鞋子跟在他们后面。

我们乘公共汽车到三廊庙,还只十一点钟。我们乘义渡过江,去看看杭江路的车站,果有乱石板木狼藉于地,说是昨日的潮水所致的。钱江两岸两个码头实在太长,加起来恐有一里路。回来的时候,我的脚吃不消,就坐了人力车。坐在车中看自己的两脚,好像是两个人的。倘照样画起来,见者一定要说是画错的,但一路也无人注意,只是我自己心虚,偶然逢到有人看我的脚,我便疑心他在笑我。碰着认识的人,谈话之中还要自己先把鞋的特殊的原因告诉他。他原来没有注意我的脚,听我的话却知道了。善于为自己辩护的人,欲掩其短,往往反把短处暴露了。

我在江心的渡船中遥望北岸,看见码头近旁有一座楼,高而多窗,前无障碍。我选定这是看潮最好的地点。看它的模样,不是私人房屋,大约是茶馆酒店之类,可以容我们去坐的。为了脚痛,为了口渴,为了肚饥,又为了贪看潮的眼福,我遥望这座楼觉得异常玲珑,犹似仙境一般美丽。我们跳上码头,已是十二点光景。走近了码头,果然看见这座楼上挂着茶楼的招牌,我们欣然登楼。走上扶梯,看见列着明窗净几,全部江景被收在窗中,果然一好去处。茶客寥寥,我们六人就占据了临窗的一排椅子。我回头喊堂倌:"一红一绿!"堂倌却空手走过来,笑嘻嘻地对我说:"先生,今天是买坐位的,每位小洋四角。"我的亲友们听了这话都立起身来,表示要走。但儿女们不闻不问,只管凭窗眺望江景,指东话西,有说有笑,正是得其所哉。我也留恋这地方,但我的亲友们以为座价太贵,同堂倌讲价,结果三个小孩子"马马虎虎",我们六个人一共出了一块钱[1]。先付了钱，大家才放心坐下。托堂倌叫了六碗面，又买了些果子，权当午饭。大家正肚饥，吃得很快。吃饱之后，看见窗外的江景比前更美丽了。

我们来得太早，潮水要三点钟才到呢。到了一点半钟，我们才看见别人陆续上楼来。有的嫌座价贵，回了下去。有的望望江景，迟疑一下，坐下了。到了两点半钟，楼上的座位已满，嘈杂异常，非复吃面时可比了。我们的座位幸而在窗口，背着嘈杂面江而坐，仿佛身在泾渭界上，另有一种感觉。三点钟快到，楼上已无立锥之地。后来者无座位，不吃茶，亦不出钱。我们的背后挤了许多人。回头一看，只见观者如堵。有男有女，有老有少，更有被抱着的孩子。有的坐在桌上，有的立在凳上，有的竟立在桌上。他们所看的，是照旧的一条钱塘江。久之，久之，眼睛看得酸了，腿站得痛了，潮水还是不来。大家倦起来，有的垂头，有的坐下。忽然人丛中一个尖锐的呼声："来了！来了！"大家立刻把脖子伸长，但钱塘江还是照旧。原来是一个母亲因为孩子挤得哭了，在那里哄他。

江水真是太无情了。大家越是引颈等候，它的架子越是十足。这仿佛有的火车站里的卖票人，又仿佛有的邮政局收挂号信的，窗栏外许多人等候他，他只管悠然地吸烟。

三点二十分光景，潮水真的来了！楼内的人万头攒动，像运动会中决胜点旁的观者。我也除去墨镜，向江口注视。但见一条同桌上的香烟一样粗细的白线，从江口慢慢向这方面延长

---

[1] 当时角币有大洋小洋之分，一块钱相当于小洋十二角。

来。延了好久，达到西兴方面，白线就模糊了。再过了好久，楼前的江水渐渐地涨起来，浸没了码头的脚。楼下的江岸上略起些波浪，有时打动了一块石头，有时淹没了一条沙堤。以后浪就平静起来，水也就渐渐退却。看潮就看好了。楼中的人，好像已经获得了什么，各自纷纷散去。我同我亲友也想带了孩子们下楼，但一个小孩子不肯走，惊异地责问我："还要看潮哩！"大家笑着告诉他："潮水已经看过了！"他不信，几乎哭了。多方劝慰，方才收泪下楼。

我实在十分同情于这小孩子的话。我当离座时，也有"还要看潮哩"似的感觉。似觉今天的目的尚未达到。我从未为看潮而看潮。今天特地为看潮而来，不意所见的潮如此而已，真觉大失所望。但又疑心自己的感觉不对。若果潮不足观，何以茶楼之中，江岸之上，观者动万，归途阻塞呢？以问我的亲友，一人云："我们这些人不是为看潮来的，都是为潮神贺生辰来的呀！"这话有理，原来我们都是被"八月十八"这空名所召集的。怪不得潮水毫无看头。回想我在茶楼中所见，除旧有的一片江景外毫无可述的美景。只有一种光景不能忘却：当波浪淹没沙堤时，有一群人正站在沙堤上看潮。浪来时，大家仓皇奔回，半身浸入水中，举手大哭，幸有大人转身去救，未遭没顶。这光景大类一幅水灾图。看了这图，使人想起最近黄河长江流域各处的水灾，败兴而归。

1934 年中秋日

西湖春游

我住在上海,离杭州西湖很近,火车五六小时可到,每天火车有好几班。因此,我每年有游西湖的机会,而时间大都是春天。因为春天是西湖最美丽的季节。我很小的时候在家乡从乳母口中听到西湖的赞美歌:"西湖景致六条桥,间株杨柳间株桃……"就觉得神往。长大后曾经在西湖旁边求学,在西湖上作客,经过数十寒暑,觉得西湖上的春天真正可爱,无怪远离西湖的穷乡僻壤的人都会唱西湖的赞美歌了。

然而西湖的最美丽的姿态,直到新中国成立之后方才充分地表现出来。新中国成立后每年春天到西湖,觉得它一年美丽一年,一年漂亮一年,一年可爱一年。到了新中国成立第九年的春天,就是现在,它一定长得十分美丽,十分漂亮,十分可爱。可惜我刚从病院出来,不能随众人到西湖去游春;但在这里和读者作笔谈,亦是"画饼充饥",聊胜于无。

西湖的最美丽的姿态,为什么直到新中国成立后才充分表现出来呢?这是因为旧时代的西湖,只能看表面(山水风景),不能想内容(人事社会)。换言之,旧时代西湖的美只是形式美丽,而内容是丑恶不堪设想的。

譬如说，你悠闲地坐在西湖船里，远望湖边楼台亭阁，或者精巧玲珑，或者金碧辉煌，掩映出没于杨柳桃花之中，青山绿水之间。这光景多么美丽，真好比"海上仙山"！然而你只能用眼睛来看，却切不可用嘴巴来问，或者用头脑来想。你倘使问船老大"这是什么建筑？""这是谁的别庄？"因而想起了它们的主人，那么你一定大感不快，你一定会叹气或愤怒，你眼前的"美"不但完全消失，竟变成了"丑"！因为这些楼台亭阁的所有者，不是军阀，就是财阀；建造这些楼台亭阁的钱，不是贪污来的，便是敲诈来的，剥削来的！于是你坐在船里远远地望去，就会隐约地看见这些楼台亭阁上都有血迹！隐约地听见这些楼台亭阁上都有被压迫者的呻吟声——这真是大煞风景！这样的西湖有什么美？这样的西湖不值得游！西湖游春，谁能仅用眼睛看看而完全不想呢？

旧时代的好人真可怜！他们为了要欣赏西湖的美，只得勉强屏除一切思想，而仅看西湖的表面，仿佛麻醉了自己，聊以满足自己的美欲。记得古人有诗句云："小亭闲可坐，不必问谁家。"我初读这诗句时，认为这位诗人过于浪漫疏狂。后来仔细想想，觉得他也许怀着一片苦心：如果问起这小亭是谁家的，说不定这主人是个坏蛋，因而引起诗人的恶感，不屑坐他的亭子。旧时代的人欣赏西湖，就用这诗人的办法，不问谁家，但享美景。我小时候的音乐老师李叔同先生曾经为西湖作一首歌曲。且不说音乐，光就歌词而论，描写得真是美丽动人！让我抄录些在这里：

看明湖一碧,六桥锁烟水。

塔影参差,有画船自来去。

垂杨柳两行,绿染长堤。

飐晴风,又笛韵悠扬起。

看青山四围,高峰南北齐。

山色自空濛,有竹木媚幽姿。

探古洞烟霞,翠扑须眉。

霎暮雨,又钟声林外起。

大好湖山如此,独擅天然美。

明湖碧,又青山绿作堆。

漾晴光潋滟,带雨色幽奇。

靓妆比西子,尽浓淡总相宜。

这歌曲全部,刊载在最近出版的《李叔同歌曲集》中。

我小时候求学于杭州西湖边的师范学校时,曾经在李先生亲自指挥之下唱这歌曲的高音部(这歌曲是四部合唱)。当时我年幼无知,只觉得这歌词描写西湖景致,曲尽其美,唱起来比看图画更美,比实地游玩更美。现在重唱一遍,回味一下,才感到前人的一片苦心:李先生在这长长的歌曲中,几乎全部是描写风景,绝不提及人事。因为那时候西湖上盘踞着许多贪官污吏,市侩流氓;风景最好的地位都被这些人的私人公馆、别庄所占据。所以倘使提及人事,这西湖的美景势必完全消失,而变成种种丑恶的印象。所以李先生作这歌词的时候,掩住了耳朵,停止了思索,而单用眼睛来观看,仅仅描写眼睛所看见的部分。这样，六桥烟水、塔影垂杨、竹木幽姿、古洞烟霞、晴光雨色，就形成一种美丽的姿态，好比靓妆的西施活美人了。这仿佛是自己麻醉，自己欺骗。采用这种办法，虽然是李先生的一片苦心，但在今天看来，实在是不足为训的！

然而李先生在这歌曲中，不能说绝不提及人事。其中有两处不免与人事有关：即"有画船自来去"，"笛韵悠扬起"。坐在这画船里面的是何等样人？吹出这悠扬的笛声的是何等样人？这不可穷究了。李先生只能主观地假定坐在画船里的是一群同他一样风流潇洒的艺术家，吹笛的是同他一样知音善感的音乐家；或者坐在画船里的是一群天真烂漫的游客，吹笛的是一位冰清玉洁的美人。这样，才可以符合主观的意旨，才可以增加西湖的美丽。然而说起画船和笛，在我回忆中的印象很不好。记得有一次我和几个朋友买舟游湖。天朗气清，山明水秀，心情十分舒适。忽然邻近的一只船上吹起笛来，声音悠扬悦耳，使得我们满船的人都停止了说话而倾听笛韵。后来这只船载着笛声远去，消失在烟波云水之间了。我们都不胜惋惜。船老大告诉我们：这船里载着的是上海来的某阔少和本地的某闻人，他们都会弄丝弦，都会唱戏，他们天天在湖上游玩……原来这些阔少和闻人，都是我们所"久闻大名"的。我听到这些人的"大名"，觉得眼前这"独擅天然美"的"大好湖山"忽然减色；而那笛声忽然难听起来，丑恶起来，终于变成了恶魔的啸嗷声。这笛声亵渎了这"大好湖山"，污辱了我的耳朵！我用手撩起些西湖水来洗一洗我的耳朵。——这是我回忆旧时代西湖上的"画船"和"笛韵"时所得的印象。

我疏忽了，李先生的西湖歌中涉及人事的，不止上述两处，还有一处呢，即"又钟声林外起"。打钟的是谁？在李先生的主观中大约是一位大慈大悲、大智大慧的高僧，或者面壁十年的苦行头陀，或者三戒具足的比丘。然而事实上恐怕不见得如此。在那时候，上述的那些高僧、头陀和比丘极少住在西湖上的寺院里。撞钟的可能是以做和尚为业的和尚，或者是公然不守清规的和尚。

李先生作那首西湖歌时，这些人事社会的内情是不想的，是不敢想。因为一想就破坏西湖风景的美，一想就煞风景。李先生只得屏绝了思索和分辨，而仅用眼睛来看；不谈西湖的内容情状，而仅仅赞美西湖的表面形式。我同情李先生的苦心。我想，如果李先生迟生三十年，能够躬逢新中国成立后的新时代，能够看到人民的西湖，那么他所作的西湖歌一定还要动人得多！

在这里我不免要讲几句题外的话：我记得资本主义社会的美学中，有一个术语叫做"绝缘"，英文是 isolation。所谓绝缘，就是说看到一个物象的时候，断绝了这物象对外界（人事社会）的一切关系，而孤零零地欣赏这物象本身的姿态（形状色彩）。他们认为"美感"是由于"绝缘"而发生的。他们认为：看见一个物象时，倘使想起这物象的内容意义，想起这物象对人类社会的关系、作用和意义，就看不清楚物象本身的姿态，就看不到物象的"美"。必须完全不想物象对人类社会的关系、作用和意义，而仅用视觉来欣赏它的形状和色彩，这才能够从物象获得"美感"。——这种美学学说的由来，现在我明白了：只因为在旧社会中，追究起事物的内容意义来，大都是卑鄙龌龊、不堪闻问的，因此有些御用的学者就造出这种学说来，教人屏绝思索，不论好坏，不分皂白，一味欣赏事物的外表，聊以满足美欲，这实在是可笑、可怜的美学！

闲话少说，言归本题。旧时代的西湖春游，还有一种更切身的苦痛呢。上述那种苦痛还可以用主观强调、自己麻醉等方法来暂时避免，而另有一种苦痛则直接袭击过来，使你身心不安，伤情扫兴，游兴大打折扣。这便是西湖上的社会秩序的混乱。游西湖的主要交通工具是游船，即杭州人所谓"划子"。这种划子一向入诗、入词、入画，真是风雅不过的东西；从红尘万丈的都市里来的人，坐在这种划子里荡漾湖中，真有"春水船如天上坐"的胜概。于是划划子的人就奇货可居，即杭州人所谓"刨黄瓜儿"。你要坐划子游西湖，先得鼓起勇气来，同划划子的人作一场斗争，然后怀着余怒坐到划子里去"欣赏"西湖景致。划划子的人本来都是清白的劳动者，但因受当时环境的压迫和恶劣作风的影响，一时不得不如此以求生存了。上船之后，照例是在各名胜古迹地点停船：平湖秋月、中山公园、西泠印社、岳坟、三潭印月、雷峰夕照、刘庄、汪庄……这些名胜古迹的确是环肥燕瘦，各有其美，然而往往不能畅游，不能放心地欣赏。因为这些地方的管理者都特别"客气"，一看到游客，立刻端出茶盘来；倘使看到派头阔绰的游客，就端出果盒来。这种"盛情"，最初领受一二，也还可以；然而再而三，三而四，甚至而五、而六、而七……游客便受宠若惊，看见茶盘连忙逃走，不管后面传来奚落的、讥讽的叫声。若是陪着老年人游玩，处处要坐下来休息，而且逃不快，那就是他们所最欢迎的游客了，便是最倒霉的游客了。

游西湖要会斗争，会逃走——这是我数十年来的"宝贵"经验。直到最近几年，新中国成立后几年，这"宝贵"经验忽然失却了效用。新中国成立后有一年我到杭州，突然觉得西湖有些异样：湖滨栏杆旁边那些馋涎欲滴的划子手忽然不见了，讨价还价的斗争也没有了，只看见秩序井然的买票处和和颜悦色的舟子。名胜古迹中逐客的茶盘也不见了，到处明山秀水，任你逍遥盘桓。这一次我才十足地享受了西湖春游的快美之感！

"西子蒙不洁，则人皆掩鼻而过之。"新中国成立前数十年间，我每逢游湖，就想起这两句话。路过湖滨的船埠头时，那种乌烟瘴气竟可使人"掩鼻"。新中国成立之后，这西子"斋戒沐浴"过了。"大好湖山如此"，不但"独擅天然美"，又独擅"人事美"，真可谓尽善尽美了！写到这里，我的心已经飞驰到六桥三竺之间，神游于山明水秀、桃红柳绿之乡，不能再写下去了。

1958 年春日

湖畔夜饮

前天晚上,四位来西湖游春的朋友,在我的湖畔小屋里饮酒。酒阑人散,皓月当空,湖水如镜,花影满堤。我送客出门,舍不得这湖上的春月,也向湖畔散步去了。柳荫下一条石凳,空着等我去坐。我就坐了,想起小时在学校里唱的春月歌:"春夜有明月,都作欢喜相。每当灯火中,团团青辉上。人月交相庆,花月并生光。有酒不得饮,举杯献高堂。"觉得这歌词温柔敦厚,可爱得很!又念现在的小学生,唱的歌粗浅俚鄙,没有福分唱这样的好歌,可惜得很!回味那歌的最后两句,觉得我高堂俱亡,虽有美酒,无处可献,又感伤得很!三个"得很",逼得我立起身来,缓步回家。不然,恐怕把老泪掉在湖堤上,要被月魄花灵所笑了。

回进家门,家中人说,我送客出门之后,有一上海客人来访,其人名叫CT[1],住在葛岭饭店。家中人告诉他,我在湖畔看月,他就向湖畔去找我了。这是半小时以前的事,此刻时钟已指十时半。我想,CT找我不到,一定已经回旅馆去歇息了。当

---

[1] CT,指郑振铎。

夜我就不去找他，管自睡觉了。第二天早晨，我到葛岭饭店去找他，他已经出门，茶役正在打扫他的房间。我留了一张名片，请他正午或晚上来我家共饮。正午，他没有来。晚上，他又没有来。料想他这上海人难得到杭州来，一见西湖，就整日寻花问柳，不回旅馆，没有看见我留在旅馆里的名片，我就独酌，照例饮尽一斤。

黄昏八点钟，我正在酩酊之余，CT来了。阔别十年，身经浩劫，他反而胖了，反而年轻了。他说我也还是老样子，不过头发白些。"十年离乱后，长大一相逢。问姓惊初见，称名忆旧容。"这诗句虽好，我们可以不唱。略略几句寒暄之后，我问他吃夜饭没有。他说，他是在湖滨吃了夜饭——也饮一斤酒——不回旅馆，一直来看我的。我留在他旅馆里的名片，他根本没有看到。我肚里的一斤酒，在这位青年时代共我在上海豪饮的老朋友面前，立刻消解得干干净净，清清醒醒，我说："我们再喝酒！"他说："好，不要什么菜蔬。"窗外有些微雨，月色朦胧，西湖不像昨夜的开颜发艳，却有另一种轻颦浅笑，温润静穆的姿态。昨夜宜于到湖边步月，今夜宜于在灯前和老友共饮。"夜雨剪春韭"，多么动人的诗句！可惜我没有家园，不曾种韭。即使我有园种韭，这晚上我也不想去剪来和CT下酒。因为实际的韭菜，远不及诗中的韭菜好吃。照诗句实行，是多么愚笨的事啊！

女仆端了一壶酒和四只盆子出来，酱鸭、酱肉、皮蛋和花生米，放在收音机旁的方桌上。我和CT就对坐饮酒。收音机上面的墙上，正好贴着一首我写的数学家苏步青的诗："草草杯盘共一欢,莫因柴米话辛酸。春风已绿门前草,且耐余寒放眼看。"有了这诗,酒味特别的好。我觉得世间最好的酒肴,莫如诗句。而数学家的诗句,滋味尤为纯正。因为我又觉得,别的事都可有专家,而诗不可有专家。因为做诗就是做人。人做得好的,诗也做得好。倘说作诗有专家,非专家不能作诗,就好比说做人有专家,非专家不能做人,岂不可笑?因此,有些"专家"的诗,我不爱读。因为他们往往爱用古典,蹈袭传统,咬文嚼字,卖弄玄虚;扭扭捏捏,装腔作势;甚至神经过敏,出神见鬼。而非专家的诗,倒是直直落落,明明白白,天真自然,纯正朴茂,可爱得很。樽前有了苏步青的诗,桌上的酱鸭、酱肉、皮蛋和花生米,味同嚼蜡,唾弃不足惜了!

我和CT共饮,另外还有一种美味的酒肴,就是话旧。阔别十年,身经浩劫。他沦陷在孤岛上,我奔走于万山中。可惊可喜、可歌可泣的话,越谈越多。谈到酒酣耳热的时候,话声都变了呼号叫啸,把睡在隔壁房间里的人都惊醒。谈到二十余年前他在宝山路商务印书馆当编辑,我在江湾立达学园教课时的事。他要看看我的子女阿宝、软软和瞻瞻——《子恺漫画》里的三个主角,幼时他都见过的。瞻瞻现在叫做丰华瞻,正在北平北大研究院,我叫不到;阿宝和软软现在叫做丰陈宝和丰宁馨,已经大学毕业而在中学教课了,此刻正在厢房里和她们的弟妹们练习平剧(京剧),我就喊她们来"参见"。CT用手在桌子旁边的地上比比,说:"我在江湾看见你们时,只有这么高。"她们笑了,我们也笑了。这种笑的滋味,半甜半苦,半喜半悲。所谓"人生的滋味",在这里可以尝到。CT叫阿宝"大小姐",

叫软软"三小姐"。我说:"《花生米不满足》《瞻瞻新官人,软软新娘子,宝姐姐做媒人》《阿宝两只脚,凳子四只脚》等画,都是你从我的墙壁揭去,铸了锌版在《文学周报》上发表的。你这个老前辈对她们小孩子又有什么客气?依旧叫'阿宝''软软'好了。"大家都笑。人生的滋味,在这里又浓烈地尝到了。我们就默默地干了两杯。我见CT的豪饮,不减二十余年前。我回忆起了二十余年前的一件旧事。有一天,我在日升楼[1]前,遇见CT。他拉住我的手说:"子恺,我们吃西菜去。"我说:"好的。"他就同我向西走,走到新世界[2]对面的晋隆西菜馆的楼上,点了两客公司菜,外加一瓶白兰地。吃完之后,仆欧[3]送帐单来。CT对我说:"你身上有钱吗?"我说:"有!"摸出一张五元钞票来,把帐付了。于是一同下楼,各自回家——他回到闸北,我回到江湾。过了一天,CT到江湾来看我,摸出一张拾元钞票来,说:"前天要你付帐,今天我还你。"我惊奇而又发笑,说:"帐回过算了,何必还我?更何必加倍还我呢?"我定要把拾元钞票塞进他的西装袋里去,他定要拒绝。坐在旁边的立达同事刘薰宇,就过来抢了这张钞票去,说:"不要客气,拿到新江湾小店里去吃酒吧!"大家赞成。于是号召了七八个人,夏丏尊先生、匡互生、方光焘都在内,到新江湾的小酒店里去吃酒去。吃完这张拾元钞票时,大家都已烂醉了,此情此景,憬然在目。如今夏先生和匡互生均已经作古,刘薰

---

[1] 日升楼,当时上海一家有名的茶馆,位于南京路浙江路口。

[2] 新世界,当时上海一个游乐场的名称。

[3] 仆欧,英文 boy 的译音,意即侍者。

宇远在贵阳，方光焘不知又在何处。只有 CT 仍旧在这里和我共饮。这岂非人世难得之事！我们又浮两大白。

夜阑饮散，春雨绵绵。我留 CT 宿在我家，他一定要回旅馆。我给他一把雨伞，看他的高大身子在湖畔柳荫下的细雨中渐渐地消失了。我想："他明天不要拿两把伞来还我！"

1948 年 3 月 28 日夜于湖畔小屋

无锡重到

我在大后方的十年间,每于荒山僻壤中,热烈地回想江南风景,预算我此生有无重到的一日。除了杭州以外,最常想起的是无锡。"燕雁无心,太湖西畔随云去。数峰清苦,商略黄昏雨。"我每在心中暗诵这几句,就算精神的重游了。

不料真有一天,我果然偕了十余年不见的老友,立在十余年不到的太湖边上了!这就是前天,风和日暖的一个可爱的冬日,我与黄君吉兄同游鼋头渚,使我心中发生无限的感兴。

古人感兴,有"江山不可复识"之语。我重游无锡,觉得不然:无锡依旧繁荣,太湖依旧明爽;山光水色,云彩风声,一切与十余年前无异。谁说"江山不可复识"呢?

所不可复识者,却在心头!战争的浩劫,沦陷的苦痛,生活的重压,和平的渴望……这些心情,倒是十余年前所没有的。

自然界终古如斯,人世间变幻无常。我希望文明的人世间,摹仿自然之美,永远保住和平、博爱、光明、美丽的生活!

1946 年除夕于无锡旅窗

扬州梦

在格致中学高中三年级肄业的新枚患了不很重的肺病,遵医嘱停学在家疗养。生活寂寞,自己发心乘此机会读些诗词,我就做了他的教师,替他讲解《唐诗三百首》和《白香词谱》,每星期一二次。暮春有一天,我教他读姜白石的《扬州慢》:

> 淮左名都,竹西佳处,解鞍少驻初程。过春风十里,尽荠麦青青。自胡马窥江去后,废池乔木,犹厌言兵。渐黄昏,清角吹寒,都在空城。
>
> 杜郎俊赏,算而今,重到须惊。纵豆蔻词工,青楼梦好,难赋深情。二十四桥仍在,波心荡、冷月无声。念桥边红药,年年知为谁生。

这孩子兴味在于词律,一味讲究平平仄仄。我却怀古多情,神游于古代的淮扬胜地,缅想当年烟花三月,十里春风之盛。念到"二十四桥仍在",我忽然发心游览久闻大名而无缘拜识的扬州,立刻收拾《白香词谱》,叫他到八仙桥去买明天到镇江的火车票,傍晚他拿了三张火车票回来。同去的是他和他的姐姐一吟。当夜各自准备行囊。

第二天下午,一行三人到达镇江。我们在镇江投宿,下午游览了焦山寺,认识了镇江的市容。下一天上午在江边搭轮船,渡江换乘公共汽车,不消两小时已经到达扬州。向车站里的人问询,他们介绍我们一所新开的公园旅馆。我们乘车投奔这旅馆,果然看见一所新造房子,里面的家具和被褥都是新的。盥洗既毕,斟一杯茶,坐下来休息一下。定神一想:现在我身已在扬州,然而我在一路上所见和在旅馆中所感,全然没有一点古色;但觉这是一个精小的近代都市,清静整洁;男女老幼熙攘往来,怡然操作,悉如他处;其中并无李白、张祜、杜牧、郑板桥、金冬心之类的面影。旅馆的招待员介绍我们到富春去吃中饭。富春是扬州有名的茶点酒菜馆,深藏在巷子里,而入门豁然开朗,范围甚广。点心和肴馔都极精美,虽然大都是荤的,我只能用眼睛来欣赏,但素菜也做得很好,别有风味。我觉得扬州只是一个小上海、小杭州,并无特殊之处。这在我似乎觉得有些失望,我决定下午去访大名鼎鼎的二十四桥。我预期这二十四桥能够满足我的怀古欲。

到大街上雇车子,说"到二十四桥",然而年青的驾车人都不知道,摇摇头。有一个年纪较大的人表示知道,然而他忠告我们:"这地方很远,而且很荒凉,你们去做什么?"我不好说"去凭吊",只得撒一个谎,说"去看朋友"。那人笑着说:"那边不大有人家呢!"我很狼狈,支吾地回答:"不瞒你说,我们就想看看那个桥。"驾车的人都笑起来。这时候旁边的铺子里走出一位老者来,笑着对驾车人说:"你们拉他们去嘛,在西门外,他们是来看看这小桥的。"又转向我说:"这座桥从前很有名,可是现在荒凉了,附近没有什么东西。"我料想这位老者是读过唐诗,知道"二十四桥明月夜"的。他的笑容很特别,隐隐地表示着:"这些傻瓜!"

车子走了半小时以上,方才停息在田野中间跨在一条沟渠似的小河上的一片小桥边。驾车人说:"到了,这是二十四桥。"我们下车,大家表示大失所望的样子,除了"哎哟!"以外没有别的话。一吟就拿出照相机来准备摄影。驾车的人看见了,打着土白交谈:"来照相的。""要修桥吧?""要开河吗?"我不必辩解,我就冒充了工程师,倒是省事。驾车人到树荫下去休息吸烟了。我有些不放心:这小桥到底是否二十四桥。为欲考证确实,我跑到附近田野里一位正在工作的农人那里,向他叩问:"同志,这是什么桥?"他回答说:"二十四桥。"我还不放心,又跑到桥旁一间小屋子门口,望见里面一位白头老婆婆坐着做针线,我又问:"请问老婆婆,这是什么桥?"老婆婆干脆地说:"二十四桥。"这才放心,我们就替二十四桥拍照。桥下水涸,最狭处不过七八尺,新枚跨了过去,嘴里念着"波心荡、冷月无声",大家不觉失笑。

车子背着夕阳回城去的时候,我耽于冥想了。我首先想到李白"烟花三月下扬州"的名句,觉得正是这个时候。接着想起杜牧的诗:"青山隐隐水迢迢,秋尽江南草未凋。二十四桥明月夜,玉人何处教吹箫?""落魄江湖载酒行,楚腰纤细掌中轻。十年一觉扬州梦,赢得青楼薄幸名。""娉娉袅袅十三余,豆蔻梢头二月初。春风十里扬州路,卷上珠帘总不如。"又想起徐凝的诗句："天下三分明月夜，二分无赖是扬州。"又想起王建的诗句："夜市千灯照碧云，高楼红袖客纷纷。"又想起张祜的诗："十里长街市井连，月明桥上看神仙。人生只合扬州死，禅智山光好墓田。"我在吟诵之下，梦见唐朝时候扬州的繁华。我又想起清人所作的《扬州画舫录》，这书中记述着乾隆年间扬州的繁盛景象，十分详尽。我又记起清朝的所谓"扬州八怪"，想象郑板桥、金冬心、罗聘、李方膺、汪士慎、高翔、黄慎、李鲜等潇洒不羁的文人画家寓居扬州时的风流韵事，最后想到描写清兵屠城的《扬州十日记》，打一个寒噤，不再想下去了。

回到旅馆里，询问账房先生，知道扬州有素菜馆。我们就去吃夜饭。这素菜馆名叫小觉林，位在电影院对面。我们在一个小楼上占据了一个雅座。一吟和新枚吃饱了饭，到对面看电影去了。我在小楼中独酌，凭窗闲眺，"十里长街""夜市千灯"，却全无一点古风。只见许多穿人民装的男男女女，熙攘往来，怡然共乐，比较起上海的市街来，特别富有节日的欢乐气象。这是什么原故呢？我想了好久，恍然大悟：原来扬州市内晚上没有汽车，马路上很安全，所有的行人都在马路中央憧憧往来，和上海节日电车停驶时的光景相似，所以在我看来特别富有欢乐的气象。我一方面觉得高兴，一方面略感失望。因为我抱着怀古之情而到这邗左名都来巡礼，所见的却是一个普通的现代化城市。

晚餐后我独自在街上徜徉了一会，回到旅馆已经九点多钟。舟车劳顿，观感纷忙，心身略觉疲倦，倒身在床，立刻睡去。

忽然听见有人敲门。拭目起床，披衣开门，但见一个端庄而壮健的中年妇人站在门口，满面笑容，打起道地扬州白说："扰你清梦，非常抱歉！"我说："请进来坐，请教贵姓大名。"她从容地走进房间来，在桌子旁边坐下，侃侃而言："我姓扬名州，号广陵，字邗江，别号江都，是本地人氏。知道你老人家特地来访问我，所以前来答拜。我今天曾经到火车站迎接你，又陪伴你赴二十四桥，陪伴你上酒楼，不过没有让你察觉，你的一言一动，一思一想，我都知道。我觉得你对我有些误解，所以特地来向你表白。你不远千里而枉驾惠临，想必乐于听取我的自述吧？"我说："久慕大名，极愿领教！"她从容地自述如下：

"你憧憬于唐朝时代、清朝时代的我，神往于'烟花三月''十里春风'的'繁华'景象，企慕'扬州八怪'的'风流韵事'，认为这些是我过去的光荣幸福，你完全误解了！我老实告诉你：在一九四九年以前，一千多年的长时期间，我不断地被人虐待，受尽折磨，备尝苦楚，经常是身患痼疾，体无完肤，畸形发育，半身不遂；古人所赞美我的，都是虚伪的幸福、耻辱的光荣、忍痛的欢笑、病态的繁荣。你却信以为真，心悦神往地吟赏他们的诗句，真心诚意地想象古昔的盛况，不远千里地跑来凭吊过去的遗迹，不堪回首地痛惜往事的飘零。你真大上其当了！我告诉你：过去千余年间，我吃尽苦头。他们压迫我，毒害我，用残酷的手段把我周身的血液集中在我的脸面上，又给我涂上脂粉，加上装饰，使得我面子上绚焕灿烂，富丽堂皇，而内部和别的部分百病丛生，残废瘫痪，贫血折骨，臃肿腐烂。你该知道，士大夫们在二十四桥明月下听玉人吹箫，在明桥上看神仙，干风流韵事，其代价是我全身的多少血汗！

"我忍受苦楚，直到一九四九年方才翻身。人民解除了我的桎梏，医治我的创伤，疗养我的疾病，替我沐浴，给我营养，使我全身正常发育，恢复健康。我有生以来不曾有过这样快乐的生活，这才是我的真正的光荣幸福！你在酒楼上看见我富有节日的欢乐气象，的确，七八年来我天天在过节日似的欢乐生活，所以现在我的身体这么壮健，精神这么愉快，生活这么幸福！你以前没有和我会面，没有看到过我的不幸时代，你也是幸福的人！欢迎你多留几天，我们多多叙晤，你会更了解我的光荣幸福，欢喜满足地回上海去，这才不负你此行的跋涉之劳呢！时候不早，你该休息了。我来扰你清梦，很对不起！"她说着就站起身来告辞。

我听了她的一番话，恍然大悟，正想慰问她，感谢她，她已经夺门而出，回头对我说一声"明天会！"就在门外消失了。

我走出门去送她，不料在门槛上绊了一下，跌了一跤，猛然醒悟，原来身在旅馆里的簇新的床铺上簇新的被窝里！啊，原来是一个"扬州梦！"这梦比元人乔梦符的《扬州梦》和清人嵇留山的《扬州梦》有意思得多，不可以不记。

1958年春日

第四章

不宠无惊过一生

当我从别寓回到了本宅的时候，觉得很安心。主人回来了，芭蕉鞠躬，樱桃点头，葡萄棚上特地飘下几张叶子来表示欢迎。两个小儿女跑来牵我的衣，老仆忙着打扫房间。老妻忙着烧素菜，故乡的臭豆腐干，故乡的冬菜，故乡的红米饭。

窗外有故乡的天空，门外有打着石门湾土白的行人，这些行人差不多个个是认识的。还有各种负贩的叫卖声，这些叫卖声在我统统是稔熟的。

我仿佛从飘摇的舟中登上了陆，如今脚踏实地了。这里是我的最自由、最永久的本宅，我的归宿之处，我的家。我从寓中回到家中，觉得非常安心。

渐

使人生圆滑进行的微妙的要素，莫如"渐"；造物主骗人的手段，也莫如"渐"。在不知不觉之中，天真烂漫的孩子"渐渐"变成野心勃勃的青年；慷慨豪侠的青年"渐渐"变成冷酷的成人；血气旺盛的成人"渐渐"变成顽固的老头子。因为其变更是渐进的，一年一年地、一月一月地、一日一日地、一时一时地、一分一分地、一秒一秒地渐进，犹如从斜度极缓的长远的山坡上走下来，使人不察其递降的痕迹，不见其各阶段的境界，而似乎觉得常在同样的地位，恒久不变，又无时不有生的意趣与价值，于是人生就被确实肯定，而圆滑进行了。假使人生的进行不像山坡而像风琴的键板，由 do 忽然移到 re，即如昨夜的孩子今朝忽然变成青年；或者像旋律的"接离进行"地由 do 忽然跳到 mi，即如朝为青年而夕暮忽成老人，人一定要惊讶、感慨、悲伤，或痛感人生的无常，而不乐为人了。故可知人生是由"渐"维持的。这在女人恐怕尤为必要：歌剧中，舞台上的如花的少女，就是将来火炉旁边的老婆子，这句话，骤听使人不能相信，少女也不肯承认，实则现在的老婆子都是由如花的少女"渐渐"变成的。

人之能堪受境遇的变衰，也全靠这"渐"的助力。巨富的纨绔子弟因屡次破产而"渐渐"荡尽其家产，变为贫者；贫者只得做佣工，佣工往往变为奴隶，奴隶容易变为无赖，无赖与乞丐相去甚近，乞丐不妨做偷儿……这样的例子，在小说中，在实际上，均多得很。因为其变衰是延长为十年二十年而一步一步地"渐渐"地达到的，在本人不感到什么强烈的刺激。故虽到了饥寒病苦刑笞交迫的地步，仍是熙熙然贪恋着目前生的欢喜。假如一位千金之子忽然变成了乞丐或偷儿，这人一定愤不欲生了。

这真是大自然的神秘的原则，造物主的微妙的功夫！阴阳潜移，春秋代序，以及物类的衰荣生杀，无不暗合于这法则。由萌芽的春"渐渐"变成绿荫的夏，由凋零的秋"渐渐"变成枯寂的冬。我们虽已经历数十寒暑，但在围炉拥衾的冬夜仍是难以想象饮冰挥扇的夏日的心情；反之亦然。然而由冬一天一天地、一时一时地、一分一分地、一秒一秒地移向夏，由夏一天一天地、一时一时地、一分一分地、一秒一秒地移向冬，其间实在没有显著的痕迹可寻。昼夜也是如此：傍晚坐在窗下看书，书页上"渐渐"地黑起来，倘不断地看下去（目力能因了光的渐弱而渐渐加强），几乎永远可以认识书页上的字迹，即不觉昼之已变为夜。黎明凭窗，不瞬目地注视东天，也不辨自夜向昼的推移的痕迹。儿女渐渐长大起来，在朝夕相见的父母全不觉得，难得见面的远亲就相见不相识了。往年除夕，我们曾在红蜡烛底下守候水仙花的开放，真是痴态！倘水仙花果真当面开放给我们看，便是大自然的原则的破坏，宇宙的根本的摇动,世界人类的末日临到了!

"渐"的作用,就是用每步相差极微极缓的方法来隐蔽时间的过去与事物的变迁的痕迹,使人误认其为恒久不变。这真是造物主骗人的一大诡计!这有一件比喻的故事:某农夫每天朝晨抱了犊而跳过一沟,到田里去工作,夕暮又抱了它跳过沟回家。每日如此,未尝间断。过了一年,犊已渐大,渐重,差不多变成大牛,但农夫全不觉得,仍是抱了它跳沟。有一天他因事停止工作,次日再就不能抱了这牛而跳沟了。造物的骗人,使人留连于其每日每时的生的欢喜而不觉其变迁与辛苦,就是用这个方法的。人们每日在抱了日重一日的牛而跳沟,不准停止。自己误以为是不变的,其实每日在增加其苦劳!

我觉得时辰钟是人生的最好的象征了。时辰钟的针,平常一看总觉得是"不动"的,其实人造物中最常动的无过于时辰钟的针了。日常生活中的人生也如此,刻刻觉得我是我,似乎这"我"永远不变,实则与时辰钟的针一样的无常!一息尚存,总觉得我仍是我,我没有变,还是留连着我的生,可怜受尽"渐"的欺骗!

"渐"的本质是"时间"。时间我觉得比空间更为不可思议,犹之时间艺术的音乐比空间艺术的绘画更为神秘。因为空间姑且不追究它如何广大或无限,我们总可以把握其一端,认定其一点。时间则全然无从把握,不可挽留,只有过去与未来在渺茫之中不绝地相追逐而已。性质上既已渺茫不可思议,分量上在人生也似乎太多。因为一般人对于时间的悟性,似乎只够支配搭船乘车的短时间;对于百年的长期间的寿命,他们不能胜任,往往迷于局部而不能顾及全体。试看乘火车的旅客中,常有明达的人,有的宁牺牲暂时的安乐而让其坐位于老弱者,以求心的太平(或博暂时的美誉);有的见众人争先下车,而退在后面,或高呼:"勿要轧,总有得下去的!""大家都要下去的!"然而在乘"社会"或"世界"的大火车的"人生"的长期的旅客中,就少有这样的明达之人。所以我觉得百年的寿命,定得太长。像现在的世界上的人,倘定他们搭船乘车的期间的寿命,也许在人类社会上可减少许多凶险残惨的争斗,而与火车中一样的谦让、和平,也未可知。

然人类中也有几个能胜任百年的或千古的寿命的人。那是"大人格""大人生"。他们能不为"渐"所迷,不为造物所欺,而收缩无限的时间并空间于方寸的心中。故佛家能纳须弥于芥子。中国古诗人(白居易)说:"蜗牛角上争何事?石火光中寄此身。"英国诗人(Blake[1])也说:"一粒沙里见世界,一朵花里见天国;手掌里盛住无限,一刹那便是永劫。"

1928年芒种

---

[1] 即布莱克(1757—1827)。

剪网

大娘舅[1]白相了"大世界"[2]回来。把两包良乡栗子在桌子上一放,躺在藤椅子里,脸上现出欢乐的疲倦,摇摇头说:"上海地方白相真开心!京戏、新戏、影戏、大鼓、说书、变戏法,甚么都有;吃茶、吃酒、吃菜、吃点心,由你自选;还有电梯、飞船、飞轮、跑冰……老虎、狮子、孔雀、大蛇……真是无奇不有!唉,白相真开心,但是一想起铜钱就不开心。上海地方用铜钱真容易!倘然白相不要铜钱,哈哈哈哈……"

我也陪他"哈哈哈哈……"

大娘舅的话真有道理!"白相真开心,但是一想起铜钱就不开心",这种情形我也常常经验。我每逢坐船,乘车,买物,不想起钱的时候总觉得人生很有意义,对于制造者的工人与提供者的商人很可感谢。但是一想起钱的一种交换条件,就减杀了一大半的趣味。教书也是如此:同一班青年或儿童一起研究,为一班青年或儿童讲一点学问,何等有意义,何等欢喜!但是

---

[1] 大娘舅,指作者之妻徐力民之大哥,这里是按照儿女们的称呼。
[2] "大世界",当时上海一个著名游乐场。

听到命令式的上课铃与下课铃,做到军队式的"点名",想到商贾式的"薪水",精神就不快起来,对于"上课"的一事就厌恶起来。这与大娘舅的白相大世界情形完全相同。所以我佩服大娘舅的话有道理,陪他一个"哈哈哈哈……"

原来"价钱"的一种东西,容易使人限制又减小事物的意义。譬如像大娘舅所说:"共和厅里的一壶茶要两角钱,看一看狮子要二十个铜板。"规定了事物的代价,这事物的意义就被限制,似乎吃共和厅里的一壶茶等于吃两只角子,看狮子不外乎是看二十个铜板了。然而实际共和厅里的茶对于饮者的我,与狮子对于看者的我,趣味绝不止这样简单。所以倘用估价钱的眼光来看事物,所见的世间就只有钱的一种东西,而更无别的意义,于是一切事物的意义就被减小了。"价钱",就是使事物与钱发生关系。可知世间其他一切的"关系",都是足以妨碍事物的本身的存在的真意义的。故我们倘要认识事物的本身的存在的真意义,就非撤去其对于世间的一切关系不可。

大娘舅一定能够常常不想起铜钱而白相大世界,所以能这样开心而赞美。然而他只是撤去"价钱"的一种关系而已。倘能常常不想起世间一切的关系而在这世界里做人,其一生一定更多欢慰。对于世间的麦浪,不要想起是面包的原料;对于盘中的橘子,不要想起是解渴的水果;对于路上的乞丐,不要想起是讨钱的穷人;对于目前的风景,不要想起是某镇某村的郊野。倘能有这种看法,其人在世间就像大娘舅白相大世界一样,能常常开心而赞美了。

我仿佛看见这世间有一个极大而极复杂的网,大大小小的一切事物，都被牢结在这网中，所以我想把握某一种事物的时候，总要牵动无数的线，带出无数的别的事物来，使得本物不能孤独地明晰地显现在我的眼前，因之永远不能看见世界的真相。大娘舅在大世界里，只将其与"钱"相结的一根线剪断，已能得到满足而归来。所以我想找一把快剪刀，把这个网尽行剪破，然后来认识这世界的真相。

艺术，宗教，就是我想找求来剪破这"世网"的剪刀吧！

1927年10月[1]

---

[1] 本文篇末原未署日期。这里所署的日期是发表在《一般》杂志时篇末所署。

沙坪的酒

　　胜利快来到了。逃难的辛劳渐渐忘却了。我辞去教职,恢复了战前的闲居生活。住在重庆郊外的沙坪坝庙湾特五号自造的抗建式小屋中的数年间,晚酌是每日的一件乐事,是白天笔耕的一种慰劳。

　　我不喜吃白酒,味近白酒的白兰地,我也不要吃。巴拿马赛会得奖的贵州茅台酒,我也不要吃。总之,凡白酒之类的,含有多量酒精的酒,我都不要吃。所以我逃难中住在广西贵州的几年,差不多戒酒。因为广西的山花,贵州的茅台,均含有多量酒精,无论本地人说得怎样好,我都不要吃。

　　自从由贵州茅台酒的产地遵义迁居到重庆沙坪坝,我开始恢复晚酌,酌的是"渝酒",即重庆人仿造的黄酒。

　　富有风趣的一位朋友讥笑我说:"你不吃白酒,而爱吃黄酒,我知道你的意思了:吃白酒是不出钱的,揩别人的油。你不用人间造孽钱,笔耕墨稼,自食其力,所以讨厌白酒两字。黄酒是你们故乡的特产,你身窜异地,心念故乡,所以爱吃黄酒。对不对?"我说:"其然,岂其然欤?"这朋友的话颇有诗意,然而并没有猜中我不爱白酒爱黄酒的原因。揩别人的油,原是我所不欲的；然而吃酒揩油，我觉得比其他的揩油好些。古人诗云："三杯不记主人谁。"吃酒是兴味的，是无条件的，是艺术的。既然共饮，就不必斤斤计较酒的所有权；客情去留，反而煞风景，反而有伤生活的诗趣。我倒并不绝对不吃"白酒"（不出钱的酒）。至于为了怀乡而吃黄酒，也大可不必。我住在大后方各省各地的时候，天天嘴上所说的是家乡土白。若要怀乡，这已尽够，不必再用吃黄酒来表示了。

我所以不喜白酒而喜黄酒，原因很简单：就为了白酒容易醉，而黄酒不易醉。"吃酒图醉，放债图利"，这种功利的吃酒，实在不合于吃酒的本旨。吃饭，吃药，是功利的。吃饭求饱，吃药求愈，是对的。但吃酒这件事，性状就完全不同。吃酒是为兴味，为享乐，不是求其速醉。譬如二三人情投意合，促膝谈心，倘添上各人一杯黄酒在手，话兴一定更浓。吃到三杯，心窗洞开，真情挚语，娓娓而来。古人所谓"酒三昧"，即在于此。但绝不可吃醉，醉了，胡言乱道，诽谤唾骂，甚至呕吐，打架。那真是不会吃酒，违背吃酒的本旨了。所以吃酒绝不是图醉。所以容易醉人的酒绝不是好酒。巴拿马赛会的评判员倘换了我，一定把一等奖给绍兴黄酒。

沙坪的酒，当然远不及杭州上海的绍兴酒。然而"使人醺醺而不醉"，这重要条件是具足了的。人家都讲究好酒，我却不大关心。有的朋友把从上海坐飞机来的真正"陈绍"送我。其酒固然比沙坪的酒气味清香些，上口舒适些；但其效果也不过是"醺醺而不醉"。在抗战期间，请绍酒坐飞机，与请洋狗坐飞机有相似的意义。这意义所给人的不快，早已抵消了其气味的清香与上口的舒适了。我与其吃这种绍酒，宁愿吃沙坪的渝酒。

"醉翁之意不在酒"，这真是善于吃酒的人说的至理名言。我抗战期间在沙坪小屋中的晚酌，正是"意不在酒"。我借饮酒作为一天的慰劳，又作为家庭聚会的助兴品。在我看来，晚餐是一天的大团圆。我的工作完毕了；读书的、办公的孩子们都回来了；家离市远，访客不再光临了；下文是休息和睡眠，时间尽可从容了。若是这大团圆的晚餐只有饭菜而没有酒，则不能延长时间，匆匆地把肚皮吃饱就散场，未免太功利的，太少兴趣。况且我的吃饭，从小养成一种快速习惯，要慢也慢不来。有的朋友吃一餐饭能消磨一两小时，我不相信他们如何吃法。在我，吃一餐饭至多只花十分钟。这是我小时从李叔同先生学钢琴时养成的习惯。那时我在师范学校读书，只有吃午饭后到一点钟上课的时间，和吃夜饭后到七点钟上自修的时间，是教弹琴的时间。我十二点吃午饭，十二点一刻须得到弹琴室；六点钟吃夜饭，六点一刻须得到弹琴室。吃饭，洗碗，洗面，都要在十五分钟内了结。这样的数年，使我养成了快吃的习惯。后来虽无快吃的必要，但我仍是非快不可。这就好比反刍类的牛，野生时代因为怕狮虎侵害而匆匆地把草吞入胃内，急忙回到洞内，再吐出来细细地咀嚼，养成了反刍的习惯；做了家畜以后，虽无快吃的必要，但它仍是要反刍。如果有人劝我慢慢吃，在我是一件苦事。因为慢吃违背了惯性，很不自然，很不舒服。一天的大团圆的晚餐，倘使我以十分钟了事，岂不太草草了？所以我的晚酌，意不在酒，是要借饮酒来延长晚餐的时间，增加晚餐的兴味。

沙坪的晚酌，回想起来颇有兴味。那时我的儿女五人，正在大学或专科或高中求学，晚上回家，报告学校的事情，讨论学业的问题。他们的身体在我的晚酌中渐渐地高大起来。我在晚酌中看他们升级，看他们毕业，看他们任职，就差一个没有看他们结婚。在晚酌中看成群的儿女长大成人，照一般的人生观说来是"福气"，照我的人生观说来只是"兴味"。这好比饮酒赏春，眼看花草树木，欣欣向荣；自然的美，造物的用意，神的恩宠，我在晚酌中历历地感到了。陶渊明诗云："试酌百情远，重觞忽忘天。"我在晚酌三杯以后，便能体会这两句诗的真味。我曾改古人诗云："满眼儿孙身外事，闲将美酒对银灯。"因为沙坪小屋的电灯特别明亮。

还有一种兴味，却是千载一遇的：我在沙坪小屋的晚酌中，眼看抗战局势的好转。我们白天各自看报，晚餐桌上大家报告讨论。我在晚酌中眼看东京的大轰炸，莫索里尼（墨索里尼）的被杀，德国的败亡，独山的收复，直到波士坦（波茨坦）宣言的发出，八月十日夜日本的无条件投降。我的酒味越吃越美。我的酒量越吃越大，从每晚八两增加到一斤。大家说我们的胜利是有史以来的一大奇迹。我更觉得奇怪。我的胜利的欢喜，是在沙坪小屋晚上吃酒吃出来的！所以我确认，世间的美酒，无过于沙坪坝的四川人仿造的渝酒。我有生以来，从未吃过那样的美酒。即如现在，我已"胜利复员，荣归故乡"；故乡的真正陈绍，比沙坪坝的渝酒好到不可比拟。我也照旧每天晚酌；然而味道远不及沙坪坝的渝酒。因为晚酌的下酒物，不是物价狂涨,便是盗贼蜂起;不是贪污舞弊,便是横暴压迫!沙坪小屋中的晚酌的那种兴味,现在了不可得了!唉,我很想回重庆去,再到沙坪小屋里去吃那种美酒。

1947 年 2 月于杭州

大帐簿

我幼年时，有一次坐了船到乡间去扫墓。正靠在船窗口出神观看船脚边层出不穷的波浪的时候，手中拿着的不倒翁失足翻落河中。我眼看它跃入波浪中，向船尾方面滚腾而去，一刹那间形影俱杳，全部交付于不可知的渺茫的世界了。我看看自己的空手，又看看窗下的层出不穷的波浪，不倒翁失足的伤心地，再向船后面的茫茫白水怅望了一会，心中黯然地起了疑惑与悲哀。我疑惑不倒翁此去的下落与结果究竟如何，又悲哀这永远不可知的命运。它也许随了波浪流去，搁住在岸滩上，落入于某村童的手中；也许被渔网打去，从此做了渔船上的不倒翁；又或永远沉沦在幽暗的河底，岁久化为泥土，世间从此不再见这个不倒翁。我晓得这不倒翁现在一定有个下落，将来也一定有个结果，然而谁能去调查呢？谁能知道这不可知的命运呢？这种疑惑与悲哀隐约地在我心头推移。终于我想：父亲或者知道这究竟，能解除我这种疑惑与悲哀。不然，将来我年纪长大起来，总有一天能知道这究竟，能解除这疑惑与悲哀。

后来我的年纪果然长大起来。然而这种疑惑与悲哀，非但依旧不能解除，反而随了年纪的长大而增多增深了。我偕了小学校里的同学赴郊外散步，偶然折取一根树枝，当手杖用了一会，后来抛弃在田间的时候，总要对它回顾好几次，心中自问自答："我不知几时得再见它？它此后的结果不知究竟如何？我永远不得再见它了！它的后事永远不可知了！"倘是独自散步，遇到这种事的时候我更要依依不舍地留连一会。有时已经走了几步，又回转身去，把所抛弃的东西重新拾起来，郑重地道个诀别，然后硬着头皮抛弃它，再向前走。过后我也曾自笑这痴态，而且明明晓得这些是人生中惜不胜惜的琐事；然而那种悲哀与疑惑确实地充塞在我的心头，使我不得不然！

在热闹的地方，忙碌的时候，我这种疑惑与悲哀也会被压抑在心的底层，而安然地支配取舍各种事物，不复作如前的痴态。间或在动作中偶然浮起一点疑惑与悲哀来；然而大众的感化与现实的压迫的力非常伟大，立刻把它压制下去，它只在我的心头一闪而已。一到静僻的地方，孤独的时候，最是夜间，它们又全部浮出在我的心头了。灯下，我推开算术演草簿，提起笔来在一张废纸上信手涂写日间所谙诵的诗句："春蚕到死丝方尽，蜡炬成灰……"没有写完，就拿向灯火上，烧着了纸的一角。我眼看见火势孜孜地蔓延过来，心中又忙着和个个字道别。完全变成了灰烬之后，我眼前忽然分明现出那张字纸的完全的原形；俯视地上的灰烬，又感到了暗淡的悲哀：假定现在我要再见一见一分钟以前分明存在的那张字纸，无论托绅董、县官、省长、大总统，仗世界一切皇帝的势力，或尧舜、孔子、苏格拉底、基督等一切古代圣哲复生，大家协力帮我设法，也是绝对不可能的事了！——但这种奢望我决计没有。我只是看看那堆灰烬，想在没有区别的微尘中认识各个字的死骸，找出哪一点是春字的灰，哪一点是蚕字的灰。……又想象它明天朝晨被此地的仆人扫除出去，不知结果如何：倘然散入风中，不知它将分飞何处？春字的灰飞入谁家，蚕字的灰飞入谁家？……倘然混入泥土中，不知它将滋养哪几株植物？……都是渺茫不可知的千古的大疑问了。

吃饭的时候，一颗饭粒从碗中翻落在我的衣襟上。我顾视这颗饭粒，不想则已，一想又惹起一大篇的疑惑与悲哀来：不知哪一天哪一个农夫在哪一处田里种下一批稻，就中有一株稻穗上结着煮成这颗饭粒的谷。这粒谷又不知经过了谁的刈、谁的磨、谁的舂、谁的粜，而到了我们的家里，现在煮成饭粒，而落在我的衣襟上。这种疑问都可以有确实的答案；然而除了这颗饭粒自己晓得以外，世间没有一个人能调查，回答。

袋里摸出来一把铜板，分明个个有复杂而悠长的历史。钞票与银洋经过人手，有时还被打一个印；但铜板的经历完全没有痕迹可寻。它们之中，有的曾为街头的乞丐的哀愿的目的物，有的曾为劳动者的血汗的代价，有的曾经换得一碗粥，救济一个饿夫的饥肠，有的曾经变成一粒糖，塞住一个小孩的啼哭，有的曾经参与在盗贼的赃物中，有的曾经安眠在富翁的大腹边，有的曾经安闲地隐居在毛厕的底里，有的曾经忙碌地兼备上述的一切的经历。且就中又有的恐怕不是初次到我的袋中，也未可知。这些铜板倘会说话，我一定要尊它们为上客，恭听它们历述其漫游的故事。倘然它们会纪录，一定每个铜板可著一册比《鲁滨逊漂流记》更离奇的奇书。但它们都像死也不肯招供的犯人，其心中分明秘藏着案件的是非曲直的实情，然而死也不肯泄漏它们的秘密。

现在我已行年三十,做了半世的人,那种疑惑与悲哀在我胸中,分量日渐增多;但刺激日渐淡薄,远不及少年时代以前的新鲜而浓烈了。这是我用功的结果。因为我参考大众的态度,看他们似乎全然不想起这类的事,饭吃在肚里,钱进入袋里,就天下太平,梦也不做一个。这在生活上的确大有实益,我就拼命以大众为师,学习他们的幸福。学到现在三十岁,还没有毕业。所学得的,只是那种疑惑与悲哀的刺激淡薄了一点,然其分量仍是跟了我的经历而日渐增多。我每逢辞去一个旅馆,无论其房间何等坏,臭虫何等多,临去的时候总要低徊一下子,想起"我有否再住这房间的一日?"又慨叹"这是永远的诀别了!"每逢下火车,无论这旅行何等劳苦,邻座的人何等可厌,临走的时候总要发生一种特殊的感想:"我有否再和这人同座的一日?恐怕是对他永诀了!"但这等感想的出现非常短促而又模糊,像飞鸟的黑影在池上掠过一般,真不过数秒间在我心头一闪,过后就全无其事。我究竟已有了学习的功夫了。然而这也全靠在老师——大众——面前,方始可能。一旦不见了老师,而离群索居的时候,我的故态依然复萌。现在正是其时:春风从窗中送进一片白桃花的花瓣来,落在我的原稿纸上。这分明是从我家的院子里的白桃花树上吹下来的,然而有谁知道它本来生在哪一枝头的哪一朵花上呢?窗前地上白雪一般的无数的花瓣,分明各有其故枝与故萼,谁能一一调查其出处,使它们重归其故萼呢?疑惑与悲哀又来袭击我的心了。

总之,我从幼时直到现在,那种疑惑与悲哀不绝地袭击我的心,始终不能解除。我的年纪越大,知识越富,它的袭击的力也越大。大众的榜样的压迫越严，它的反动也越强。倘一一记述我三十年来所经验的此种疑惑与悲哀的事例，其卷帙一定可同《四库全书》《大藏经》争多。然而也只限于我一个人在三十年的短时间中的经验；较之宇宙之大，世界之广，物类之繁，事变之多，我所经验的真不啻恒河中的一粒细沙。

我仿佛看见一册极大的大帐簿，簿中详细记载着宇宙间世界上一切物类事变的过去、现在、未来三世的因因果果。自原子之细以至天体之巨，自微生虫的行动以至混沌的大劫，无不详细记载其来由、经过与结果，没有万一的遗漏。于是我从来的疑惑与悲哀，都可解除了。不倒翁的下落，手杖的结果，灰烬的去处，一一都有记录；饭粒与铜板的来历，一一都可查究；旅馆与火车对我的因缘，早已注定在项下；片片白桃花瓣的故萼，都确凿可考。连我所屡次叹为永不可知的、院子里的沙堆的沙粒的数目，也确实地记载着，下面又注明哪几粒沙是我昨天曾经用手掬起来看过的。倘要从沙堆中选出我昨天曾经掬起来看过的沙，也不难按这帐簿而探索。——凡我在三十年中所见、所闻、所为的一切事物，都有极详细的记载与考证；其所占的地位只有书页的一角，全书的无穷大分之一。

我确信宇宙间一定有这册大帐簿。于是我的疑惑与悲哀全部解除了。

1929年清明过了于石门湾

算命

我从杭州回上海,在火车中遇见一位老友,钱荠茗,是杭州第一师范中的同班同学,阔别多年,邂逅甚欢。他到上海后要换车赴南京,南京车要在夜半开行。我住在上海,便邀他到宝山路某馆子吃夜饭,以尽地主之谊。那时我皈依佛教,吃素。点了两素一荤,烫一斤酒,对酌谈心。各问毕业后情况,我言游学日本,归来在上海教书糊口。他说在杭州当了几年小学教师,读了数百种星命的书,认为极有道理,曾在杭州设帐算命,生意不坏,今将赴南京行道云云。我不相信算命,任他谈得天花乱坠,只是摇头。他说:"你不相信吗?杭州许多事实,都证明我的算命有科学根据,百试不爽。"我回驳:"单靠出生的年月日时,如何算得出他的命呢?世界上同年同月同日同时生的,不知几千万人。难道这几千万人命运都一样吗?"他回答:"不是这么简单!地区有南北,时辰有早晚,环境有异同,都和命运有关,并不一概相同。"我姑妄听之。

酒兴浓时,他说要替我算命。我敬谢,他坚持。逼不得已,我姑且把出生年月日时告诉他。他从怀中取出一本册子,翻了再翻,口中念念有词。最后向我宣称:"你父母双亡,兄弟寥落。""对!""你财运不旺,难望富贵。""对!"最后他说:"你今年三十五岁,阳寿还有五年。无论吃素修行,无法延寿。你须早作准备。""啊?""叨在老友,不怕忠言逆耳。"我起初吃惊,后来付之一笑。酒阑饭饱,我会了钞,与钱美茗分手。我在归家途中自思:此乃妄人,不足道也。我回家不提此事。

十多年后,抗日战争胜利,我从重庆回杭州,僦居西湖之畔。其时钱美茗也在杭州,在城隍山上设柜算命,但生意清淡,生活艰窘,常常来我寓索酒食。有一次我问他:"十多年前上海宝山路上某菜馆中你替我算命,还记得否?"他佯装记不起来。我说:"你说我四十岁要死,现在我已活到五十二岁了。"他想了一想,问:"那么你四十岁上有何事情?"我回答:"日寇轰炸我故乡,我仓皇逃难,终于免死呀!"他拍案叫道:"这叫做九死一生,替灾免晦,保你长命百岁。"我又付之一笑。吃江湖饭的能言善辩。

不久我离杭州。至今二十多年,不见钱美茗其人。不知今后得再见否耳。

1972 年

实行的悲哀

寒假中，诸儿齐集缘缘堂，任情游戏，笑语喧阗。堂前好像每日做喜庆事。有一儿玩得疲倦，欹藤床少息，随手翻检床边柱上日历，愀然改容叫道："寒假只有一星期了！假期作业还未动手呢！"游戏的热度忽然为之降低。另一儿接着说："我看还是未放假时快乐，一放假就觉得不过如此，现在反觉得比未放时不快了。"这话引起了许多人的同情。

我虽不是学生，并不参与他们的假期游戏，但也是这话的同情者之一。我觉得在人的心理上，预想往往比实行快乐。西人有"胜利的悲哀"之说。我想模仿他们，说"实行的悲哀"，由预想进于实行，由希望变为成功，原是人生事业展进的正道。但在人心的深处，奇妙地存在着这种悲哀。

现在就从学生生活着想，先举星期日为例。凡做过学生的人，谁都能首肯，星期六比星期日更快乐。星期六的快乐的原因，原是为了有星期日在后头；但是星期日的快乐的滋味，却不在其本身，而集中于星期六。星期六午膳后，课业未了，全校已充满着一种弛缓的空气。有的人预先作归家的准备；有的人趁早作出游的计划。更有性急的人，已把包裹洋伞整理在一起，预备退课后一拿就走了！最后一课毕，退出教室的时候，欢乐的空气更加浓重了。有的唱着歌出来，有的笑谈着出来，年幼的跳舞着出来。先生们为环境所感，在这些时候大都暂把校规放宽，对于这等骚乱佯作不见不闻。其实他们也是真心地爱好这种弛缓的空气的。星期六晚上，学校中的空气达到了弛缓的极度。这晚上不必自修，也不被严格地监督。学生可以三三五五，各行其游息之乐。出校夜游一会也不妨，买些茶点回到寝室里吃也不妨，迟一点儿睡觉也不妨。这一黄昏，可说是星期日的快乐的最终了。过了这最终，弛缓的空气便开始紧张起来。因为到了星期日早晨，昨天所盼望的佳期已实际地达到，人心中已开始生出那种"实行的悲哀"来了。这一天，或者天气不好，或者人事不巧，昨日所预定的游约没有畅快地遂行，于是感到一番失望。即使天气好，人事巧，到了兴尽归校的时候，也不免尝到一种接近于"乐尽哀来"的滋味。明日的课业渐渐地挂上了心头，先生的脸孔隐约地出现在脑际，一朵无形的黑云，压迫在各人的头上了。而在游乐之后重新开始修业，犹似重新挑起曾经放下的担子来走路，起初觉得分量格外重些。于是不免懊恨起来，觉得还是没有这星期日好，原来，星期日之乐是决不在星期日的。

其次，毕业也是"实行的悲哀"之一例。学生入学，当然是希望毕业的。照事理而论，毕业应是学生最快乐的时候，但人的心情却不然：毕业的快乐，常在于未毕业之时；一毕业，快乐便消失，有时反而来了悲哀；只有将毕业而未毕业的时候，学生才能真正地，浓烈地尝到毕业的快乐的滋味。修业期只有几个月了，在校中是最高级的学生了，在先生眼中是出山的了，在同学面前是老前辈了。这真是学生生活中最光荣的时期。加之毕业后的新世界的希望，"云路""鹏程"等词所暗示的幸福，隐约地出现在脑际，无限地展开在预想中。这时候的学生，个个是前程远大的新青年，个个是有作有为的好国民。不但在学生生活中，恐怕在人生中，这也是最光荣的时期了。然而果真毕了业怎样呢？告辞良师，握别益友，离去母校，先受了一番感伤且不去说它。出校之后，有的升学未遂，有的就职无着；即使升了学，就了职，这些新世界中自有种种困难与苦痛，往往与未毕业时所预想者全然不符。在这时候，他们常常要羡慕过去，回想在校时何等自由，何等幸福，巴不得永远做未毕业的学生了。原来毕业之乐是决不在毕业上的。

进一步看，爱的欢乐也是如此。男子欲娶未娶，女子欲嫁未嫁的时候，其所感受的欢喜最为纯粹而十全。到了实行娶嫁之后，前此之乐往往消减，有时反而来了不幸。西人言"结婚是恋爱的坟墓"，恐怕就是这"实行的悲哀"所使然的吧？富贵之乐也是如此。欲富而刻苦积金，欲贵而努力钻营的时候，是其人生活兴味最浓的时期。到了既富既贵之后，若其人的人性未曾完全丧尽，有时会感懊丧，觉得富贵不如贫贱乐了。《红楼梦》里的贾政拜相，元春为贵妃，也算是极人间荣华富贵之乐了，但我读了大观园省亲时元妃隔帘对贾政说的一番话，觉得人生悲哀之深，无过于此了。

人事万端，无从一一细说。忽忆从前游西湖时的一件小事，可以旁证一切。前年早秋，有一个风清日丽的下午，我与两位友人从湖滨泛舟，向白堤方面荡漾而进。俯仰顾盼，水天如镜，风景如画，为之心旷神怡。行近白堤，远远望见平湖秋月突出湖中，几与湖水相平。旁边围着玲珑的栏杆，上面覆着参差的杨柳。杨柳在日光中映成金色，清风摇摆它们的垂条，时时拂着树下游人的头。游人三三两两，分列在树下的茶桌旁，有相对言笑者，有凭栏共眺者，有翘首遐观者，意甚自得。我们从船中望去，觉得这些人尽是画中人，这地方正是仙源。我们原定绕湖兜一圈子的，但看见了这般光景，大家眼热起来，痴心欲身入这仙源中去做画中人了。就命舟人靠平湖秋月停泊，登岸选择坐位。以前翘首遐观的那个人就跟过来，垂手侍立在侧，叩问"先生，红的？绿的？"我们命他泡三杯绿茶。其人受命而去。不久茶来，一只苍蝇浮死在茶杯中，先给我们一个不快。邻座相对言笑的人大谈麻雀经，又给我们一种啰唣。凭栏共眺的一男一女鬼鬼祟祟，又使我们感到肉麻。最后金色的垂柳上落下几个毛虫来，就把我们赶走。匆匆下船回湖滨，连绕湖兜圈子的兴趣也消失了。在归舟中相与谈论，大家认为风景只宜远看，不宜身入其中。现在回想，世事都同风景一样。世事之乐不在于实行而在于希望，犹似风景之美不在其中而在其外。身入其中，不但美即消失，还要生受苍蝇、毛虫、啰唣与肉麻的不快。世间苦的根本就在于此。

1936年阴历元旦于石门湾

家

从南京的朋友家里回到南京的旅馆里，又从南京的旅馆里回到杭州的别寓里，又从杭州的别寓里回到石门湾的缘缘堂本宅里，每次起一种感想，逐记如下。

当在南京的朋友家里的时候，我很高兴。因为主人是我的老朋友。我们在少年时代曾经共数晨夕，后来为生活而劳燕分飞；虽然大家形骸老了些，心情冷了些，态度板了些，说话空了些，然而心底里的一点灵火大家还保存着，常在谈话之中互相露示，这使得我们的会晤异常亲热。加之主人的物质生活程度的高低同我的相仿佛，家庭设备也同我的相类似。我平日所需要的：一毛大洋一两的茶叶，听头的大美丽香烟，有人供给开水的热水壶，随手可取的牙签，适体的藤椅，光度恰好的小窗，他家里都有，使我坐在他的书房里感觉同坐在自己的书房里相似。加之他的夫人善于招待，对于客人表示真诚的殷勤，而绝无优待的虐待。优待的虐待，是我在做客中常常受到而顶顶可怕的。例如拿了不到半寸长的火柴来为我点香烟，弄得大家仓皇失措，我的胡须几被烧去；把我所不欢喜吃的菜蔬堆在我的饭碗上，使我无法下箸；强夺我的饭碗去添饭，使我吃得停食；藏过我的行囊，使我不得告辞。这种招待，即使出于诚意，在我认为也是逐客令，统称之为优待的虐待。这回我所住的人家的夫人，全无此种恶习；但把不缺乏的香烟自来火放在你能自由取得的地方而并不用自来火烧你的胡须；但把精致的菜蔬摆在你能自由夹取的地方，饭桶摆在你能自由添取的地方，而并不勉强你吃；但在你告辞的时光表示诚意的挽留，而并不监禁。这在我认为是最诚意的优待。这使得我非常高兴。英语称勿客气曰：at home（在家，引申为没拘束，舒服自在）。我在这主人家里做客，真同 at home 一样，所以非常高兴。

然而这究竟不是我的 home，饭后谈了一会，我惦记起我的旅馆来。我在旅馆，可以自由行住坐卧，可以自由差使我的茶房，可以凭法币之力而自由满足我的要求。比较起受主人家款待的做客生活来，究竟更为自由。我在旅馆要住四五天，比较起一饭就告别的做客生活来，究竟更为永久。因此，主人的书房的屋里虽然布置妥帖，主人的招待虽然殷勤周至，但在我总觉得不安心。所谓"凉亭虽好，不是久居之所"。饭后谈了一会，我就告别回家。这所谓"家"，就是我的旅馆。

当我从朋友家回到了旅馆里的时候，觉得很适意。因为这旅馆在各点上是称我心的。第一，它的价钱还便宜，没有大规模的笨相，像形式丑恶而不适坐卧的红木椅，花样难看而火气十足的铜床，工本浩大而不合实用、不堪入目的工艺品，我统称之为大规模的笨相。造出这种笨相来的人，头脑和眼光很短小，而法币很多。像暴发的富翁，无知的巨商，升官发财的军阀，即是其例。要看这种笨相，可以访问他们的家。我的旅馆价格既便宜，其设备当然不丰。即使也有笨相——像家具形式的丑恶，房间布置的不妥，壁上装饰的唐突，茶壶茶杯的不可爱——都是小规模的笨相，比较起大规模的笨相来，犹似五十步比百步，终究差好些，至少不使人感觉暴殄天物，冤哉枉也。第二，我的茶房很老实，我回旅馆时不给我脱外衣，我洗面时不给我绞手巾，我吸香烟时不给我擦自来火，我叫他做事时不喊"是——是——"，这使我觉得很自由，起居生活同在家里相差不多。因为我家里也有这么老实的一位男工，我就不妨把茶房当做自己的工人。第三，住在旅馆里没有人招待，一切行动都随我意。出门不必对人鞠躬说"再会"，归来也没有人同我寒暄。早晨起来不必向人道"早安"，晚上就寝的迟早也不受别人的牵累。在朋友家做客，虽然也很安乐，总不及住旅馆的自由：看见他家里的人，总得想出几句话来说说，不好不去睬他。脸孔上即使不必硬作笑容，也总要装得和悦一点，不好对他们板脸孔。板脸孔，好像是一种凶相，但我觉得是最自在最舒服的一种表情。我自己觉得，平日独自闭居在家里的房间里读书、写作的时候，脸孔的表情总是严肃的，极难得有独笑或独乐的时光。若拿这种独居时的表情移用在交际应酬的座上，别人一定当我有所不快，在板脸孔。据我推想，这一定不止我一人如此。最漂亮的交际家，巧言令色之徒，回到自己家里，或房间里，甚或眠床里，也许要用双手揉一揉脸孔，恢复颜面上的表情筋肉的疲劳，然后板着脸孔皱着眉头回想日间的事，考虑明日的战略。可知，无论何人，交际应酬中的脸孔多少总有些不自然，其表情筋肉多少总有些儿吃力。最自然，最舒服的，只有板着脸孔独居的时候。所以，我在孤癖发作的时候，觉得住旅馆比在朋友家做客更自在而舒服。

然而，旅馆究竟不是我的家，住了几天，我惦记起我杭州的别寓来。

在那里有我自己的什用器物，有我自己的书籍文具，还有我自己雇请着的工人。比较起借用旅馆的器物，对付旅馆的茶房来，究竟更为自由；比较起小住四五天就离去的旅馆生活来，究竟更为永久。因此，我睡在旅馆的眠床上似觉有些浮动；坐在旅馆的椅子上似觉有些不稳；用旅馆的毛巾似觉有些隔膜。虽然这房间的主权完全属于我，我的心底里总有些儿不安。住了四五天，我就算账回家。这所谓家，就是我的别寓。

当我从南京的旅馆回到了杭州的别寓里的时候，觉得很自在。我年来在故乡的家里蛰居太久，环境看得厌了，趣味枯乏，心情郁结。就到离家乡还近而花样较多的杭州来暂作一下寓公，借此改换环境，调节趣味。趣味，在我是生活上一种重要的养料，其重要几近于面包。别人都在为了获得面包而牺牲趣味，或者为了堆积法币而抑制趣味。我现在幸而没有走上这两种行径，还可省下半只面包来换得一点趣味。

因此，这寓所犹似我的第二的家。在这里没有做客时的拘束，也没有住旅馆时的不安心。我可以吩咐我的工人做点我所喜欢的家常素菜，夜饭时同放学归来的一子一女共吃。我可以叫我的工人相帮我，把房间的布置改过一下，新一新气象。饭后睡前，我可以开一开蓄音机（唱机），听听新买来的几张蓄音片（唱片）。窗前灯下，我可以在自己的书桌上读我所爱读的书，写我所愿写的稿。月底虽然也要付房钱，但价目远不似旅馆这么贵，买卖式远不及旅馆这么明显。虽然也可以合算每天房钱几角几分。但因每月一付，相隔时间太长，住房子同付房钱就好像不相联关的两件事，或者房钱仿佛白付，而房子仿佛白住。因有此种种情形，我从旅馆回到寓中觉得非常自然。

然而，寓所究竟不是我的本宅。每逢起了倦游的心情的时候，我便惦记起故乡的缘缘堂来。在那里有我故乡的环境，有我关切的亲友，有我自己的房子，有我自己的书斋，有我手种的芭蕉、樱桃和葡萄。比较起租别人的房子，使用简单的器具来，究竟更为自由；比较起暂作借住，随时可以解租的寓公生活来，究竟更为永久。我在寓中每逢要在房屋上略加装修，就觉得要考虑。每逢要在庭中种些植物，也觉得不安心，因而思念起故乡的家来。牺牲这些装修和植物，倒还在其次。能否长久享用这些设备，却是我所顾虑的。我睡在寓中的床上虽然没有感觉像旅馆里那样浮动，坐在寓中的椅上虽然没有感觉像旅馆里那样不稳，但觉得这些家具在寓中只是摆在地板上的，没有像家里的东西那样固定得同生根一般。这种催游的心情强盛起来，我就离寓返家。这所谓家，才是我的本宅。

当我从别寓回到了本宅的时候，觉得很安心。主人回来了，芭蕉鞠躬，樱桃点头，葡萄棚上特地飘下几张叶子来表示欢迎。两个小儿女跑来牵我的衣，老仆忙着打扫房间。老妻忙着烧素菜，故乡的臭豆腐干，故乡的冬菜，故乡的红米饭。窗外有故乡的天空，门外有打着石门湾土白的行人，这些行人差不多个个是认识的。还有各种负贩的叫卖声，这些叫卖声在我统统是稔熟的。我仿佛从飘摇的舟中登上了陆，如今脚踏实地了。这里是我的最自由、最永久的本宅，我的归宿之处，我的家。我从寓中回到家中，觉得非常安心。

但到了夜深人静，我躺在床上回味上述的种种感想的时候，又不安心起来。我觉得这里仍不是我的真的本宅，仍不是我的真的归宿之处，仍不是我的真的家。四大[1]的暂时结合而形成我这身体，无始以来种种因缘相凑合而使我诞生在这地方。偶然的呢？还是非偶然的？若是偶然的，我又何恋恋于这虚幻的身和地？若是非偶然的，谁是造物主呢？我须得寻着了他，向他那里去找求我的真的本宅，真的归宿之处，真的家。这样一想，我现在是负着四大暂时结合的躯壳，而在无始以来种种因缘凑合而成的地方暂住，我是无"家"可归的。既然无"家"可归，就不妨到处为"家"。上述的屡次的不安心，都是我的妄念所生。想到那里，我很安心地睡着了。

1936 年 10 月 28 日

---

[1] 四大即地、水、火、风，佛教认为一切物质均由四大所生。

纳凉闲话

昨夜天热,坐在楼窗口挥扇,听见下面的廊上有人在那里纳凉闲话。更深夜静,字字听得清楚,而且听了不会忘记。现在追记在这里:

甲:"天气真热!晚上,还是九十一度!"

乙:"不会九十一度的!恐怕你的寒暑表用火柴烧过了?"

丙:"前年我们办公室里有一个同事,他真的擦了一根火柴,把寒暑表底下的水银球烧一烧,使水银升到九十度以上,就借此要求局长停止办公。局长果然答允了。后来……"

甲:"其实你们何必要求停止办公?办公,无非闲坐,闲谈,吸烟;停止办公,回家去也不过闲坐,闲谈,吸烟。"

乙:"回家去倒要给妻子打差使,抱小孩,还是在办公室里写意呢。"

丙:"写意也说不到。到底不像在家里的自由自在。况且没事闲坐,就吸香烟,要一支,麭一支,把香烟瘾头弄得蛮大,一个月的香烟费真不小呢。"

甲:"我说现在的香烟,支头太长。其实普通人吸烟,吸了半支已够。后半支,大都是浪费的。你看他们丢下来的香烟蒂头，都是长长的。有的吸了三分之二，丢了三分之一。这不是浪费吗？我看，香烟应该改短一半。那么瘾头小的人吸一支已够，一匣可抵两匣之用。瘾头大的人不妨连吸几支。日本的香烟就是这样……"

乙："这话很对！尤其是我们做教师的人，嫌香烟太长。在休息的十分钟里，一支香烟总是吸不了。吸到半支，上课钟已打出，烟瘾也差不多了。丢了这半支，觉得可惜。用茶杯压隐了，第二次烧着来吸，味道很不好；有时焦头点不着，却烧着了烟支的中部，烧得乌烟瘴气，无法再吸，终于丢了这半支。"

甲："这有一个方法，我也是吃教师饭的朋友告诉我的，不妨传授给你：你点着后半支香烟时，不可衔在口里用力抽吸。须得同点香一样，先把焦头烧红，养一养灰，然后再吸。吸时就同一气吸下来的一样，不觉得它是第二次再点的了。这赛过做文章里的承上启下，一气呵成。"

丙："你真是个文人，三句不离本行。怪不得文坛要兴发起来，阿猫阿狗都是著作家了。现在的杂志真多呢！我是连杂志名字都记不得许多，哪有工夫阅读？就是有工夫也没有许多钱来订阅。"

乙："我只订了一份××杂志。每次寄到来，看见包纸上不贴邮票，这是怎么样的？大概他们是因为寄出的份数多了，向邮局总付的？"

丙："当然啰！份数多了，贴贴邮票和打打邮印的手续多麻烦！乐得大家省了。"

甲："现在的邮票真奇怪：一分邮票总是四分改成的。好好的四分邮票，都加印'暂作一分'四个红字，当做一分用。"

乙："钞票假如也好改，我要去买'暂作十元'四个铅字来，印在我的一元钞票上，把它们当做十元钞票用呢。"

丙："改钞票犯罪的，造假钞不是要杀头的吗？"

乙："唉！讲起杀头，我现在还害怕！前天上午我在马路上走，看见许多兵马簇拥了一个人去杀头。那人坐在黄包车里，手脚都绑牢，口里正在说些什么。你道这样子多可怕！"

甲："我想那拉黄包车的更加难过呢。教我做了黄包车夫，我一定不要做生意，哪怕他给我十块钱。"

乙："也是现成话。当真做了黄包车夫，给你一块钱也拉了。一块钱！拉一天还拉不到呢。"

丙："你不要说，黄包车夫的进账真不小呢。生意好，运气好起来，一天拉二三块钱不稀奇。他们比我们做办事员的好得多呢。"

乙："你也不要同黄包车夫吃醋！他们到底苦，体力消耗得厉害。听说拉车只拉一个少壮时，上了四五十岁就拉不动。而且因过劳而早死的也有。"

甲："富人遭绑匪撕票，不是死得更苦吗？我看，做人，穷富都苦。都要死在钱财手里。古语云，'人为财死，鸟为食亡。'"

丙："鸟为食亡，也不见得。我们局长养了七八只鸟，天天在喂蛋黄米给它们吃呢。我们做人实在不及做这种鸟写意。"

乙："他养的什么鸟？"

丙："竹叶青，黄头子，芙蓉……都是叫得很好听的。我坐在办公室的窗口，正听得着鸟声，听了要打盹。"

甲："听说你们的局长太太是音乐学校毕业的,唱得好歌。你听见过吗?"

丙："什么音乐学校?一个女戏子呀!我只见过一次,十足摩登。"

甲："摩登这两个字原来意思很好,到了中国就坏化了。"

乙："无论什么东西,到了中国就坏化。譬如鸦片,原来在外国是一种救人的药,到了中国就变成害人的毒物。吸了废事失业,吞了还可以自杀。"

甲："自杀也不关鸦片事。前天我到药房买'来沙尔',他们说不卖,要医生证明才肯卖,说道这是防止自杀。真可笑!触电也可以自杀,跳河也可以自杀,何不把电灯一律取消,把河一概填塞?"

丙："来沙尔是什么用的?"

甲："这是滴在洗脸水,洗浴水里的。气味像臭药水,夏天用了爽快,而且有消毒效果。我是年年用惯的。今年却买不到。"

乙："叫我哥哥给你证明好了。"

甲："那很好。听说你哥哥和嫂嫂已经离婚了,曾在报上登过声明?"

乙："是呀!我的嫂子实在太那个……况且她有狐臭。"

丙："狐臭究竟怎样来的?可以医的吗?"

乙："医不好的!这种病的确讨厌。尤其是在这两月夏天,遇着患这病的人非远而避之不可。"

甲："听说杨贵妃也是患狐臭的。不知唐明皇怎么会宠爱她?"

丙："也许后人传讹。也许她的姿色的确不差，掩过了这缺陷。你看梅兰芳扮的贵妃醉酒，多么动人！"

乙："梅兰芳正在俄国出风头呢！俄国人怎么会看得懂中国的旧戏，而那样地称赞他？我想……"

甲：打个呵欠，换一种语调说："喂！我们今晚为什么讲到了梅兰芳？"

在这句话之下，三人都笑起来。于是大家跳出了"纳凉闲话"的圈子，来追溯刚才的话头。从"梅兰芳"起，一直追溯到甲开场说的"天气真热！"好似一串链条，连续不断。因此我听了也不会忘记，能给他们记录如上。

1935年夏日

旧地重游

旧地[1]重游，以前所惯识的各种景物争把过去的事情告诉我，使我耳目不暇应接，心情不胜感慨。我素不喜重游旧居之地，便是为此。但到了不得已的时候，也只得硬着头皮，带着赴难似的心情去重游。前天又为了不得已之故，重到旧地。诗人在这当儿一定可以吟几句。我也想学学看，但觉心绪缭乱，气结不能言，遑论作诗？只是那迎人的柳树使我忆起了从前在不知什么书上读过的一首古人诗："此地曾居住，今来宛似归。可怜汾上柳，相见也依依。"

这二十个字在我心中通过，心绪似被整理，气也通畅得多了。

次日上午，朋友领我到了旧时所惯到的茶楼上，坐在旧时所惯坐的藤椅里。便有旧时惯见的茶伙计的红肿似的手臂，拿了旧时所惯用的茶具来，给我们倒茶。这里是楼上的内室。室中只设五桌座位，他们称之为"雅座"。茶钱比他处贵，外室和楼上每壶十一个铜元，这里要十六个铜元。因这原故，雅座常

---

[1] 旧地，指嘉兴。

很清静。外室和楼下充满了紫铜色的脸,翡翠色的脸,和愤恨不平的话声时,你只要走上扶梯,钻进一个环门,就有闲静的明窗净几。有时空无一人,专等你来享用;有时窗下墙角疏朗朗地点缀着几个小白脸,金牙齿,或仁丹须,静静地在那里咬瓜子,或者摆腿。这好比超过了红尘而登入仙境。五个铜板的法力大矣哉。以前我住在此地的时候,每次到这茶楼,未尝不这样赞叹。这回久别重到,适值外室和楼下极闹而雅座为我们独占,便见脸盆大的五个铜板出现在我的眼前了。我们替茶店打算,这里虽然茶钱贵了五个铜板,但是比较起外面来,座位疏,设备贵,顾客少。照外面的密接的布置,这块地方有十桌可摆,这里只摆五桌。外面用圆凳,这里用藤椅子。外面座客常满,这里空的时候多。三路的损失绝不止五个铜板。这雅座显然是蚀本生意。这样想来,我们和小白脸,金牙齿,仁丹须的清福,全是那紫铜色的脸,翡翠色的脸和愤恨不平的话声所惠赐的。

我注视桌面,温习那旧时所看熟的木纹的模样。那红肿似的手臂又提了茶罐出现在我的眼前。手臂上面有一张笑口正在对我说话。

"老先生,长久不到了。近来出门?"

"嘿嘿,长久不到了,我已经搬走,今天是来作客的。"

"啊,搬走了!怪不得老客人长久不到了。"

"这房间都是老客人吗?"

"嗳,总是这几位先生。难得有生客。"

"我看这里空的时候多,你们怎么开销?"

"嗳,生意是全靠外面的,不过长衫班的先生请过来,这里座位清爽些。哈哈!"

他一面笑,一面把雪白的热手巾分送给我们,并加说明:

"这毛巾都是新的,旧的都放在外面用。"

啊,他还记忆着我旧时的习惯。我以前不欢喜和别人共用毛巾。这习惯的由来,最初是一种特殊的癖,后来是怕染别人的病,又后来是因为自己患沙眼,怕把这"亡国之病"传给别人。所以出门的时候,严格地拒绝热手巾。这茶伙计的热手巾也曾被我拒绝过。我不到这茶楼已将两年了,他还记忆着我的习惯。在这点上他可说是我的知己。其实,近来我这习惯,已经移改。因为我觉得严防传染病近于迷信,又觉得严防"亡国之病"未必可以保国,这特殊的癖就渐渐消除。况且我这知己用了这般殷勤体贴的态度而把雪白的热手巾送到我手里,却之不恭。我便欣然地接受而享用了。雪白,火热的一团花露水香气扑上我的面孔,颇觉快适。但回味他的说话,心中又起一种不快之感,这些清静的座位,雪白的毛巾,原来是茶店老板特备给当地的绅士先生们享用的。像我,一个过路的旅客,不过穿件长衫,今天也来掠夺他们的特权,而使外面的人们用我所用旧的毛巾,实在不应该;同时我也不愿意。但这茶伙计已经知道我是过路的客人。他只为了过去的旧谊而浪费这种殷勤,我对于他这点纯洁的人情是应该恭敬地领谢的。

我送还他毛巾的时候说了一声"谢谢你!"但这三个字在这环境之下用得很不适当。那人惊异地向我一看。然后提了茶罐和毛巾走出环门去。他的背影的姿态突然使我回复了两年前的心情。似觉这两年间的生活是做一个梦，并未过去。

　　归家的火车十二点钟开。我在十一点半辞别了我的朋友而先下茶楼。走过通达我的旧寓的小路口，望见里面几株杨柳正在向我点头。似乎在告诉我："一架图书和一群孩子在这柳阴深处的老屋里等你归去呢！"我的脚几乎顺顺地跨进了小路。终于踏上马路向车站这方面去了。

1933 年 5 月 7 日

新的欢喜

我住居上海,前后共有三十多年了。往日常常感到上海生活特点之一,是出门无相识,街上成千成万的都是陌路人。如果遇见一个相识的人,当做一件怪事。这和乡间完全相反:在乡间,例如我在故乡石门湾,出门遇见的个个是熟人。倘有一只陌生面孔,一定被十目所视,大家研究这个外来人是谁。

我虽然有时爱好上海生活,取其行动很自由,不必同人打招呼,衣冠不整也无妨,正如曼殊所云:"芒鞋破钵无人识,踏过樱花第几桥。"然而常常嫌恶上海生活,觉得太冷酷,有"茫茫人海,藐藐孤舟"之感。

然而这是往日的情况。近几年来,上海与我的关系变更了:出门常常遇见认识我的人,和我谈话,甚至变成朋友。有种种事实为证:

有一次我坐三轮车,那驾车人在路上问我:"贵姓?"我说:"姓丰。"他说:"这个姓很少。我所知道的只有一个老画家丰子恺。"我问他:"你何以知道丰子恺?"他说:"我常在报上看到他的画。"我向他说穿了,他就在途中买册子要我画,又和我交换通信地址,变成了朋友。我曾经特写一篇短文,叙述此事。

有一次我上剃头店,那理发师对我看看说:"你老先生的相貌很像画家丰子恺呢。"我问他何以认识丰子恺,他说常在报纸杂志上看到我的照片。我也就说穿了,他很惊奇,仿佛以为我是不该剃头的。从此我们就成了相识。

有一次我自己上邮局寄挂号信。挂号信上必须写明发信人姓名。那邮局职员见了,便告诉邻桌的人,一传二,二传三,弄得柜台里面所有的职员都看我,有的还和我谈话。我去寄信,仿佛去访问朋友。

有一次我上咖啡馆吃冰激凌。几个穿白制服的服务员聚在一角里向我指点窥探,低声议论。我觉得很奇怪。后来一个服务员走过来问我:"你是不是丰子恺老先生?"我承认了。他就得意洋洋地向他的同事们说:"我说是,果然没认错!我在报纸上看见过相片的。"以后我就常到这店里去吃东西,有人相识,就觉温暖,仿佛在家里吃。

再举一例吧:有一次我带了一个孩子到附近食品店买糖果,照例有一个店员因报纸上的照片而认识了我。他的一个同事不认识我,他便怪他:"你不看报吗?"这一天我多买了些糖果,摸出钱包来一看,钞票不够付了,便要求他减少些货物,因为钱带得不多,下次再来买。这店员说:"不妨不妨,下次补付吧。"我觉得不好意思。另一人说:"我们替你送去,向家中取款吧。"我觉得好,便把门牌号码告诉他。我带了孩子又在别处走走,回家时东西早已送到了。

好了,不该再啰唆了。总之,近年来上海对我的关系变更了。我住在这七百万人口的大都市里，仿佛住在故乡石门湾的小镇上，不再有"茫茫人海，藐藐孤舟"之感了。

这变更的原因何在？很明显的：所有的工作人员都识字，都看报，都读杂志，因此认识我的人多起来了。我的画和文和照片登在报纸杂志上，并非近来开始，已有三四十年了。何以从前在上海滩上"芒鞋破钵无人识"呢？就为了车夫、店员等人大都不看报，不读杂志，甚至不识字。而新中国成立以来，扫除文盲，提倡文化，一般人的知识都大大提高，因此认识我的人多起来了。

这在我是一种新的欢喜。乘这新年将到之时记录下来，以助新年佳兴。

1962 年

不惑之礼

廿六（1937）年阴历元旦，我破晓醒来，想道：从今天起，我应该说是四十岁了。摸摸自己的身体看，觉得同昨天没有什么两样；检点自己的心情看，觉得同昨天也没有什么差异。只是"四十"这两个字在我心里作怪，使我不能再睡了。十年前，我的年岁开始冠用"三十"两字时，我觉得好像头上张了一把薄绸的阳伞，全身蒙了一个淡灰色的影子。现在，我的年岁上开始冠用"四十"两字时，我觉得好比这顶薄绸的阳伞换了一柄油布的雨伞，全身蒙了一个深灰色的影子了。然而这柄雨伞比阳伞质地坚强得多，周围广大得多，不但能够抵御外界的暴风雨，即使落下一阵卵子大的冰雹来，也不能中伤我。设或豺狼当道，狐鬼逼人起来，我还可以收下这柄雨伞来，充作禅杖，给它们打个落花流水呢。

阴历元旦的清晨，四周肃静，死气沉沉，只有附近一个学校里的一群小学生。依旧上学，照常早操，而且喇叭吹得比平日更响，步伐声和喇叭一齐清楚地传到我的耳中。于是我起床了。盥洗毕，展开一张宣纸，抽出一支狼毫，一气呵成地写了这样的几句陶诗：

先师遗训，余岂云坠！四十无闻，斯不足畏。

脂我名车，策我名骥。千里虽遥，孰敢不至！

下面题上"廿六年古历元旦卯时缘缘堂主人书"，盖上一个"学不厌斋"的印章，装进一个玻璃框中，挂在母亲的遗像的左旁。古人二十岁行弱冠礼，我这一套仿佛是四十岁行的不惑之礼。

不惑之礼毕，我坐楼窗前吸纸烟。思想跟了晨风中的烟缕而飘曳了一会儿，不胜恐惧起来。因为我回想过去的四十年，发生了这样的一种感觉：我觉得，人生好比喝酒，一岁喝一杯，两岁喝两杯，三岁喝三杯……越喝越醉，越喝越痴，越迷，终而至于越糊涂，麻木若死尸。只要看孩子们就可知道：十多岁的大孩子，对于人生社会的种种怪现状，已经见怪不怪，行将安之若素了。只有七八岁的小孩子，有时把眼睛睁得桂圆大，惊疑地质问："牛为什么肯被人杀来吃？""叫花子为什么肯讨饭？""兵为什么肯打仗？"……大孩子们都笑他发痴，我只见大孩子们自己发痴。他们已经喝了十多杯酒，渐渐地有些醉，已在那里痴迷起来，糊涂起来，麻木起来了，可胜哀哉！我已经喝了四十杯酒，照理应该麻醉了。幸好酒量较好，还能知道自己醉。然而"人生"这种酒是越喝越浓，越浓越凶的。只管喝下去，我将来一定也有烂醉而不自知其醉的一日，为之奈何！

于是我历数诸师友，私自评较：像某某，数十年如一日，足见其有千钟不醉之量，不胜钦佩；像某某，对醉人时自己也烂醉，遇醒者时自己也立刻清醒，这是圣之时者，我也不胜钦佩;像某某,愈喝愈醉,几同脱胎换骨,全失本来面目,我仿佛死了一个朋友,不胜惋惜;像某某,醉迷已极,假作不醉,这是予所否者,不屑评较了。我又回溯古贤先哲,推想古代的人生社会,知道他们所喝的也是这一种酒,并没有比我们的和善。始知人的醉与不醉,不在乎酒的凶与不凶,而在乎量的大与不大。

我怕醉,而"人生"这种酒强迫我喝。在这"恶醉强酒"的生活之下,我除了增大自己的酒量以外,更没有别的方法可以避免喝酒。怎样增大我的酒量?只有请教"先师遗训"了。

于是我拣出靖节诗集来,通读一遍,折转了三处书角。再拿出宣纸和狼毫来,抄录了这样的三首诗:

日暮天无云,春风扇微和。佳人美清夜,达曙酣且歌。歌竟长叹息,持此感人多。皎皎云间月,灼灼叶中华,岂无一时好,不久当如何?

迢迢百尺楼,分明望四荒。暮作归云宅,朝为飞鸟堂。山河满目中,平原独茫茫。古时功名士,慷慨争此场。一旦百岁后,相与还北邙。松柏为人伐,高坟互低昂。颓基无遗主,游魂在何方。荣华诚足贵,亦复可怜伤!

人生归有道,衣食固其端。孰是都不营,而以求自安?开春理常业,岁功聊可观。晨出肆微勤,日入负耒还。山中饶霜露,风气亦先寒,田家岂不苦,弗获辞此难。四体诚乃疲,庶无异患干,盥濯息檐下,斗酒散襟颜。遥遥沮溺心,千载乃相关。但愿常如此,躬耕非所叹。

写好后,从头至尾阅读一遍,用朱笔在警句上加了些圈;好好地保存了。因为这好比一张醒酒的药方。以后"人生"的酒推上来时,只要按方服药,就会清醒。我的酒量就仿佛增大了。

这样,廿六年阴历元旦完成了我的不惑之礼。

1937年8月2日于杭寓

随感十三则

一

花台里生出三枝扁豆秧来。我把它们移种到一块空地上，并且用竹竿搭一个棚，以扶植它们。每天清晨为它们整理枝叶，看它们欣欣向荣，自然发生一种兴味。

那蔓好像一个触手，具有可惊的攀缘力。但究竟因为不生眼睛，只管盲目地向上发展，有时会钻进竹竿的裂缝里，回不出来，看了令人发笑。有时一根长条独自脱离了棚，颤袅地向空中伸展，好像一个摸不着壁的盲子，看了又很可怜。这等时候便需我去扶助。扶助了一个月之后，满棚枝叶婆娑，棚下已堪纳凉闲话了。

有一天清晨，我发现豆棚上忽然有了大批的枯叶和许多软垂的蔓，惊奇得很。仔细检查，原来近地面处一支总干，被不知什么东西伤害了。未曾全断，但不绝如缕。根上的养分通不上去，凡属这总干的枝叶就全部枯萎，眼见得这一族快灭亡了。

这状态非常凄惨，使我联想起世间种种的不幸。

二

有一种椅子，使我不易忘记：那坐的地方，雕着一只屁股的模子，中间还有一条凸起，坐时可把屁股精密地装进模子中，好像浇塑石膏模型一般。

大抵中国式的器物，以形式为主，而用身体去迁就形式。故椅子的靠背与坐板成九十度角，衣服的袖子长过手指。西洋式的器物，则以身体的实用为主，形式即由实用产生。故缝西装须量身体，剪刀柄上的两个洞，也完全依照手指的横断面的形状而制造。那种有屁股模子的椅子，显然是西洋风的产物。

但这已走到西洋风的极端，而且过分了。凡物过分必有流弊。像这种椅子，究竟不合实用，又不雅观。我每次看见，常误认它为一种刑具。

三

散步中，在静僻的路旁的杂草间拾得一个很大的钥匙。制造非常精致而坚牢，似是巩固的大洋箱上的原配。不知从何人的手中因何缘而落在这杂草中的？我未被"路不拾遗"之化，又不耐坐在路旁等候失主的来寻；但也不愿把这个东西藏进自己的袋里去，就擎在手中走路，好像采得了一朵野花。

我因此想起《水浒》中五台山上挑酒担者所唱的歌："九里山前作战场，牧童拾得旧刀枪……"这两句怪有意味。假如我做了那个牧童，拾得旧刀枪时定有无限的感慨：不知那刀枪的柄曾经受过谁人的驱使？那刀枪的尖曾经吃过谁人的血肉？又不知在它们的活动之下，曾经害死了多少人之性命。

也许我现在就同"牧童拾得旧刀枪"一样。在这个大钥匙塞在大洋箱的键孔中时的活动之下，也曾经害死过不少人的性命，亦未可知。

四

发开十年前堆塞着的一箱旧物来，一一检视，每一件东西都告诉我一段旧事。我仿佛看了一幕自己为主角的影戏。

结果从这里面取出一把油画用的调色板刀，把其余的照旧封闭了，塞在床底下。但我取出这调色板刀，并非想描油画。是利用它来切芋艿，削萝卜吃。

这原是十余年前我在东京的旧货摊上买来的。它也许曾经跟随名贵的画家，指挥高价的油画颜料，制作出[1]帝展一等奖的作品来博得沸腾的荣誉。现在叫它切芋艿，削萝卜，真是委屈了它。但芋艿，萝卜中所含的人生的滋味，也许比油画中更为丰富，让它尝尝吧。

---

[1] 近代有不用笔而用刀来描画的画风，故云。

五

十余年前有一个时期流行用紫色的水写字。买三五个铜板洋青莲,可泡一大瓶紫水,随时注入墨匣,有好久可用。我也用过一会,觉得这固然比磨墨简便。但我用了不久就不用,我嫌它颜色不好,看久了令人厌倦。

后来大家渐渐不用,不久此风便熄。用不厌的,毕竟只有黑和蓝两色:东洋人写字用黑。黑由红黄蓝三原色等量混合而成,三原色具足时,使人起安定圆满之感。因为世间一切色彩皆由三原色产生,故黑色中包含着世间一切色彩了。西洋人写字用蓝,蓝色在三原色中为寒色,少刺激而沉静,最可亲近。故用以写字,使人看了也不会厌倦。

紫色为红蓝两色合成。三原色既不具足,而性又刺激,宜其不堪常用。但这正是提倡白话文的初期,紫色是一种蓬勃的象征,并非偶然的。

六

孩子们对于生活的兴味都浓。而这个孩子特甚。

当他热中于一种游戏的时候,吃饭要叫到五六遍才来,吃了两三口就走,游戏中不得已出去小便,常常先放了半场,勒住裤腰,走回来参加一歇游戏,再去放出后半场。看书发见一个疑问,立刻捧了书来找我,茅坑间里也会找寻过来。得了解答，拔脚便走，常常把一只拖鞋遗剩在我面前的地上而去。直到划袜走了七八步方才觉察，独脚跳回来取鞋。他有几个星期热中于搭火车，几个星期热中于着象棋，又有几个星期热中于查《王云五大词典》，现在正热中于捉蟋蟀。但凡事兴味一过，便置之不问。无可热中的时候，镇日没精打采，度日如年，口里叫着"饿来！饿来！"其实他并不想吃东西。

七

有一回我画一个人牵两只羊，画了两根绳子。有一位先生教我："绳子只要画一根。牵了一只羊，后面的都会跟来。"我恍悟自己阅历太少。后来留心观察，看见果然：前头牵了一只羊走，后面数十只羊都会跟去。无论走向屠场，没有一只羊肯离群众而另觅生路的。

后来看见鸭也如此。赶野的人把数百只鸭放在河里，不须用绳子系住，群鸭自能互相追随，聚在一块。上岸的时候，赶鸭的人只要赶上一二只，其余的都会跟了上岸。无论在四通八达的港口，没有一只鸭肯离群众而走自己的路的。

牧羊的和赶鸭的就利用它们这模仿性，以完成他们自己的事业。

八

每逢赎得一剂中国药来，小孩们必然聚拢来看拆药。每逢打开一小包，他们必然惊奇叫喊。有时一齐叫道："啊！一包瓜子！"有时大家笑起来："哈哈！四只骰子！"有时惊奇得很："咦！这是洋囡囡的头发呢！"又有时吓了一跳："啊唷！许多老蝉！"……病人听了这种叫声，可以转颦为笑。自笑为什么生了病要吃瓜子，骰子，洋囡囡的头发，或老蝉呢？看药方也是病中的一种消遣。药方前面的脉理大都乏味；后面的药名却怪有趣。这回我所服的，有一种叫做"知母"，有一种叫做"女贞"，名称都很别致。还有"银花"，"野蔷薇"，好像新出版的书的名目。

吃外国药没有这种趣味。中国数千年来为世界神秘风雅之国，这特色在一剂药里也很显明地表示着，来华考察的外国人，应该多吃几剂中国药回去。

九

《项脊轩记》里归熙甫描写自己闭户读书之久，说"能以足音辨人"。我近来卧病之久，也能以足音辨人。房门外就是扶梯，人在扶梯上走上走下，我不但能辨别各人的足音，又能在一人的足音中辨别其所为何来。"这回是徐妈送药来了？"果然。"这回是五官送报纸来了？"果然。

记得从前寓居在嘉兴时,大门终日关闭。房屋进深,敲门不易听见,故在门上装一铃索。来客拉索,里面的铃响了,人便出来开门。但来客极稀,总是这几个人,我听惯了,也能以铃声辨人。有时一种顽童或闲人经过门口,由于手痒或奇妙的心理,无端把铃索拉几下就逃,开门的人白跑了好几回;但以后不再上当了。因为我能辨别他们的铃声中含有仓皇的音调,便置之不理了。

十

盛夏某晚,天气大热,而且奇闷。院子里纳凉的人,每人隔开数丈,默默地坐着摇扇。除了扇子的微音和偶发的呻吟声以外,没有别的声响。大家被炎威压迫得动弹不得,而且不知所云了。

这沉闷的静默继续了约半小时之久。墙外的弄里一个嘹亮清脆而有力的叫声,忽然来打破这静默:

"今夜好热!啊咦——好热!"

院子里的人不期地跟着他叫:"好热!"接着便有人起来行动,或者起立,或者欠伸,似乎大家出了一口气。炎威也似乎被这喊声喝退了些。

十一

尊客降临,我陪他们吃饭往往失礼。有的尊客吃起饭来慢得很:一粒一粒地数进口去。我则吃两碗饭只消五六分钟,不能奉陪。

我吃饭快速的习惯,是小时在寄宿学校里养成的。那校中功课很忙,饭后的时间要练习弹琴。我每餐连盥洗只限十分钟了事,养成了习惯。现在我早已出学校,可以无须如此了,但这习惯仍是不改。我常自比于牛的反刍:牛在山野中自由觅食,防猛兽迫害,先把草囫囵吞入胃中,回洞后再吐出来细细嚼食,养成了习惯。现在牛已被人关在家喂养,可以无须如此了,但这习惯仍是不改。

据我推想,牛也许是恋慕着野生时代在山中的自由,所以不肯改去它的习惯的。

十二

新点着一支香烟,吸了三四口,拿到痰盂上去敲烟灰。敲得重了些,雪白而长长的一支大美丽香烟翻落在痰盂中,"吱"的一声叫,溺死在污水里了。

我向痰盂怅望,嗟叹了两声,似有"一失足成千古恨"之感。我觉得这比丢弃两个铜板肉痛得多。因为香烟经过人工的制造,且直接有惠于我的生活。故我对于这东西本身自有感情,与价钱无关。两角钱可买二十包火柴。照理,丢掉两角钱同焚去二十包火柴一样。但丢掉两角钱不足深惜,而焚去二十包火柴人都不忍心做。做了即使别人不说暴殄天物，自己也对不起火柴。

·

十三

一位开羊行的朋友为我谈羊的话。据说他们行里有一只不杀的老羊，为它颇有功劳：他们在乡下收罗了一群羊，要装进船里，运往上海去屠杀的时候，群羊往往不肯走上船去。他们便牵这老羊出来。老羊向群羊叫了几声，奋勇地走到河岸上，蹲身一跳，首先跳入船中。群羊看见老羊上船了，便大家模仿起来，争先恐后地跳进船里去。等到一群羊全部上船之后，他们便把老羊牵上岸来，仍旧送回棚里。每次装羊，必须央这老羊引导。老羊因有这点功劳，得保全自己的性命。

我想，这不杀的老羊，原来是该死的"羊奸"。

1933年9月

清明

清明例行扫墓。扫墓照理是悲哀的事。所以古人说:"鸦啼雀噪昏乔木,清明寒食谁家哭。"又说:"佳节清明桃李笑,野田荒冢只生愁。"然而在我幼时,清明扫墓是一件无上的乐事。人们借佛游春,我们是"借墓游春"。我父亲有八首《扫墓竹枝词》:

别却春风又一年,梨花似雪柳如烟。
家人预理上坟事,五日前头折纸钱。
风柔日丽艳阳天,老幼人人笑口开。
三岁玉儿娇小甚,也教抱上画船来。
双双画桨荡轻波,一路春风笑语和。
望见坟前堤岸上,松阴更比去年多。
壶榼纷陈拜跪忙,闲来坐憩树阴凉。
村姑三五来窥看,中有谁家新嫁娘。
周围堤岸视桑麻,剪去枯藤只剩花。
更有儿童知算计,松球拾得去煎茶。
荆榛坡上试跻攀,极目云烟杳霭间。

恰得村夫遥指处，如烟如雾是含山[1]。

纸灰扬起满林风，杯酒空浇奠已终。

却觅儿童归去也，红裳遥在菜花中。

解将锦缆趁斜晖，水上蜻蜓逐队飞。

赢受一番春色足，野花载得满船归。

这里的"三岁玉儿"，就是现在执笔写此文的七十老翁。我的小名叫做"慈玉"。

清明三天，我们每天都去上坟。第一天，寒食，下午上"杨庄坟"。杨庄坟离镇五六里路，水路不通，必须步行。老幼都不去，我七八岁就参加。茂生大伯挑了一担祭品走在前面，大家跟他走，一路上采桃花，偷新蚕豆，不亦乐乎。到了坟上，大家息足，茂生大伯到附近农家去，借一只桌子和两只条凳来，于是陈设祭品，依次跪拜。拜过之后，自由玩耍。有的吃甜麦塌饼[2]，有的吃粽子，有的拔蚕豆梗来作笛子。蚕豆梗是方形的，在上面摘几个洞，作为笛孔。然后再摘一段豌豆梗来，装在这笛的一端，笛便做成。指按笛孔，口吹豌豆梗，发音竟也悠扬可听。可惜这种笛寿命不长。拿回家里，第二天就枯干，吹不响了。祭扫完毕，茂生大伯去还桌子凳子，照例送两个甜麦塌饼和一串粽子，作为酬谢。然后诸人一同在夕阳中回去。杨庄坟上只有一株大松树，临着一个池塘。父亲说这叫做"美人照

---

[1] 含山是我乡附近唯一的一个山，山上有塔。——作者原注
[2] 甜麦塌饼，作者故乡一带清明时节用米粉和麦芽做成的一种甜饼。

镜"。现在,几十年不去,不知美人是否还在照镜。闭上眼睛,情景宛在目前。

正清明那天,上"大家坟"。这就是去上同族公共的祖坟。坟共有五六处,须用两只船,整整上一天。同族共有五家,轮流作主。白天上坟,晚上吃上坟酒。这笔费用由祭田开销。祖宗们心计长,恐怕子孙不肖,上不起坟,叫他们变成饿鬼。因此特置几亩祭田,租给农民。轮到谁家主持上坟,由谁家收租。雇船办酒之外,费用总有余裕。因此大家高兴作主。而小孩子尤其高兴,因为可以整天在乡下游玩,在草地上吃午饭。船里烧出来的饭菜,滋味特别好。因为,据老人们说,家里有灶君菩萨,把饭菜的好滋味先尝了去;而船里没有灶君菩萨,所以船里烧出来的饭菜滋味特别好。孩子们还有一件乐事,是抢鸡蛋吃。每到一个坟上,除对祖宗的一桌祭品以外,必定还有一只小匾,内设小鱼、小肉、鸡蛋、酒和香烛,是请地主吃的,叫做拜坟墓土地。孩子们中,谁先向坟墓土地叩头,谁先抢得鸡蛋。我难得抢到,觉得这鸡蛋的确比平常的好吃。上了一天坟回来,晚上是吃上坟酒。酒有四五桌,因为出嫁姑娘也都来吃。吃酒时,长辈总要训斥小辈,被训斥的,主要是乐谦、乐生和月生。因为乐谦盗卖坟树,乐生、月生作恶为非,上坟往往不到而吃上坟酒必到。

第三天上私房坟。我家的私房坟,又称为旗杆坟。去上的就是我们一家人,父母和我们姐弟数人。吃了早中饭,雇一只客船,慢吞吞地荡去。水路五六里,不久就到。祭扫期间,附近三竺庵里的和尚来问讯,送我们些春笋。我们也到这庵里去玩，看见竹林很大，身入其中，不见天日。我们终年住在那市井尘嚣中的低小狭窄的百年老屋里，一朝来到乡村田野，感觉异常新鲜，心情特别快适，好似遨游五湖四海。因此我们把清明扫墓当做无上的乐事。我的父亲孜孜兀兀地在穷乡僻壤的蓬门败屋之中度送短促的一生，我想起了感到无限的同情。

1972 年

新年随笔

一九六一年的新年即将来到了。上海解放已经十一年半了。在十一年半以前，上海一向戴着"万恶社会"的帽子。我是浙江乡下人，乡下有一句描写上海社会的话，叫做"打呵欠割舌头"。这是极言上海社会之混乱，人心之险恶，恶霸流氓扒手之多，出门行路之难：在路上开口打个呵欠，舌头会被割掉的。然而十一年来，由于政治教育的移风易俗，"万恶社会"这顶帽子已经摘掉，上海早已变成一个光明幸福的亚东大都市了。从下面这段记事里便可窥见一斑。

前天我出门访友。走到弄口，看见一辆三轮车停在路旁，驾车员正坐在车上看报。他看见我来雇车，就跳下车来，把报纸折好，藏进坐垫底下，然后扶我上车（雇车早已不须问价，按照路程远近，划一规定。从前那种讨价还价和敲竹杠，早已没有了）。开进一条横路，地方僻静，行人稀少，驾车员就和我谈话："老先生今年高寿？贵姓？"我回答了，接着同样地问他。他说姓邱，今年三十岁。又说："丰这个姓很少。我只知道一个老画家丰子恺，是不是您本家？"我问："你怎么知道他？"他说："我在报上常常看到他的画。"我向他表明就是我。他停了车，回过头来，看着我说："啊，我真荣幸……"我们就攀谈起来。他说出我所作的几张画来，评论画中的意义，表示他的看法，都很有见解。接着谈到他的身世。原来他只读过几年小学，新中国成立后学习文化，现在已经能够读书看报。我推想这个人一定很聪明，很用功，并且爱好文艺。我望着他的背影出神，回想十一年半以前上海的"黄包车夫"，和这个人比较一下，心中发生剧烈的感动。十一年半以前，上海的"黄包车夫"在重重的压迫和剥削之下喘不过气来，口食难度，衣衫褴褛，哪里谈得到学习文化、读书看报乃至欣赏图画？我在黑暗社会里度过了几十年，在垂老的时候能够看到这光明幸福的世界，心中感到说不出的欢欣。

车子经过热闹的马路，又转入一条横路。忽然他放缓了速度，回转头来，不好意思似的笑着说："丰老先生！我想请您签个名，最好画几笔画，好吗？机会难得啊……"我说："我很愿意。这里清静，你停一停车，我就在这里替你画吧。"他说："不，我要买本手册来。四马路有文具店，待我买了再请您画。"车子开到四马路，在一家大文具店门口停下了。他连忙进去，一会儿带了一本很漂亮的手册回来。我接了手册，问他花多少钱。他说八角。我说："这里太热闹，到了那边再画。"车子继续前进。我又望着他的背影出神地想：一本手册八角钱，足见他的生活很充裕。要是从前的"黄包车夫"，血汗换来的钱买米还不够，哪里会拿出八角钱来买手册？

不久车子在目的地停下了。地方很清静，我就坐在车子上展开手册来，用钢笔作画。我画一个儿童，手掌上停着一只和平鸽，题上"和平幸福"四个字，又加上他的上款，签了我的姓名。我又和他交换了一个地址，希望以后再见，然后下车。我问他车资多少，他摇摇手说："哪里哪里……谢谢您……"就想跨上驾车台去了。我拉住了他，说："很远的路，怎么可以叫你白费劳力？"就拿出一张五角钞票来，定要塞进他手里。他一定不受，用力推我的手。我也用力推他的手，然而要他不过[1]。我就左手抓住了他的一只臂膀，右手把钞票塞进他的衣袋里去。岂知他气力很大，一下子摆脱了我抓住他臂膀的手，双手阻挡我的钞票。正在不得开交的时候，一个人民警察走来了。我就喊警察。警察走过来，惊惶地问："什么事？"我说："他从沪西踏我到这里，这么多的路，不肯受我车钱，请您……"他不等我说完，抢着对警察说："我，我应该……"警察脸上的惊惶之色变成了笑容。我乘他们对话的时候突然把钞票丢在车子里，快步走进门去了。但听见背后警察在阻止他追赶："老先生客气，你莫推却了吧！"接着是他的咕哝声和警察的笑声。

我通过朋友家的长长的走廊时心中想：刚才这一幕很像"君子国"里的情景。"万恶社会"已经变成了君子国了。地狱已经变成天堂了。我就用这句话来庆祝一九六一年的新年。

这三轮车驾车员姓邱，名以广，家住闸北共和路二百六十弄三十五号。

1960年11月29日为中国新闻社作

---

[1] 要他不过，作者家乡话，意即拗不过他。

佛无灵

我家的房子——缘缘堂——于去冬吾乡失守时被敌寇的烧夷弹焚毁了。我率全眷避地萍乡，一两个月后才知道这消息。当时避居上海的同乡某君作诗以吊，内有句云："见语缘缘堂亦毁，众生浩劫佛无灵。"第二句下面注明这是我的老姑母的话。我的老姑母今年七十余岁，我出亡时苦劝她同行，未蒙允许，至今尚在失地中。五年前缘缘堂创造的时候，她老人家镇日拿了史的克[1]在基地上代为擘划，在工场中代为巡视，三寸长的小脚常常遍染了泥污而回到老房子里来吃饭。如今看它被焚，怪不得要伤心，而叹"佛无灵"。最近她有信来（托人带到上海友人处，转寄到桂林来的），末了说：缘缘堂虽已全毁，但烟囱尚完好，矗立于瓦砾场中。此是火食不断之象，将来还可做人家。

缘缘堂烧了是"佛无灵"之故。这句话出于老姑母之门，入于某君之诗，原也平常。但我却有些反感。不是指摘某君思想不对，也不是批评老姑母话语说错，实在是慨叹一般人对于

---

[1] 史的克，英文 stick 的音译，意即手杖。

"佛"的误解,因为某君和老姑母并不信佛,他们是一般按照所谓信佛的人的心理而说这话的。

我十年前曾从弘一法师学佛,并且吃素。于是一般所谓"信佛"的人就称我为居士,引我为同志。因此我得交接不少所谓"信佛"的人。但是,十年以来,这些人我早已看厌了。有时我真懊悔自己吃素,我不屑与他们为伍。(我受先父遗传,平生不吃肉类。故我的吃素半是生理关系。我的儿女中有二人也是生理的吃素,吃下荤腥去要呕吐。但那些人以为我们同他们一样,为求利而吃素。同他们辩,他们还以为客气,真是冤枉。所以我有时懊悔自己吃素,被他们引为同志。)因为这班人多数自私自利,丑态可掬。非但完全不解佛的广大慈悲的精神,其我利自私之欲且比所谓不信佛的人深得多!他们的念佛吃素,全为求私人的幸福。好比商人拿本钱去求利。又好比敌国的俘虏背弃了他们的伙伴,向我军官跪喊"老爷饶命",以求我军的优待一样。

信佛为求人生幸福,我绝不反对。但是,只求自己一人一家的幸福而不顾他人,我瞧他不起。得了些小便宜就津津乐道,引为佛佑;(抗战期中靠念佛而得平安逃难者,时有所闻。)受了些小损失就怨天尤人,叹"佛无灵",真是"阿弥陀佛,罪过罪过"!他们平日都吃素、放生、念佛、诵经。但他们的吃一天素,希望比吃十天鱼肉更大的报酬。他们放一条蛇,希望活一百岁。他们念佛诵经,希望个个字变成金钱。这些人从佛堂里散出来,说的统是果报;某人长年吃素,邻家都烧光了,他家毫无损失。某人念《金刚经》,强盗洗劫时独不抢他的。某人无子，信佛后一索得男。某人痔疮发，念了"大慈大悲观世音菩萨"，痔疮立刻断根。……此外没有一句真正关于佛法的话。这完全是同佛做买卖，靠佛图利，吃佛饭。这真是所谓"群居终日，言不及义，好行小惠，难矣哉！"

我也曾吃素。但我认为吃素吃荤真是小事，无关大体。我曾作《护生画集》，劝人戒杀。但我的护生之旨是护心（其义见该书马序），不杀蚂蚁非为爱惜蚂蚁之命，乃为爱护自己的心，使勿养成残忍。顽童无端一脚踏死群蚁，此心放大起来，就可以坐了飞机拿炸弹来轰炸市区。故残忍心不可不戒。因为所惜非动物本身，故用"仁术"来掩耳盗铃，是无伤的。我所谓吃荤吃素无关大体，意思就在于此。浅见的人，执着小体，斤斤计较：洋蜡烛用兽脂做，故不宜点；猫要吃老鼠，故不宜养；没有雄鸡交合而生的蛋可以吃得。……这样地钻进牛角尖里去，真是可笑。若不顾小失大，能以爱物之心爱人，原也无妨，让他们钻进牛角尖里去碰钉子吧。但这些人往往自私自利，有我无人；又往往以此做买卖，以此图利，靠此吃饭，亵渎佛法，非常可恶。这些人简直是一种疯子，一种惹人讨嫌的人。所以我瞧他们不起，我懊悔自己吃素，我不屑与他们为伍。

真是信佛，应该理解佛陀四大皆空之义，而屏除私利；应该体会佛陀的物我一体，广大慈悲之心，而护爱群生。至少，也应知道亲亲而仁民，仁民而爱物之道。爱物并非爱惜物的本身，乃是爱人的一种基本练习。不然，就是"今恩足以及禽兽而功不至于百姓"的齐宣王。上述这些人，对物则憬憬爱惜，对人间痛痒无关，已经是循流忘源，见小失大，本末颠倒的了。

再加之于自己唯利是图，这真是世间一等愚痴的人，不应该称为佛徒，应该称之为"反佛徒"。

因为这种人世间很多，所以我的老姑母看见我的房子被烧了，要说"佛无灵"的话，所以某君要把这话收入诗中。这种人大概是想我曾经吃素，曾经作《护生画集》，这是一笔大本钱！拿这笔大本钱同佛做买卖所获的利，至少应该是别人的房子都烧了而我的房子毫无损失。便宜一点，应该是我不必逃避，而敌人的炸弹会避开我；或竟是我做汉奸发财，再添造几间新房子和妻子享用，正规军都不得罪我。今我没有得到这些利益，只落得家破人亡（流亡也），全家十口飘零在五千里外，在他们看来，这笔生意大蚀其本！这个佛太不讲公平交易，安得不骂"无灵"？

我也来同佛做买卖吧。但我的生意经和他们不同：我以为我这次买卖并不蚀本，且大得其利，佛毕竟是有灵的。人生求利益，谋幸福，无非为了要活，为了"生"。但我们还要求比"生"更贵重的一种东西，就是古人所谓"所欲有甚于生者"。这东西是什么？平日难于说定，现在很容易说出，就是"不做亡国奴"，就是"抗敌救国"。与其不得这东西而生，宁愿得这东西而死。因为这东西比"生"更为贵重。现在佛已把这宗最贵重的货物交付我了。我这买卖岂非大得其利？房子不过是"生"的一种附饰而已。我得了比"生"更贵的货物，失了"生"的一件小小的附饰，有什么可惜呢？我便宜了！佛毕竟是有灵的。

叶圣陶先生的《抗战周年随笔》中说："……我在苏州的家

屋至今没有毁。我并不因为它没有毁而感到欢喜。我希望它被我们游击队的枪弹打得七穿八洞,我希望它被我们正规军队的大炮轰得尸骨无存,我甚而至于希望它被逃命无从的寇军烧个干干净净。"他的房子,听说建成才两年,而且比我的好。他如此不惜,一定也获得那样比房子更贵重的东西在那里。但他并不吃素,并不作《护生画集》。即他没有下过那种本钱。佛对于没有本钱的人,也把贵重货物交付他。这样看来,对佛买卖这种本钱是没有用的。毕竟,对佛是不可做买卖的。

1938年7月24日于桂林

我的烧香癖

《论语》出这个题目要我作文。我初接到邵洵美先生的信的时候,决定不能作。因为我想,我的生活平淡无奇,与普通人无异,并无癖好可说。我把征稿启事和信札塞在抽斗里,准备置之不理。我坐在案前,预备做别的写作。忽然觉得缺乏一种条件。原来是案头的炉香已经熄灭,眼睛看不见篆缕,鼻子闻不到香气,我的笔就提不起来。于是开开香炉盖,把香灰推平,把梅花架子装上,把香末添进,用铜帚细细地塑制。正在这时候,我忽然觉悟了:这不是一种癖好吗?为什么写作一定要点香呢?这样一想,就发现我自己原有癖好,我的生活并不平淡,与普通人并不相同。同时我又发生一种警惕之感,即主观的蒙蔽的可怕。凡有嗜好的人,因为主观的感情作用,往往认为这嗜好是最合理的,最有意义的,是人人应该有的,不是我一人的偏好。于是就不认为这是一种癖好。我刚才的初感,便是由主观的蒙蔽而生。此事虽小,可以喻大,我安得不警惕呢!

于是我就来写自己的癖好,以应《论语》的雅嘱。抗战以前,我闲居石门湾缘缘堂时,癖好最多。首屈一指的是烧香。我烧的是"寿字香"。寿字香者,就是在一铜制的香炉中,用香末依寿字形的模型塑成的香。这模型普通是一篆文寿字。从头至尾，一气连贯。也有不取寿字而取别种形式的；但因多数为寿字，故统称为寿字香。这种香炉，大都分两层，上层底下盛香灰，寿字香末就塑在这层香灰上面。下层是盛香末以及工具的地方。工具共有四件：一是铜模，模中雕出弯弯曲曲一个寿字，从头至尾，一气连贯。二是铜片，乃和香炉同样大小的一片铜，寿字香点过以后欲重制时，先拿这铜片将香灰压平，然后重新塑制于香灰之上。三是铜瓢，形似小铲刀，用以取香末的。四是铜帚，用以括平香末，完成塑制的。这种香炉我家共有八九只之多。有方形的，有圆形的，有梅花形的，有如意形的。我每次到杭州上海，必赴旧货店找寻此物，找到了我家所未有的形式，便买回来。因此积聚了八九只之多。我的书案上，不断地供着这种香炉。看厌了，换一只。所点的香末，也分数种，常常调换，有檀香末，降香末，麝香末，以及福建香末，都是托药店定制的。我当时生活很普罗[1]，布衣，蔬食，不慕奢侈；独于点香一事，不惜费用。每月为香所费的，比吃饭贵得多！这正是一种癖好。为什么有这种癖好？我爱它有两种好处：第一是香的气味的美。香气使鼻子的嗅觉发生快感。美学者言，人的感觉，分高等下等两种，视觉与听觉，对精神发生关系的，称为高等感觉。味觉触觉等，对肉体发生关系的，称为下等感觉。其实这也不能绝对分别。只是视觉与听觉不须接触身体，隔着距离即可摄受，故认为高等耳。味觉与触觉必须接触身体，

---

1 普罗，英文 proletarian（无产阶级的）译音的简化，在这里是朴实的意思。

不能隔开距离，故认为下等耳。照这说法，嗅觉应该称为中等感觉。因为它可以隔着距离，凭香气的接触而摄受。欣赏艺术品，如看画，听乐，是用高等感觉的。吃饭穿衣，是用下等感觉的。其中间还有一种闻香，是用中等感觉的。因为它不接不离，若接若离，介乎高等与下等之间。我们爱好艺术的人，常常追求高等感觉的快美。所以欢喜看画，欢喜读书，欢喜听乐，欢喜看戏。但好画，好书，好戏，是不能常得的。所以高等感觉常被闲却。这是一件憾事。我所以欢喜点香，就是为了要利用中等感觉的快感来补充美欲的不满足。吃烟，也是与嗅觉发生关系的。但它必须通过嘴巴深入肺腑，而且有瘾，近于饮酒吃饭，与美欲相去太远。故吃烟不是完全属于中等感觉的。唯有点香，完全属于中等感觉，其品位还在吃饭穿衣之上。而仅次于看画，读书，听乐，看戏。古人对于这中等感觉，早已注意。所以"炉香""篆缕""沉水""金鸭"等字眼，屡见于诗词。我常觉得，古人的事不一定可取法。但烧香这件事，大可效仿。我效仿了多年，居然成了一种癖好。鼻子闻不到香气时，意懒懒的，提不起笔来，展不开书来。

其次，我的爱点香，是为了香的烟缕的形象的美。我们所居的房屋中，所陈列的物件，都是静止的。好画满壁，好花满瓶，好书满架，都是不动的。久居在静止的房间内，有沉闷，单调之感。有的人爱养鸟，大概是欢喜它的动。窗前挂一个鸟笼，听听鸟的鸣声，看看鸟在樊笼内跳来跳去的动作，可以打破静的沉闷与单调。但我不爱这办法。把天空翱翔的动物禁锢在立方尺内，让它哀鸣挣扎，而认为乐事，到底不是好办法。与其养鸟，远不如点香。香烟缭绕，在空中画出万千种美妙的形状，实在是可以赏心悦目的。古人称之为"篆缕"，"篆烟"，以其飘曳的形状颇像篆文。又有"心字香"之称。考据者说是古人的线香制成篆文心字的形，故名。但我以为不一定要线香制成心字形，香的烟气的形状，也常绕成篆文心字形状，一切香都不妨称为"心字香"。而且还有一种意义。香烟缭绕之形，象征着人心的思想。思想也是缥缈无定的东西，与烟气的随风飘荡，委婉曲折，十分相似。故静看炉烟，可助思想。或思入风云变态中，或想入非非，或成独笑，或做昼梦。烟缕有启发思想之功。龚定庵诗云："瓶花贴妥炉烟定，觅我童心四十年。"炉烟的飘曳，可以教人怀旧，引人回忆，促人反省，助人收回失去的童心。

点香对我固有上述的好处，就成了我的癖好。但这是抗战以前，故国平居时的话。抗战军兴，我弃家西窜，流离迁徙，深入不毛。有时连香烟都缺乏，谈不到炉烟。有时连吃饭都成问题，谈不到点香。重庆的四年，生活比较安定；但是抗战末了，生灵涂炭未已，我哪有闲情逸致去点香呢？所以这癖好一直戒除了九年。去年秋天，我复员返沪。回到故乡石门湾去看看，故居缘缘堂不是焦土，而早已变成草地，昔日供炉烟的地方，已有很高的野生树木在欣欣向荣了。我到杭州来找住处。杭州住屋亦不易得，我先住在功德林的旅馆内。住了几天，找不到房子，就借住在和尚寺内。我一进和尚寺，就到梅花碑[1]去找旧货店，想买一只香炉，恢复我旧时的癖好。岂知十年战

---

[1] 梅花碑，是当时杭州旧货店集中的地方。

乱之后，民生凋疲，此物自知无人顾问，都已消形灭迹，无处寻访了。好容易在一处旧货店内找到一只梅花形的寿字香。出一万块钱[1]买了回来，供在寺内的案头。香末更难访到，我就向香烛铺去买檀香末，聊以代替。檀香末是粗粒的，实在不宜于点寿字香。但在十年战乱之后，能恢复我这小小的癖好，已经心满意足了。我得了这东西，好比失恋的人恢复了旧欢。我正想与它订白头之盟，从此永不分离。只是内乱方殷，民生还在涂炭，使我这炉烟的香气的美，与篆缕的形状的美，都大打折扣，不知何日方得全部恢复也。

1947年3月3日于杭州

---

[1] 一万块钱，是当时的"法币"。

编者的话

丰子恺先生1898年出生于浙江省崇德县石门湾（今浙江省嘉兴市桐乡市石门镇石门湾）。

丰子恺先生绘画师从李叔同，国文求教夏丏尊。在漫画、书法、翻译等各方面均有突出成就，先后出版的书法和画集、散文著作、美术理论和音乐理论著作等达百余部。他有自己独特的美学思想，以广博的爱关注着人世间的真、善、美，散文中蕴含着浓浓的人文情怀。

丰子恺先生的漫画，犹如文学中的随笔，以为"漫，随意也。凡随意写出的画，都不妨称为漫画"，同时，又是"内容精粹"的。

丰子恺先生的随笔，善于选取自己熟悉的生活题材，取其片断，以自己的所感，用最朴质的文字坦率地表达出来。在朴质细微乃至接近白描的文字中，倾注了一股真挚而又深沉的情感，同时又不乏哲理性的文句，很容易打动读者的心灵并引起共鸣。

本书由丰子恺先生的外孙杨朝婴、杨子耘亲自监制并提供底本和选篇，目的是把丰子恺先生最佳的作品显现给读者。基于对丰子恺先生的尊重，为了最大限度地呈现原作的风貌，只对其中的个别错讹进行改正，规范了个别字词的写法，以便读者阅读、理解。

新流
xinliu

产品经理：枳　乙	责任印制：赵　明
装帧设计：达克兰	赵　聪
特约编辑：李　睿	营销编辑：肖　瑶
助理编辑：于冰洁	出版监制：吴高林

图书在版编目（CIP）数据

又得浮生半日闲 / 丰子恺著. -- 贵阳：贵州人民出版社, 2023.5
ISBN 978-7-221-17634-9

Ⅰ.①又… Ⅱ.①丰… Ⅲ.①散文集—中国—当代 Ⅳ.①I267

中国国家版本馆CIP数据核字（2023）第056974号

YOUDE FUSHENG BANRI XIAN

又得浮生半日闲

丰子恺 著

出 版 人	朱文迅
策划编辑	陈继光
责任编辑	杨雅云
装帧设计	达克兰
责任印制	赵 明 赵 聪

出版发行	贵州出版集团 贵州人民出版社
地　　址	贵阳市观山湖区会展东路 SOHO 办公区 A 座
印　　刷	凯德印刷（天津）有限公司
版　　次	2023 年 5 月第 1 版
印　　次	2023 年 5 月第 1 次印刷
开　　本	880 毫米 × 1230 毫米　1/32
印　　张	9.5
字　　数	200 千字
书　　号	ISBN 978-7-221-17634-9
定　　价	49.80 元

如发现图书印装质量问题，请与印刷厂联系调换；版权所有，翻版必究；未经许可，不得转载。